台灣の讀者の皆さんへのコメント

海を越えて旅したことのない私の書いた小說が、
海を越えて多くの讀者の皆樣のもとに届いていることを、
心から嬉しく思っています。
この作品も、どうぞお楽しみいただけますように！

致親愛的台灣讀者

從未出國旅行的我，
這次很高興自己寫的小說能跨海與許多讀者見面，
希望這部作品能帶給您無上的閱讀樂趣。

宮部みゆき

宮部美幸

茂呂美耶・高詹燦——譯

最初物語

【完整版】

宮部みゆき　初ものがたり＜完本＞

宮部美幸 作品集／21
MIYABE MIYUKI

最初物語

Contents

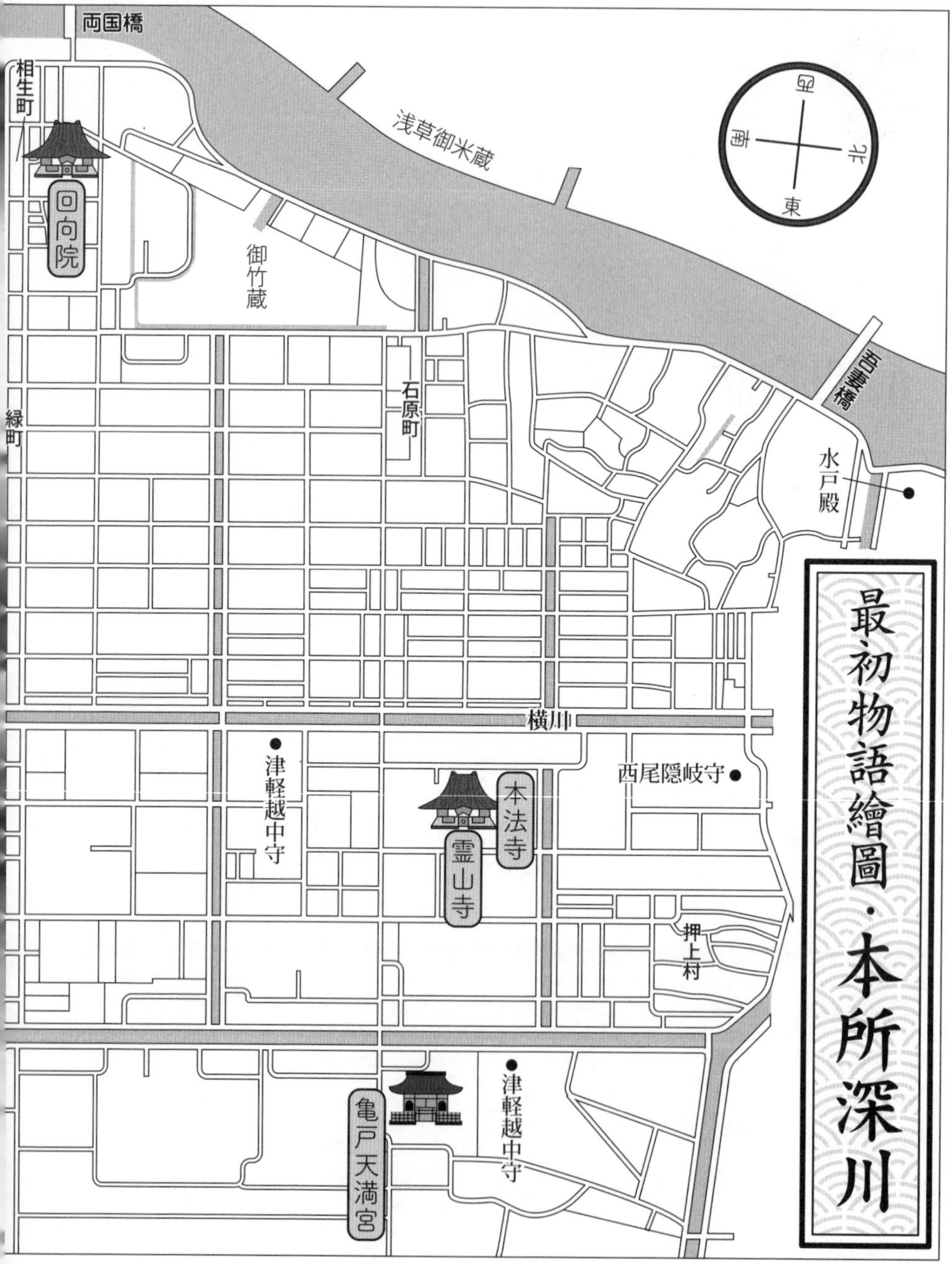
最初物語繪圖・本所深川
両国橋
相生町
回向院
浅草御米蔵
御竹蔵
西
南
北
東
石原町
緑町
吾妻橋
水戸殿
横川
津軽越中守
西尾隠岐守
本法寺
霊山寺
押上村
亀戸天満宮
津軽越中守

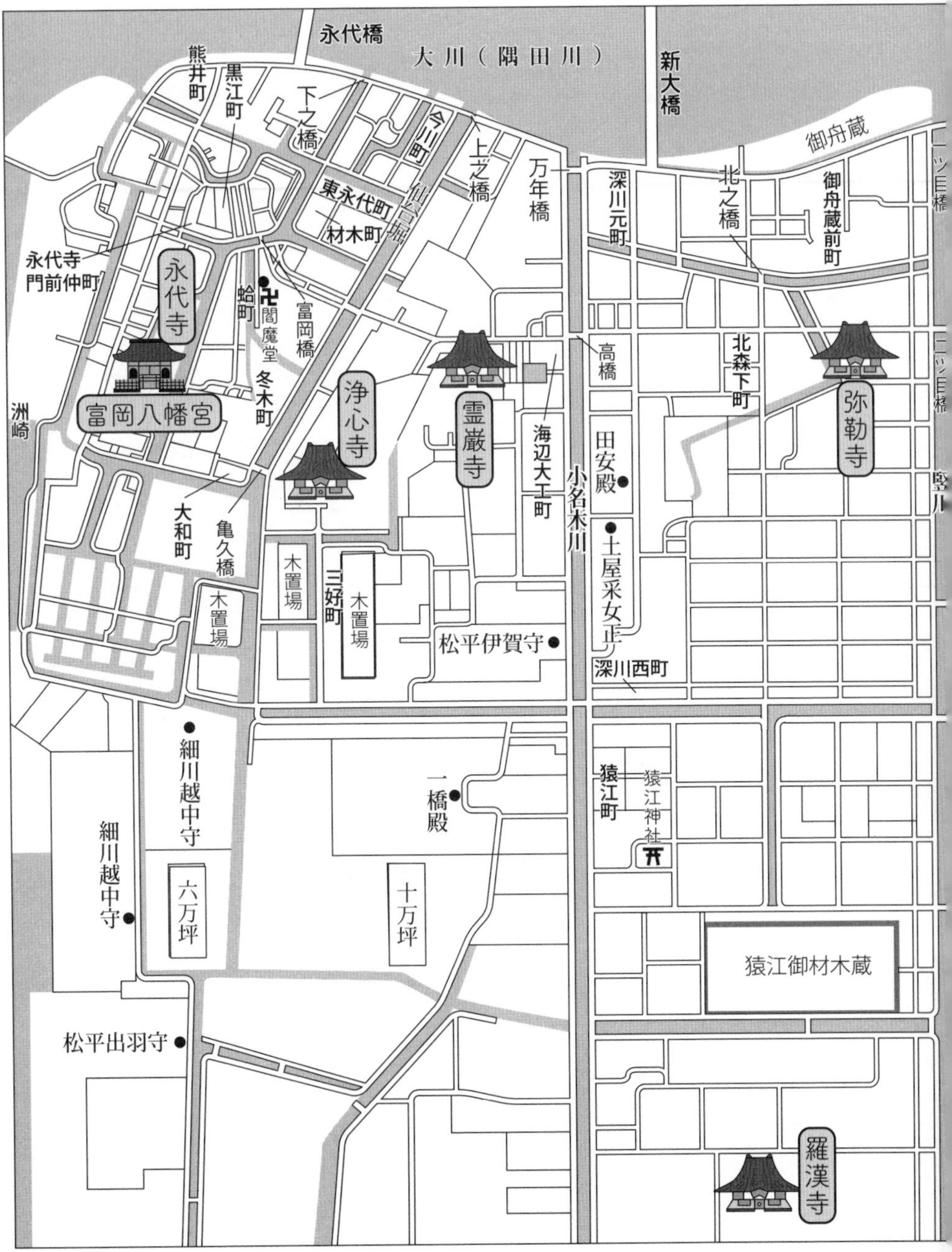
永代橋
大川（隅田川）
新大橋
御舟蔵
熊井町
黒江町
下之橋
今川町
上之橋
万年橋
深川元町
北之橋
御舟蔵前町
東永代町
材木町
仙台堀
永代寺門前仲町
永代寺
蛤町
閻魔堂
富岡橋
冬木町
富岡八幡宮
浄心寺
霊巌寺
高橋
北森下町
弥勒寺
海辺大工町
田安殿
小名木川
洲崎
大和町
亀久橋
木置場
木置場
三好町
木置場
土屋采女正
松平伊賀守
深川西町
細川越中守
一橋殿
猿江町
猿江神社
細川越中守
六万坪
十万坪
猿江御材木蔵
松平出羽守
羅漢寺

導讀
進入「宮部美幸館」，就是進入最具原創力與當下性的新新羅浮宮

張亦絢

宮部美幸並不是不容錯過的推理作家——她是不容錯過的作家。她不只值得我們在休閒時光中，一飽推理之福，也爲眾人締造了具有共同語言的交流平台，讓我們得以探討當代的倫理與社會課題。

在這篇導讀中，我派給自己的任務，是在高達六十餘部作品中，挑出若干作品，介紹給兩類讀者，一是還未開始閱讀宮部美幸者；二是面對她龐大的創作體系，雖曾閱讀一二，但對進一步涉獵，感到難有頭緒的讀者。

入門：名不虛傳的基本款

在入門作品上，我推薦《無止境的殺人》、《魔術的耳語》與《理由》。

《無止境的殺人》：對於必須在課業或工作忙碌時間中，抽空閱讀的讀者，短篇集使我們可以自行調配閱讀的節奏——小說其實具備我們在小學時代都曾拿到過的作文題目旨趣：假如我是×××——本作可看成「假如我是某某某的錢包」的十種變奏。擬人化的錢包是敘述者。如何在看

似同一主題下，變化出不同的內容，本作也有「趣味作文與閱讀」的色彩，是青春期讀者就適讀的想像力之作。短篇進階則推《希望莊》。從短篇銜接至較易讀的長篇，《逝去的王國之城》則是特別溫馨的誠摯之作。

《魔術的耳語》：這雖不是作者的首作，但卻是作者在初試啼聲階段，一鳴驚人的代表作。北上次郎以〈閱讀小說的最高幸福〉讚譽，我隔了二十年後重讀，依然認爲如此盛讚，並非過譽。媚工、心智控制、影像——分別代表了古老非正式的「兩性常識」、傳統學科心理學或醫學、以至商業新科技三大面向的操縱現象及後遺症——這三個基本關懷，會在宮部往後的作品，比如《聖彼得的送葬隊伍》中，不斷深入。雖是作者的原點之作，也已大破大立。

《理由》：與《火車》同享大量愛好者的名作；雖然沒有明顯資料顯示，是枝裕和的《小偷家族》受到《理由》一書的影響，但兩者除了有所相通，寫於一九九九年的《理由》更是充分顯露宮部美幸高度預見性天才的作品。住宅、金融與土地——社會派有興趣的主題，偶爾會得到若干作家略嫌枯燥的處理——《理由》則以「無論如何都猜不到」的懸疑與驚悚，令人連一分鐘也不乏味地，就看完了批判經濟體系的上乘戲劇。說它是「推理大師爲你／妳解說經濟學」，還是稍微窄化了這部小說。除了推理經典的地位之外，也建議讀者在過癮的解謎外，注意本作中，無論本格或社會派中，都較少使用的荒謬諷刺手法。

冷門？尺度特別的奇特收穫

接著我想推三部有可能「被猶豫」的作品，分別是：《所羅門的僞證》、《落櫻繽紛》、與《蒲生邸事件》。

《所羅門的僞證》：傳統的宮部美幸迷，都未必排斥她的大長篇，比如若干《模仿犯》的讀者非但不抱怨長度，反而倍受感動。分成三部、九十萬字的《所羅門僞證》可能令人遲疑，節奏太慢？眞有必要？事實上，後兩部完全不是拖拉前作的兩度作續，三部都是堅實縝密的推理。最後一部的模擬法庭，更是將推理擴充至校園成長小說與法庭小說的漂亮出擊：宮部美幸最厲害的「對腦也對心說話」，更是發揮得淋漓盡致。此作還可視爲新世紀的「青春冒險小說」。說到冒險，過去的未成年人會漂到荒島或異鄉，然而現代社會的面貌已大爲改變：最危險的地方，就在「哪都不能去」的學校家庭中。誰會比宮部美幸更適合寫青春版的「環遊人性八十天」？少年少女之於宮部美幸，恰如黑猩猩之於珍古德，或工人之於馬克斯，三部曲可說是「最長也最社會派的宮部美幸」。

《落櫻繽紛》：「療癒的時代劇」，本作的若干讀者會說。但我有另個大力推薦的理由，我認爲，這是通往，小說家從何而來的祕境之書。除了書前引言與偶一爲之的書名，宮部美幸鮮少吊書袋。然而，若非讀過本書，不會知道，她對被遺忘的古書與其中知識的領悟與珍視。如果想知道，小說家讀什麼書與怎麼讀，本書絕對會使你／你驚豔之餘，深受啓發。

《蒲生邸事件》：儘管「蒲生邸」三字略令人感到有距離，然而，融合奇幻、科幻、歷史、愛情元素的本作，卻可說是一舉得到推理圈內外矚目，極可能是擁護者背景最爲多元的名盤。如果對

「二二六事件」等歷史名詞卻步，可以完全放下不必要的擔憂。跳脫了「你非關心不可」與「你知道也沒用」兩大陣營的簡化教條，這本小說才會那麼引人入勝。我會形容本書是「最特殊也最親民的宮部美幸」。

以上三部，代表了宮部美幸最恢宏、最不畏冷門與最勇於嘗試的三種特質，它們有那麼一點點專門的味道，但絕對值得挑戰。

中間門：看似一般的重量級

最後，不是只想入門、也還不想太過專門——介於兩者之間的讀者，我想推薦《誰？》、《獵捕史奈克》與《三鬼》三本。

《誰？》：小編輯與大企業的千金成婚，隨時被叫「小白臉」的杉村三郎成爲系列作中，業餘到專業的偵探。看似完全沒有犯罪氣氛的日常中，案中案、案外案——至少有三案會互相交織連鎖——其中還包括一向被認爲不易處理的陳年舊案。喜歡生活況味與懸疑犯罪的兩種讀者，都容易進入；宮部美幸還同時展現了在《樂園》中，她非常擅長的親子或手足家庭悲劇。動機遠比行爲更值得了解——這不但是推理小說的法則，也是討論道德發展的基本認識：不是故意的犯罪、不得已的犯罪與不爲人知的犯罪，爲何發生？又如何影響周邊的人？除了層次井然，小說還帶出了「少女勞動者會被誰剝削？」等記憶死角。儘管案案相連，殘酷中卻非無情，是典型「不犯罪外，也要學會自我保護與生活」的「宮部伴你成長」書。

《獵捕史奈克》：主線包括了《悲嘆之門》或《龍眠》都著墨過的「復仇可不可？」問題。節奏快、結局奇，曾在《魔術的耳語》中出現的「媚工經濟」，會以相反性別的結構出現。本作是在各種宮部之長上，再加上槍隻知識的亮眼佳構。光是讀宮部美幸揭露的「槍有什麼」，就已值回票價——何況還有離奇又合理的布局，使得有如公路電影般的追逐，兼有動作片與心理劇的力道。雖然不同年齡層的男人互助，也還是宮部美幸筆下的風景，但此作中宮部美幸對女性的關愛，已非零星或一閃而過，而有更加溢於言表的顯現。

《三鬼》：《本所深川不可思議草紙》的細緻已非常可觀，《三鬼》驚世駭俗的好，並不只是深刻運用恐怖與妖怪的元素。它牽涉到透過各式各樣的細節，探討舊日本的社會組織與內部殖民。以兼作書名的〈三鬼〉一篇爲例，從窮藩栗山藩到窮村洞森村，令人戰慄的不只是「悲慘世界」，而是形成如此局面背後「不知不動也不思」的權力系統。這是在森鷗外〈高瀨舟〉與〈山椒大夫〉譜系上，更冷峻、更尖銳也可說更投入的揭露——看似「過去事」，但弱勢者被放逐、遺棄、隔離並產生互殘自噬的課題，可一點都不「過去式」。雖然此作最令我想出聲驚呼「萬萬不可錯過」，不代表其他宮部的時代推理，未有其他不及詳述的優點。

透過這種爆發力與續航性，宮部美幸一方面示範了文學的敬業；在另方面，由於她的思考結構具有高度的獨立性與社會批判力，也令人發覺，她已大大改寫了向來只強調「服從與辦事」的「敬業」二字的涵意。在不知不覺中，宮部美幸已將「敬業」轉化爲一系列包含自發、游擊、守望相助精神的傳世好故事。

進入「宮部美幸館」，就是進入最具原創力與當下性的新新羅浮宮。

本文作者簡介

張亦絢

巴黎第三大學電影及視聽研究所碩士。早期作品，曾入選同志文學選與台灣文學選。另著有《我們沿河冒險》（國片優良劇本佳作）、《晚間娛樂：推理不必入門書》、《小道消息》、《看電影的慾望》，長篇小說《愛的不久時：南特／巴黎回憶錄》（台北國際書展大賞入圍）、《永別書：在我不在的時代》（台北國際書展大賞入圍）。二〇一九起，在BIOS Monthly撰寫影評專欄「麻煩電影一下」。

阿勢兇殺案

1

深川富岡橋橋畔出現了一家奇妙的攤子——聽到這個消息剛好是傭工休息日那一天。

新年一月十六日，是俗話說的「地獄鍋爐蓋也會開」的傭工休息日，對日子嚴苛的舖子傭工來說，這天和七月盂蘭盆節都是一年當中最期待的日子——可以放假一天，回父母或親人家優閒自在地度過；或去掃墓。有些經濟寬裕且體貼傭工的舖子老闆會在這天給傭工零用錢，即使只是一點點錢，但是對平時連件舊衣都買不起的人來說，更是喜上加喜。

只是，在這歡樂的一天，也必須多加留意。傭工裡有來自遠方無法當天來回的，也有因種種苦衷無家可歸的，但是他們同樣沉浸在休息日的歡樂氣氛裡。然而這些身世孤寂的傭工，通常在這天前往飲食舖或私娼妓院、酒舖，或雜技棚子、戲棚等，他們在這些平常不能去的遊樂場所，往往會招惹或捲入棘手的糾紛。因此，對手持捕棍的人來說，在傭工休息日也是不能鬆懈輕忽的。

負責本所深川一帶，人稱「回向院頭子」的捕吏茂七也不例外。一如他的稱呼，茂七住在回向院後方，家裡常有兩名手下進出，他們在傭工休息日這天，從早一直到晚上町大門關上之前，必須不停巡邏自己的地盤，專挑只有在這天可以揮霍的傭工可能會去的舖子查看，並且依各家舖子的性質叮囑對方不要做出太惡毒的事，或拜託對方多加關照這些生客傭工。富岡橋橋畔那攤子的事，是茂七其中一名手下糸吉於巡邏的空檔打聽來的，他邊吃茂七老伴準備的午飯邊告訴茂七。

「為什麼說那攤子很奇妙？」

茂七比糸吉早一步結束巡邏，已經回到家吃過午飯，此刻正在抽菸。他吐出一口煙，對著拚命扒吃一大碗飯的糸吉問道：

「難不成那攤子給人吃熊肉？」

「怎麼可能。嗯，我也去看了一下，賣的只是一般的豆皮壽司。」糸吉一邊回答一邊自牙縫噴出了飯粒，「就只是一般的豆皮壽司，也沒看到像枕頭大的壽司。」

在飯桶一旁看著糸吉這副吃相的茂七老伴，忍不住笑著說：

「要是有那種豆皮壽司，糸先生不可能不吃就回來吧。」

她邊笑邊幫糸吉遞出的大碗盛上第二碗飯，糸吉則是忙著將掉在榻榻米上的飯粒塞進嘴裡。這是生性愛說話，怎麼也無法好好吃飯的糸吉的習慣。

「說得也是。可是，我本來就不吃零食啊。因爲我想多吃一點頭子娘做的飯。」

「別廢話，快說正事吧。」茂七催促著，糸吉大口吃著第二碗飯，口齒不清地說：「是賣通宵的攤子。」

「那豆皮壽司攤嗎？」

「是的。又不是在夜裡叫賣的蕎麥麵攤，聽說直到丑時三刻（凌晨兩點）都還亮著燈賣壽司，附近商家都覺得很奇怪。當然啦，那附近的舖子通常開到很晚，可是，頂多也只開到商舖街茶館打烊爲止，從沒聽說有開到丑時三刻的。那麼晚了，根本不可能有什麼路過的客人吧？爲什麼要開到那麼晚呢？而且，晚上明明賣到那麼晚，第二天中午之前就又開始做生意，實在太勤快了。」

說得有道理——茂七也微微歪著頭。

富岡橋那一帶，後面不但有著名的富岡八幡宮，附近又有閻魔堂，就終年都有眾多參拜客這一點來說，不僅適合擺攤子，也適合所有飲食生意。其實那裡已經有許多賣各式各樣吃食茶水的舖子。而且，正如糸吉所說的，到了夜裡，因爲有那些眷戀八幡宮商舖街亮光的男人，以及自洲崎妓院回家的客人，這些舖子通常直到深夜了都還亮著燈。

儘管如此，也沒有人會開到那麼晚，至少，就茂七知道的是這樣。即使當地人拍胸脯說可以與幕府公認的吉原妓院較勁，但這一帶到了晚上畢竟還是很危險，是個竊賊、強盜，或在小舟上隨便舖張草蓆就賺起錢來的女人猖狂的地區。茂七認爲，深夜在這種地方亮晃晃點著燈賣豆皮壽司，與其說是無法理解，倒不如說是太魯莽了。

「結果，你看到那個攤販老闆了嗎？」茂七問道。

糸吉點頭，「看起來比頭子年輕些，髮髻這邊……」糸吉指著耳朵上方，「有不少白髮，這裡就比頭子老了。」

茂七過年就五十五歲了。剛過五十歲那時有種突然老了的感覺，但是到了這個年紀，已經完全習慣五十過半的這種階段，甚至有時會覺得還不到六十，還沒那麼老。

「臉呢？潤潤的？還是皺皺的？」

「這個……」糸吉認眞地想了想，「是說跟頭子比起來怎樣嗎？」

頭子娘又噗哧笑了出來。茂七哼了一聲，在火盆邊敲了一下菸管。

「算了。改天我再去瞧瞧那個老闆。新來的攤販老闆這樣做生意，遲早會出問題。」

接著，糸吉眨巴著眼睛說：

「這個啊，說怪的確很怪，連梶屋那夥人也對那個老闆老老實實的。」

梶屋是黑江町的一家租船酒館，不過，深川居民沒有人這麼相信。其實，梶屋是掌控此地地痞流氓的角頭，人稱「瀨戶勝藏」，深川正是這男人的巢穴。這舖子看上去的確是家乾淨整潔的小小租船酒館，但只要敲打這酒館的榻榻米，肯定馬上塵土蔽空。

勝藏年齡與茂七相仿，他的黑道歲月沒白過，非常**機靈**。只要地盤上的商舖和攤販乖乖付場地費——更不像話的是，勝藏似乎稱之為「房租」——他不僅不會動粗，反而會排解糾紛（但是會從中抽取昂貴佣金），碰到火災或水災，更會蓋些屋頂有梶屋字號的救濟小屋（這樣便能賣人情給那些地主）。他也四處開地下賭場，但是到目前為止，從未鬧過捲入正派人士的露骨血腥事件。茂七跟勝藏早有交情，老實說，他並不是一個**不好應付**的對手。發給茂七捕吏證的南町奉行所大爺，甚至這麼說：

「勝藏啊，與其說他是芝麻上的蒼蠅（註），倒不如說是像熊蜂的傢伙要來得恰當，但卻不是個有眼無珠的熊蜂，也許比盲眼的**牛虻**好些。」

「這麼說來，那老闆難道是給勝藏許多甜頭了？」

「照理說應該是這樣……」糸吉突然壓低聲音說：「可是，我在那附近的舖子聽到一些風聲，據說去年歲末年初那時……就是這個時候，豆皮壽司攤開張了……梶屋的手下去找那個老闆，是個相當兇狠的傢伙，可是不到半個時辰（一個鐘頭），那傢伙就慌忙走了，之後，勝藏親自出馬，兩人不知談了什麼，勝藏也是半個時辰就走了，聽說之後不但沒下文也不再管那攤販。」

「搞不好丟了一大筆錢給勝藏。」頭子娘說道：「勝藏就是這種人嘛。」

「不、不，頭子娘，這是妳的看法，我聽說的是，那時勝藏一副要尿褲子的模樣。這不是很怪嗎？他可是勝藏耶！」

這回茂七可眞的歪起頭來了。這事不止有點怪而已，至今從未聽說勝藏趿拉著竹皮履親自出馬的事。

看樣子，那家豆皮壽司攤販，可不是初生之犢不畏虎的生手。茂七握著菸管，心想，或許不能隨便對那傢伙出手。

不料，外面傳來另一個喊叫聲，茂七這才回過神來。

「吃過飯了嗎？頭子。」

牛權三在門口支著膝蓋看著這邊。他和糸吉那有如隨風亂舞的葉子正好相反，遇有急事也不快步跑，總是慢呑呑地一步步走。他雖然不會發出那種笨重的咚咚聲，但因為動作太過笨拙，所以有「牛」的稱號。他在新川一家酒批發商待了三十年，最後當上掌櫃，卻爲了點小事被趕出來，如此這般，自四十五歲時成爲茂七手下以來，已過了一年。就這一點來說，他比剛過二十歲的糸吉更是新手。

茂七底下，以來一直有一個年輕手下，名叫文次。但是兩年前，文次遇到好親事，一家小舖子想招他入贅。茂七本來就擔心要以這行爲生的文次有點過於和善，因此當文次同意後，他也很高興有這門親事。

註：芝麻上的蒼蠅，意思是扒手之類的小惡棍。

捕吏與手下——也就是頭子與手下——的關係，有親疏之別。不但有跟在頭子身邊一起做事的手下，也有那種只在辦案時才會傳喚對方的情形。對茂七來說，文次正是屬於關係親密的手下，他離開那時，茂七突然感到寂寞。

不過，上天很會安排，文次離去不久，茂七又與其他人結緣，首先是糸吉，接著是權三，連續有了兩個手下。目前日子過得相當熱鬧。

「嗯，吃過了。怎麼了？」

「出現了會令腸胃不好的東西。」

不知是不是掌櫃時代的習慣，權三說話喜歡拐彎抹角，可是茂七馬上緊張起來。

「出現了什麼？」

「女浮屍。」權三說道：「卡在下之橋前的樁子。全裸，年齡大約三十。頭子娘，很抱歉，讓妳聽這種事。」

對已經當了近三十年捕吏頭子娘的女人這麼說話，不難看出權三骨子裡仍是個掌櫃。

「不管過了多久，你還是這麼恭恭敬敬。」茂七邊說邊將捕棍塞進腰帶，站起身來。

2

被放在大川邊、蓋上草蓆的女浮屍，乍看之下沒有外傷，身上乾乾淨淨，沒有任何毆打的痕跡。從屍體尚未浮腫得厲害看來，入水後頂多過了一個晚上。

「好高大。」

茂七掀開草蓆，看了一眼女人的肢體，第一句話便這麼說。成了屍體躺在地上還能讓人一眼就注意到她的身高，看來她生前大概更令人覺得高大。

「是認命自殺的嗎？」糸吉問道。

「爲什麼這樣說？」茂七反問。

「她的臉很平靜。」

雖然女人的眉頭輕皺，但確實看不出有恐怖或苦悶的樣子。

「女人決心跳河時，不會脫光衣服。」

「也許在河裡漂流時脫落了。」

「夏天的話就有可能，這種季節不可能，頂多腳上穿的會脫落。」

不知是不是老天爺的新年慶賀，自元旦以來都是晴天，今天的太陽也極爲愉快地在天空照耀。大川水面映照著一片湛藍的天空，平靜得看似可以在水面滑行。可是，風卻冷得足以把臉凍僵，站在河邊望著水面，耳垂和指頭立即失去知覺。這麼冷的天，每個人都穿得厚厚的，而且緊緊綁著腰帶繩，再說，準備跳河尋死的人，一想到冰冷的河水，通常會比平常多穿幾件。身上穿那麼多衣服的話，在平靜無波的河裡漂流，不可能會脫落得這麼精光。

「那，是私娼妓院逃跑的女人嘍？」糸吉想到什麼就說什麼，「逃走時被發現了，所以對方把女人丟進河裡。」

茂七笑道：「那樣的話，表情應該會很痛苦很害怕，這不就跟你剛剛說的不一樣了。再說，逃跑被殺的女人，身上應該會有私刑的傷痕。你別再猜了，去幫權三向來看熱鬧的人打聽，看能不能打聽出什麼。」

趕走糸吉，茂七繼續勘驗屍體。從肌膚、下腹及乳房看來，權三所推斷的年齡大概沒錯。手腕、脖子和臉的皮膚比胸部、大腿等有衣服遮蔽的地方稍黑，而且胳膊和大腿的肌肉——堅硬結實，看似十分健壯。

如果這是男屍，茂七可能會馬上推斷是在太陽底下勞動的傢伙，可是這是具女屍。

（嗯？這是……）

女人的右肩有個類似胎記的斑，約茂七手掌那般大，只有這裡的皮膚粗硬。

「喂！」茂七對著屍體叫喊手下。兩名手下急忙離開人群走過來。

「你們去找女行腳商。先從這裡著手，去打聽有沒有人看過女行腳商，那種挑擔叫賣做生意的。鮮魚或蔬菜……搞不好是酒。女人挑擔子叫賣很罕見，順利的話，也許很快就能問出來。」

「頭子是說，這女人做這種生意？」權三問道。

「右肩有繭皮，而且是長期累積下來的。」茂七點頭說道。

茂七不但正中目標，運氣也很好，大概是神還來的壓歲錢。當茂七和好不容易才趕到現場驗屍的公役談話時，糸吉便查出女人的身分了。

是東永代町源兵衛大雜院的居民，名叫阿勢。據說是挑擔叫賣的醬油販。

「今天早上就沒看到人，既不在房裡，也沒出門做生意，我正擔心著。」

源兵衛大雜院管理人，表情苦惱地對趕來的茂七一行人如此說道。

「那，找到她的男人了嗎？」
「她的男人？」
「是的，阿勢是殉情的吧？她那麼迷戀他，不可能自己一個人尋死。」
賣醬油的阿勢，三十二歲，管理人認為女方殉情的男人，據說是她採買醬油的批發商野崎屋伙計——二十五歲的音次郎。茂七立即叫糸吉前往位於御船藏前町的野崎屋。
根據管理人所說的，阿勢和年近七十的父親豬助同住，豬助是叫賣酒的小販。
「本來父女倆感情很好，一起辛勤工作賺錢。去年春天，豬助身體不好，也不知是什麼病，只是一直發燒、吃不下東西，根本沒法再挑擔出去賣酒。他不時臥病在床。我也很擔心，想盡辦法，最後，好不容易才在初秋時讓他住進小石川養護所。」
「那麼，現在也在那裡？」
「是的。起初阿勢也常去探視，但是自從和音次郎要好之後，就不管她父親了，老是黏著音次郎。但對方從一時心血來潮的戀愛清醒之後，好像一直躲著阿勢。」
「你見過音次郎嗎？」
「不、不，沒有。那個人甚至沒來過這裡，這裡知道阿勢在談戀愛的人從沒看過音次郎。就阿勢所說的，他應該長得很俊秀。」
管理人又憤憤地說，我曾叫她死心。
「我告訴她，雖然不知道對方一時跟妳說了什麼溫柔話，但對方是批發商伙計，而且在野崎屋也是出了名的能幹伙計，聽說不久就要升上掌櫃，和對方比起來，妳只是個挑擔叫賣小販，而且比他大，根本門不當戶不對，音次郎怎麼可能想和妳成家。可是，阿勢聽不進去。她揚起眼梢說，要是被甩，只有去死，到時候不會自己一個人尋死，要帶著音次郎一起上路。她那模樣很可怕。」

管理人嘴巴上說可怕，卻一臉同情的模樣。

「阿勢拚命工作，確實沒有一般女孩所享有的樂趣。那孩子長得高大結實，皮膚又黑，明明是女人卻能挑擔叫賣，全因這副體格，可是，以姑娘家來說那損失可大了，她就是這樣的女人。沒想到她突然做了個美夢，腦筋大概因此有點失常吧。或許音次郎只是玩玩而已，但這也太造孽了。既然他人都死了，我不能說死人的壞話。」

管理人口誦南無阿彌陀佛，茂七苦笑著阻止他。

「現在唸經還嫌早，音次郎不見得和阿勢一起殉情了。」

果然如茂七所料，從野崎屋回來的糸吉，骨碌碌轉著眼珠子說：

「音次郎那個伙計，今天一早就回川崎的母親家。因爲今天是傭工休息日，頭子。」

茂七對還合著掌瞪大雙眼的管理人說：「看吧。」

3

如果音次郎是殺死阿勢的兇手，大概就不會回野崎屋了，可是，如果他與案子無關，或打算佯裝無關，便會在今晚回來，所以，無論如何都沒必要追到川崎。讓糸吉盯著野崎屋，茂七和權三兩人先動手調查源兵衛大雜院的阿勢住處。

源兵衛大雜院是十戶毗連的房子，房子後面是寬約十八尺的河道。從阿勢的房間可以看到河道，越過堤防便是河面。

阿勢的房間是個只有單薄的被褥和幾個箱籠的窮住所；廚房用具也都是用了很久的舊貨。

「阿勢大概是從這裡落水的。」權三說道：「雖然不知道是他殺還是自殺，不過，地點應該是這裡。」

「爲什麼？」

「阿勢是全裸的，不可能在外面走著。」

「也許是在別處被剝光衣服，衣服隨手扔了。」

「箱籠裡有兩件夾衣、三件貼身裙、三件內衣，加上其他腰帶、腰帶繩之類，這大概就是阿勢全部的衣物。」

「大概吧，我也這麼認爲。」

另一個箱籠，放著兩套阿勢出門做生意穿的衣服。挑賣醬油的買賣，通常會掖起衣服的下襬，裡面穿細筒褲，頭上蒙著頭巾，避免頭髮掉進賣貨裡。這些做生意穿的衣服，一套看似洗過才疊好，但擱在上面的另一套，顯然是昨天穿過的，衣領的地方有些髒了，布襪底也沾著塵土。

「昨天阿勢做完生意回來，不知什麼時候，在這裡脫下衣服，然後跳河……我覺得是這樣。」

「爲什麼脫下衣服？」

「這我就不知道了。」權三表情黯淡地說：「女人有時會做出激烈的事。」

「我也有同感。」茂七轉頭望著泥地水缸旁疊放一起的醬油桶和扁擔，「也認為昨天阿勢曾一度回到這裡。」

茂七走到泥地，觸摸散發醬油味的木桶。用久了的扁擔光看就覺得重。旁邊靠放著另一套類似的挑賣工具，這大概是父親豬助病倒之前用的，上面布滿灰塵。

「那，果然是在這裡落水——」

茂七制止權三，接著說：「我認為阿勢是他殺，只是沒有留下痕跡。既然她的衣物和布襪都在這裡，地點大概也是這裡吧，時間可能是昨晚深夜。這樣的話，依據漲潮和水流的情況，一個晚上漂流到下之橋那附近也就不足為奇了。只是，不知為什麼要脫光她的衣服。」

這點一直讓茂七懸掛在心裡。為什麼要脫光衣服？

走出阿勢房間，茂七和權三向源兵衛大雜院居民打聽阿勢最近的情況，以及她昨天的出入狀況。大家都說，阿勢本來和大雜院的那些婦女交情很好，但自從與音次郎交往，便突然疏遠了。

「我們不贊成她和音次郎的事，所以她很生氣吧。」一名婦女說道：「我曾明白告訴她，妳被騙了，對方不是真心的。阿勢對這種賺一天吃一天的生活感到不安，省吃儉用存了一點錢，我跟她說，那個音次郎還不及這點錢來得可靠。」

茂七將錢的事牢記在心裡。據他自己的調查，阿勢房裡沒有任何錢。

關於阿勢昨天的行蹤，雖然查不出她到底何時出門做生意，卻找到一個目睹她回來的人。據說，住在對面的新內節（註）師傅，在昨天傍晚六刻（下午六點）看到挑著扁擔的阿勢開門進屋。

「也不是只有昨天而已。我每天傍晚結束外頭的教授課程通常在那個時候回到家，也看過好幾次阿勢在那個時候回來。她總是在六刻鐘響時回來，這一定是她的習慣。」

「妳是看到她的背影？」

「是的，不過不會看錯的，那的確是阿勢。衣服和頭巾都跟平常一樣。」

「時間也確定嗎？」

「每天都是這個時間。再說，那時剛好響起六刻鐘聲。」

既然如此，表示是在那之後才發生命案，音次郎——他大概就是兇手——在那個時間之後才來找阿勢，進到她的房間。音次郎應該會避開耳目，所以或許是更晚才偷偷前來。

茂七認爲，他可能是突然來找阿勢。如果是事先約好的話，阿勢不可能就光一個人在家等著。即使音次郎不准她說出去，讓她無法跟鄰居說什麼，但這畢竟是心愛的男人第一次來訪，她應該會準備吃食和酒，可是房裡看不出有這個跡象。

權三又打聽到另一個線索。源兵衛大雜院附近有個替人縫製衣物的零工，據說阿勢託對方縫製窄袖服。

「是新年過後交貨。」那縫紉師傅說道：「她堅持要我在新年過後的傭工休息日之前縫好。聽說她有個互訂終身的人，傭工休息日要和那人去見他母親。窄袖服正是那天要穿的。」

阿勢肯定是紅著臉告訴音次郎訂製新衣的事，而他聽了之後到底有什麼表情呢？

「對一個想自女人身邊逃走的男人來說，肯定在心裡暗叫慘了、慘了。」權三面無表情地說：

註：說唱故事淨琉璃的一種，以男女殉情故事爲主。

「阿勢是個可憐的女人。」

「更重要的是，怎麼也找不到阿勢的那件衣服。」茂七說道。

茂七問了許多源兵衛大雜院的人，尤其是仔細問了住在阿勢隔壁的人，卻沒有人在昨晚聽到可疑的聲音或女人的哭泣聲，也沒有人聽到東西掉進河裡的水聲。話說回來，殺死阿勢的兇手應該也會注意到這一點，茂七本來就不應該抱這種希望才對。再說，要是有這種騷動，應該也會有人馬上察覺，過來敲阿勢家的門了。

這裡的居民大多白天不在家，茂七要權三等他們回來時再打聽，他自己則是快步走在即將日落的街上，前往小石川。他是去見住進養護所的豬助。

穿過陡坡盡頭的大門，茂七向門衛說明事由，門衛說豬助正在裡邊等著，看來大雜院的管理人已經先派人來通知了。

「只是，不能待太久。這裡都是病人。」門衛說道。

「豬助病況如何？」

「沒問過醫生，我也不知道。但是你不能對病人動粗。」

養護所是個讓窮人感謝的地方，但對捕吏來說，這種嚴加拒絕的態度很麻煩。苦於病痛的窮人似乎視替幕府做事的捕吏為仇敵，不過實際上，那種壞捕吏確實很多，茂七邊這麼想邊走往門衛指示的大房間。

豬助坐在薄褥上，身上裹著養護所發給病人的衣服，他非常瘦削，整個肩膀好像都是骨頭，但比想像中要有精神。他說，這裡的醫生告訴他，再忍耐半個月就可以回家。

「我知道阿勢有了情人。」豬助聲音嘶啞地說：「因爲大雜院的管理人常來探病。我只能祈禱阿勢沒有被騙，沒想到竟然發生這種事。一個月前，她來只待了一下子。」

豬助喪氣地垂著肩膀，眨巴著充血的雙眼。大房間裡的其他病人，儘管故意不看這邊，但有時仍會投來同情的目光。

「窮人只能拚命工作，一輩子都必須工作，尤其是她那種身材，不可能有好親事。我一直告訴她，要她自己賺錢過好日子。沒想到……」

「阿勢畢竟也是女人。」

「女人裡，也有那種不能只靠白日夢過日子的。」

這令茂七無話可說。

「你不氣音次郎？」

「生氣也沒用。」豬助撇著嘴角笑道：「阿勢啊，她說只要和音次郎結婚，就可以讓我過好一點的日子，可以擺脫賺一天吃一天的生活。音次郎那人的確是商家伙計，只要認眞幹活，應該可以過好日子，和我們這種當天賺當天花用的窮人不同。難怪阿勢會做那種白日夢。頭子，我啊，認爲阿勢在死之前，能做那樣的美夢也不錯。意思是說，她不是自己跳河，而是那樣做著美夢被殺了還比較幸福。至於那個男人，其實不重要，本來就是阿勢錯了。」

這話充滿了死心的意味。

豬助又說，關於阿勢的葬禮，全交給大雜院管理人辦理。葬禮在後天舉行，當天養護所會讓他回家待上一天。

「你今晚不能回家嗎？」

「事到如今，回家有什麼用？不管今天回去還是後天回去，阿勢都不會活過來了。」

茂七心想，不是養護所不讓他回家，而是豬助自己不想回家。他不想看獨生女的遺容，不忍心面對這件事。這也表示，其實豬助並沒有那麼堅強。

「阿勢拚命工作存了一些錢，」茂七說道：「但是那筆錢不見了。爲了你往後的日子，我至少要找回這些錢。」

豬助沒有說什麼，只是向茂七行了個禮。

茂七離開養護所走下坡道時，心想，如果豬助沒有病倒，兩人健健康康一起工作的話，或許阿勢就不會陷入那種莽撞的戀愛。父親病倒後，阿勢突然深深感受到一個人的孤寂，以及賺一天吃一天的這種不穩定的將來——這種內心的空虛，令幸福的幻想悄悄乘隙而入。阿勢也許眞的愛上了音次郎，但她或許也同樣憧憬商家伙計的生活。她每次去採買醬油，親眼目睹他們的生活，便更會讓她這麼想：和那種人結婚的話，我也不用每天四處走得雙腳沾滿塵土，雨天也不用淋得像隻落湯雞，更不用穿得像挑擔叫賣的男人；而且可以讓人叫我一聲伙計娘，不，馬上就是掌櫃了，所以是掌櫃娘，肩膀的扁擔痕也會褪去……

（阿勢，商家伙計的生活，也不是每天都有好事。）

他們也必須靠勞力拚命工作，生活和挑擔叫賣的一樣，不，也和捕吏差不多。大家都一樣啊！阿勢。

茂七全身都快凍僵了，他在坡道盡頭一家蕎麥麵攤吃過晚飯，在全然日落的街上快步往東走去。這個時候音次郎應該已經從川崎回來了。

（如果他沒有逃走的話。）

他沒有逃走；音次郎回到野崎屋了。

4

野崎屋爲音次郎騰出一間榻榻米房，主人也在座，正等著茂七。待在一旁的糸吉似乎對此很不服氣，茂七倒覺得無所謂。大抵說來，年輕伙計與出入舖子採買的女性叫賣小販有染，本來就是舖子這邊的過錯。茂七打算教訓對方一頓。

音次郎看上去比實際年齡年輕，身材結實而且高大，誠如阿勢自誇的那般，是個相當俊秀的男人。只是，發生了這種事，他那雙骨碌碌轉個不停的眼睛，總讓茂七覺得不順眼，而那雙與身材極不相稱的白皙細長的手，也散發出一股拈花惹草的味道。

「我和阿勢姑娘交往半年了。」音次郎爽快地承認，「不過，我想先說明一點，我沒有勾引她，而且一開始就說明白了，我不可能和她成親。」

「只是暫時的交往嗎？」

「男人與女人之間也有這種事吧。」音次郎挑釁地抬起頭說：「頭子，您大概不會說有了男女關係就必須結婚這種蠢話吧？」

正因爲這樣，自己才不去阿勢家，幽會時都選在茶館或租船酒館，而且時間很短——音次郎如此表明。

「這麼說來，你和阿勢都是偷空匆匆幽會？」

「是的。」大概音次郎也覺得心虛，斜眼偷覷著主人，「儘管是這樣，我從沒給舖子惹麻煩。」

野崎屋主人長長地嘆了一口氣，「關於這一點，音次郎說得沒錯。他負責採買，不出門辦不了事。有時也得出遠門，有時也必須花些交際費。可是，就算花時間花錢，他也絕對會談成划算的生意。我們批發的東西，是全江戶數一數二的上等貨，但是我們的進貨價格是一般行情的七折，這都是音次郎的功勞。」

茂七對主人的開場白充耳不聞，他問音次郎：「你最近和阿勢見面是什麼時候？」

「去年年底，大概是歲末中旬。那時只站在後門閒聊幾句而已。」

「站著閒聊？」

音次郎大聲說道：「因為我正想和阿勢姑娘分手。我和阿勢姑娘發生關係之後，很快就發現她是個危險的女人。我明明叮囑過好幾次，她卻經常提出結婚的事，不管我怎麼說，她都聽不進去。我認為這樣的話就只有分手，這點我也向阿勢姑娘說了。我說不能再和她見面了。可是她就是不死心，來找過我好幾次，想叫我出去。當然，她沒在舖子裡大吵大鬧，但很囉唆，我對她也實在沒輒。」

音次郎又說，因為不想和阿勢見面，每次她早上來採買時，總是盡量躲開。

「好吧，那歲末中旬你和阿勢見面時，有沒有對她說傭工休息日一起回家見你母親？」

音次郎冷笑地說：「我怎麼可能說那種話。」

依據多年來的經驗，茂七知道音次郎在說謊，但他不動聲色。

「你愛上阿勢哪一點？」

對這突如其來的問題，音次郎怯懦地「啊」了一聲。

「因爲愛上她的哪一點，才和她發生關係吧？」

「是的，那當然。」音次郎一副難以啓齒的模樣，不時偷瞄著主人和頭子，「那個人正如大家所看到的那樣，身材高大，性子是非黑白分明，年齡也比我大許多……讓我覺得好像跟姊姊在一起。大概就是愛上她這點吧，所以我根本沒料到那個人會纏著我。」

眞是個任性的男人。阿勢沒有看男人的眼光。

「你昨天一整天都在哪裡？盡量說得詳細點。」

音次郎說昨天下午都在外面，「畢竟是新年，去探望老主顧和去錢舖。」

音次郎依次說出地點與待在該處的大約時刻。

「不過，傍晚……太陽下山那時，我在大川旁亂逛了約四分之一個時辰（三十分鐘）。」

「爲什麼？」

「想事情。」音次郎氣憤地說：「想想到底該如何應付阿勢姑娘。明天是傭工休息日，我必須回家，讓母親看看我平安無事的樣子，一想到不能讓她擔憂，便更覺得苦惱。要是讓阿勢姑娘一直纏下去，會毀了我的將來。」

茂七很驚訝音次郎竟然說得如此坦白。就音次郎的情況，爲了不讓人起疑，一般人通常會說自己深愛那個死去的女人，不可能殺害她等等。

難道說音次郎眞的沒有殺死阿勢？還是，殺了女人，但自己非常有把握，絕對可以否認到底，不會東窗事發？

「音次郎昨晚六刻半（下午七點）回到這裡。」主人說道：「他來和我打招呼說『剛回來』，所以絕對沒錯。」

「爲什麼知道是六刻半？」

「我房裡有漏刻，每天都是由我親自維護調整，絕對不會不準。昨天音次郎回來時，不久那漏刻就報時六刻半。」

阿勢回到東永代町源兵衛大雜院是六刻，從那裡到御船藏前町這舖子，以男人的腳力可能在不到半個時辰內趕回來嗎？

如果只是去去就回來，這是有可能的。可是，如果音次郎在源兵衛大雜院殺死阿勢，再剝光她的衣服，然後將屍體沉入河裡，之後再回來的話，那就另當別論了。假若，音次郎是先在房裡等她回來，之後立即將她殺死，這也必須留意四周動靜，就算他再怎麼迅速，也得花上四分之一個時辰。而且，從死人身上剝掉衣服，比想像中的更花時間。

如此一來，音次郎便必須在剩下的四分之一個時辰之內趕回去。這是絕對辦不到的。

茂七像是在看細微的東西瞇起眼睛說：「晚上呢？」

「晚上音次郎一直待在舖子裡。」

音次郎也點頭同意老闆的話。

「今天是傭工休息日，昨晚是休息日前夕，要對帳之類的，瑣碎的事堆積如山，多得必須挑燈趕工。」

「我回來之後馬上跟大家去澡堂，只有在這個時候出了門，其餘時間都待在鋪子裡。您可以隨便找個人問，跟大家確認一下。」

音次郎說完，正視著茂七。

毋需音次郎的提醒，從那個時間到深夜，茂七問了鋪子裡所有傭工，證實了野崎屋主人和音次郎的說詞。

原來是這樣，茂七心想。難怪那傢伙一點也不怕自己會有嫌疑。

茂七說「今天到此爲止」，要離開野崎屋時，音次郎送至廚房後門，他雙手貼在地板送茂七離開，當他抬起頭時，不知是不是想起不愉快的對話，就像哪裡痛似地皺起了眉頭。茂七心想，雖不知他什麼地方痛，但絕不是爲了阿勢的死心痛。

那晚茂七回到家中，一度怒火中燒，連酒都覺得難喝，又因激動而毫無睡意。音次郎那張有點狂妄的臉，不時在眼前浮現。

茂七認爲這其中一定有什麼蹊蹺。殺死阿勢的就是那個傢伙，可是，他有自信不會東窗事發，才會那樣坦白。

六刻至六刻半，這個時間絕無問題嗎？

茂七反覆地一會站著一會坐著，怎麼也想不出任何辦法。頭子娘很清楚茂七的性子，這種時候不會理他，任他去，所以應該已經先睡了。

想不出辦法，讓茂七非常氣憤，如此這般，他肚子餓了。

這才想起白天糸吉說的那個到了深夜還在做生意的豆皮壽司攤販。

茂七套上草鞋，打算去瞧瞧。儘管對現在的腦子沒有什麼幫助，但總可以塡飽肚子。

5

茂七來到附近，果然看到漆黑的富岡橋那一帶亮著一盞燈，是淡紅色的亮光。是爲了襯托豆皮壽司才用那種顏色的嗎？

其實攤子並不是位於富岡橋橋畔，而是在橋頭稍微往北的右轉巷口。看到那個攤子，茂七想起了一件事。

半年之前，這裡常有一家老頭子經營的二八蕎麥麵麵攤。這麵攤也賣到很晚，總是最後一個打烊。漆黑中亮著一盞燈，散發出蕎麥麵味。茂七曾看過幾次，但是最近卻不見了，本以爲換了地點……。

（這麼說來，這豆皮壽司老闆是那個老頭子的親人？）

賣豆皮壽司的攤子通常沒有屋頂，只在簡陋的檯子上頂著一把油傘便做起生意，而壽司也不是現做的，是事先就準備好了。

然而，這家攤子與眾不同，不但有木板屋頂，還並排了兩條長凳子。不知檯子下是不是可以炊

煮，茂七挨近時，看到那附近冒出雪白的熱氣。

不見其他客人。攤子前果然是個比茂七稍微年輕、雙唇緊閉的老闆，茂七開口說：

「打擾了。」

老闆稍稍抬眼看了一下茂七，右手握著長筷在鍋子裡戳攪。鍋子飄出一股熱騰騰的味噌味。

「給我三、四個豆皮壽司，還有……那是什麼？這裡也賣湯？」

老闆的回應比茂七想像中的更宏亮，而且聲音聽起來很沉著。「雖然沒有酒，但這種寒夜，倒是有蕪菁湯和麵糰子湯。」

麵糰子湯是將麵粉揉成糰子配烏龍麵湯吃，蕪菁湯是時鮮蕪菁味噌湯。茂七老伴在蕪菁湯裡會加入切成骰子大小的豆腐。

「我最愛吃蕪菁湯，給我一碗吧。」

老闆低沉回了一聲「是」，從一旁拿起大碗，再度打開鍋蓋。茂七看了一會他雙手的動作，緩緩地說：

「老闆，以前在這一帶沒見過你。」

「攤子剛開張不久。」

「剛開張不久卻賣到這麼晚。」

老闆抬起頭，隔著熱氣笑著說：「我住附近，反正回家也是自己一個人，沒事做，乾脆賣晚一點。」

「這麼冷的天，再說，有生意嗎？不是沒客人嗎？」

「有。今晚您不是來了？」

「只有一、兩個客人，會做不下去吧？」

「所以白天也賣。」

老闆邊說「久等了」邊端出擱上筷子的大碗和盤子，盤子裡盛著雖小卻很有光澤的豆皮壽司。

茂七先喝一口蕪菁湯，不禁「喔」一聲地說：「這個好吃。」

這蕪菁湯跟茂七平常吃慣的不同，用的是整個小蕪菁，只在上面撒些蕪菁葉。除此之外，沒有其他配料，而味噌是味道和顏色都很濃的紅味噌，雖有烤焦味，但和清淡的蕪菁很搭。

「這跟我老伴做的不同，是你老家的做法嗎？」

老闆露出微笑，「有樣學樣的。」

「是嗎？就算浜町那一帶的酒館也吃不到這種上等貨。」

這裡的豆皮壽司，也不是那種粗手粗腳的攤販在醬油滷的油豆腐內塞入冷飯而已。這老闆的豆皮，味道微甜，煮得稍硬的白飯，醋香撲鼻而來。茂七很快吃完了四個，又叫了一盤。

「以前這裡擺的是老頭子賣的二八蕎麥麵攤，你認識他嗎？」

「認識。」老闆邊自檯子下的炭爐拿起幾個炭火移到別的火盆邊回答，「正是那蕎麥麵攤讓出這地點給我。」

「是嗎？」茂七心想，原來如此。「那，老頭子呢？」

「他說身子已經漸漸不聽使喚了，好像在材木町那一帶養老。」

「能過那種優閒的生活，是因爲你出高價買了這地點？」

老闆雖然討好似地笑了笑，卻沒開口說什麼。

「那你跟梶屋那些人是怎麼談好的？」

老闆面不改色地說：「跟大家一樣。」

「他們對你漫天開價了吧？」

「沒那回事。」

老闆那沉穩的動作以及說話的態度，看樣子不是生來就註定得靠擺攤爲生，且一輩子都得擺攤的那種出身。茂七將另一個豆皮壽司丟進嘴裡，左思右想。

這老闆的姿勢，右肩有點高。

（這是……）

茂七抬眼往上瞧，發現老闆頭頂剃光的部分，在亮光的映照下皮膚顯得粗糙。

「老闆，你以前是武家人吧？」

茂七說完，老闆突然停住自方才就一直不停找事做的雙手。

「不，算了，我不是想探聽。」茂七趕緊笑著說道。

「怎麼看出來的？」

老闆平靜地反問。

「腰上佩帶長刀短刃的武家人，右肩總是比較高。還有，你的頭，那個剃光的部分，看得到毛孔。如果是一般商人的話，除非是長期臥病在床，否則不會這樣。因爲他們經常剃髮。可是你的頭，好像有陣子沒剃，隔了好久才剃的，而且頂多只有兩個月罷了。換句話說，你曾經是浪人，最後，捨棄武士刀成爲商人，不是嗎？」

老闆伸手撫摩頭頂，露出讚嘆的神情說：「您說得沒錯，大爺。」

「想早日恢復光滑的頭頂，最好用米糠袋擦一擦。」

「我試試看。」

他是個極爲老實且循規蹈矩的老闆，茂七決定今晚不再追問了。反正日後應該可以慢慢得知這老闆的事。這男人原本是武士，又讓梶屋勝藏嚇得幾乎要尿褲子，這樣的男人爲什麼會來擺豆皮壽司攤？

（似乎有調查的必要。）

冒著寒風出來的確値得，再說壽司和蕪菁湯實在好吃。

「我想再來一碗湯，」茂七笑著說道：「那邊的麵糰子湯好像也很好吃，可是蕪菁湯這味噌又別有風味，不知哪個比較好。」

「喜歡這味噌的話，用麵糰子代替蕪菁放進湯裡如何？」

「可以嗎？太好了。」

老闆在大碗裡舀進蕪菁味噌湯，又舀了幾個軟軟的麵糰子到湯裡，順便從蕪菁湯裡挑出蕪菁葉點綴在上面。

茂七捧著碗，顯得十分高興。

「這個好吃。我很喜歡吃麵糰子，有時甚至比米飯更喜歡。」

茂七喝著熱湯，邊吹氣邊將麵糰子送進嘴裡，他說：

「話說回來，這種吃法也很有趣。不是烏龍麵湯，而是味噌湯麵糰子，可是乍看之下跟蕪菁湯很像。」

「因爲都是浮著白色的東西。」老闆如此說道：「不實際吃的話，也許會認爲是蕪菁湯，畢竟大部分的人都認爲麵糰子應該在烏龍麵湯裡。」

「有道理，光看表面就會這樣認爲。」

茂七此話一出口，腦子裡馬上閃過一個念頭。

光看表面就會這樣認爲。麵糰子是在烏龍麵湯裡，如果它在味噌湯裡就會被認爲是蕪菁。

茂七不禁張大了嘴巴。

一大早，茂七帶著權三和糸吉直奔野崎屋。

「你們聽好了，要是音次郎抵抗，就算壓住他也要脫下來看看。」

「知道了。」

連早起的醬油批發商，似乎也對這才剛醒就來登門拜訪的事大吃一驚。老闆瞪大雙眼出來招呼。

「發生什麼事了?頭子。」

「你讓我們見一下音次郎。」

連剛洗過臉的當事人音次郎，也困惑地皺著眉，一副不耐煩地走過來。

「沒必要進屋裡，這裡就行了。」茂七在廚房地板沿前對著音次郎招手，「等做完了這件事，以後不會再打擾你。只是一點小事而已。」

「什麼事？」

「你掀開衣領，讓我看看右肩。昨天你在這裡送我離開時，一臉好像哪裡疼痛的樣子。那時我沒在意，但昨晚吃豆皮壽司時卻開始在意起來。」

老闆對這奇怪的要求眨巴著眼睛，一旁的音次郎臉上明顯沒了血色。連糸吉事後都說：「好像可以聽到血液自他臉上退去的聲音。」

音次郎猶豫著，大概是想找什麼藉口。不過，糸吉搶先他一步，說了一聲「抱歉」，同時繞到音次郎背後抓住他的衣領。

音次郎亂了陣腳，驚慌失措地想逃走。這時輪到牛權三出場了，這個男人並非只因笨拙才有牛的稱號，逮捕罪犯時，他具有足以壓扁兇手讓對方無可脫逃的體重。

茂七剝開音次郎那時髦的條紋衣，右肩白皙的肌膚清晰留下一條看似磨破皮的細長瘀血。

「看看這個，野崎屋老闆。」茂七說道：「音次郎，眞是辛苦你了，這是挑扁擔磨破皮的吧？要是你平常習慣勞動的話，大事臨頭時就不會這樣了。」

茂七想到的謎底，其實很簡單。

「那天傍晚，大概比六刻更早一些，音次郎叫阿勢到一家租船酒館，在那裡殺死阿勢。那酒館應該在可以連通大川的河道旁，不太醒目，而且是那種只要塞點錢，就算客人有些可疑也會視而不見的租船酒館。即使音次郎不肯招供，我們只要四處搜查一下，應該很快就能查出來。」

音次郎在那裡從阿勢背後用手腕勒死阿勢，這種方式不會留下勒痕。

之後音次郎剝光阿勢的衣服，將阿勢的屍體丟進租船酒館附近的河道，自己穿上阿勢的衣服，挑著阿勢做生意的傢伙前往源兵衛大雜院……

「音次郎假扮成阿勢？」

「是啊。所以才要剝光她的衣服。」

「那，對面師傅在六刻看到的不是阿勢……」

「是音次郎。阿勢是個身材高大的女人，音次郎假扮成她，遠遠看是分不出來的。而且，醬油小販的穿著很特別，頭上得蒙著頭巾，這一來就不知頭巾下的髮髻是男是女了，看到這一身打扮的人會認爲『啊，是賣醬油的』，而看到這身賣醬油打扮的人進阿勢的房間，也會認爲『啊，是阿勢回來了』。」

光看麵糰子浮在味噌湯裡，沒有實際吃的人會深信「啊，是蕪菁湯」。就是這個道理。

「儘管這很冒險，卻值得一搏。再說，要拿走阿勢存下的一點積蓄，就必須到阿勢的屋裡翻找。最重要的是，只要事情順利，音次郎便可以否認到底，因爲除非長了翅膀，否則沒法在殺了阿勢之後的四分之一個時辰內趕回野崎屋。他只要在穿著阿勢做生意的衣服時，不要和源兵衛大雜院的人打照面就可以了。這點不難。現在這麼冷，沒有人會打開門窗，而且那些婦女也因爲天冷，不可能在井邊閒聊太久。」

接下來，只要讓平時在六刻鐘聲響起時，與阿勢差不多同時回到源兵衛大雜院的師傅看到阿勢的那一身打扮就行了。

「對音次郎來說，最重要的是讓那位師傅看到他打扮成醬油小販的模樣，而這一點也成功了。」

再來就是迅速換下衣服，翻找阿勢放在屋裡的積蓄，然後跑回野崎屋。他換穿的衣服應該是之前就藏在醬油桶裡。

「啊？那樣的話，衣服不是會被醬油沾濕了？」

糸吉驚叫地說道。茂七笑著說：「那傢伙，怎麼可能挑著裝滿醬油的桶子從殺死阿勢的租船酒館走到源兵衛大雜院。他在丟棄阿勢的屍體時，也把醬油倒進河裡。」

權三詫異地說：「這麼說來，那傢伙光挑著兩個空木桶肩膀就瘀血了？」

「這表示舖子的傭工裡也有這種人，就是不適合幹粗活啦！」

據說，音次郎被審問時，哭著招供，並懇求不要讓住在川崎的母親知道。

「阿母只有一個願望，就是希望我將來能成爲一個商人。」

音次郎偷走阿勢的積蓄時，也一併將她訂做的那件新衣拿走。據說，他回川崎時，將那件新衣送給同樣在傭工休息日回家的一個青梅竹馬的女孩。

他說，想出這個主意，並沒花多少腦筋。即使音次郎不聞不問，阿勢也很愛說些自己的生活瑣事，所以他以前就知道新內節師傅的事，也知道阿勢大致的作息時間。

「不過，如果阿勢不說傭工休息日那天要和我一起去見我阿母，以媳婦的身分和我阿母見面，我也不會做出這種事。我寧死也不願讓阿勢去見我阿母。怎麼可能讓那女人當我媳婦，那會讓我阿母的夢想破滅。」

聽了音次郎的這番話，茂七突然想起一首古俳句。

——傭工休息日，不得不向母親說，某些難言事。

阿勢兇殺案破案之後，茂七帶著老伴再度前往那攤子。來的時間雖比上回早，不料兩條長板凳都坐滿了人，茂七和老伴只能站著吃豆皮壽司配蕪菁湯。老闆說，在蕪菁的旺季裡，會一直賣蕪菁湯，眞是令人期待。

另一件令人感興趣的事，是探索這老闆的眞正身分。

嗯，慢慢來吧。茂七喝著蕪菁湯，心裡這麼想著。

銀魚的眼睛

1

二月底，江戶街上下了一場春季大雪。才剛過的這個冬天也是特別多雪的一年，因此大家對這場春雪並沒有太驚訝，也不覺得稀罕，只是給遍地開的梅花惹麻煩罷了。

中午過後開始下雪，此時回向院茂七帶著手下糸吉正好來到大川旁。他們因公務造訪八丁渠大爺（註），正在回深川的途中。

兩人在永代橋停了下來，像說好似地將手肘擱在橋上的欄杆，眺望河對面的佃島。河面平靜得像結了冰，無以數計的雪花飄落旋即消失。

剛下雪時很熱鬧。因爲大家會仰望著天空說「哎，是雪」、「喔，下雪了」地迎接雪花，或許雪花也很高興吧。直到開始積雪了才會靜謐下來。

雪花落在手背上時，茂七突然覺得，剛開始下的雪也許是雪小孩。因爲小孩子不管到哪裡都不會靜悄悄的。雪小孩呀、啊地邊吵邊下，之後雪大人再慢條斯理地追上來……

或許是腦子裡還想著剛才公役大爺說的事，才這麼覺得吧。

最近大川東邊街上，隨處可見以路邊爲家的孩童。由於不能視而不見，大爺只好找來捕吏商討對策。

這些孩童的數量並不是最近才突然增多，而是從以前便開始逐漸增加。在奉行所公役大爺注意到這件事之前，看在捕吏茂七的眼裡，這些孩子早就教人十分掛意了。

這些孩童到底是從哪裡冒出來，茂七也不清楚。他們大都是孤兒，或者即使有父母，也無力養育他們，再不然就是那種對孩子有害無益的父母，因此他們才離家出走，際遇相似的幾個人便聚在一起，開始自力過活。有的去乞討，或幫人砍柴汲水做些雜事，賺取當天的生活費，也有人靠偷或扒糊口。到了晚上，他們潛入神社或在寺院的屋簷下過夜，有些則偷偷住進大雜院的空屋，教糊塗的管理人大吃一驚。

茂七對這些孩童也束手無策。如果只是一、兩個孩童，倒也還有辦法，茂七可以收養他們，將具有這方面素質的孩子訓練成手下，或幫他們找住宿傭工的舖子。但是，要是多到昨天那邊有三個、今天這邊有兩個的程度，可就不知該從何下手了。再說，這些孩童只要看到大人接近，便會立即逃之夭夭。

茂七有時會向負責日本橋通町或神田那一帶的捕吏打聽消息，得知大川對面那邊對這些孩童似乎不像這邊那麼在意。大舖子和武家宅邸較多的地方，町大門門衛和辦事處比較囉唆些，整個町內也嚴加監視，孩子或許很難在那裡落腳。因此就算他們白天在大川兩邊來來回回地討生活，但太陽一下山，終究是回到這邊吧？

也因此，奉行所裡負責本所深川政務的公役大爺才會注意到他們。

不過，大爺也說，不能對這些孩子動粗。但奉行所也沒有多餘的錢可以將這些孩子集中養育至他們找到出路爲止，因此才召集大夥一起商討。

註：町奉行所公役都住在八丁渠。

被召喚至管轄本所深川的公役大爺宅子的不止茂七一個人，大川這邊所有主要捕吏之中，有可能爲此事盡力的頭子全到齊了。一談到主題，這些捕吏頭子不約而同地彼此互望、頻頻點頭，這才明白是爲了這件事召集大家。

公役大爺打算向本所深川這一帶的富商、地主、町幹部等人定期募款，替那些過一天算一天的孩童蓋救濟小屋。當然，這募款能持續多久、又有多少町幹部願意，目前都還不知道。不過，當務之急是提供這些孩童住處、衣物和食物，目前能做的就只有這樣。當然，本所公役也會視情況從中說情。

被召喚的捕吏，在各自的地盤都深受町幹部的信賴，所以他們都是最適合遊說的人選，何況他們個個都是一副除此之外別無他法的表情。而且，這也總比命令捕吏無論如何都要驅離那些孩童要來得好。但是，他們同時也露出另一種表情，亦即向有種種外快的本所深川公役大爺募款。公役之中一聽到要他們出點東西時，也不乏那種連舌頭都不肯伸出來的人，看來要遊說他們，比遊說町幹部還難。

儘管如此，這對在寺院屋簷下蓋著草蓆、彼此發抖地摟在一起過夜的孩童來說仍是好消息。被召集的捕吏，個個不約而同地點著頭離開八丁渠——這就是事情的經過。

雪花不停飄落。茂七從沉思中回過神來，心想，這種天候，必須盡早爲那些孩童蓋救濟小屋。今年的春天十分任性，光把梅花破壞殆盡仍嫌不夠，或許櫻花開時還會再鬧一場。看來還是早點著手吧。

茂七轉頭想催促糸吉，卻看到他還在眺望遠處的佃島。

「喂，走吧。」茂七說道。糸吉嘆了一口氣，手肘也跟著離開欄杆。

「既然下雪了，今晚捕銀魚的會休息一天吧。」

現在正是大川下游佃島附近捕銀魚的旺季。每天夜裡，漆黑的河面上點了無數蠟燭，漁火通明，許多漁夫灑下四方形魚網捕銀魚。

「未必吧！銀魚的旺季很短，這點雪大概不會休息。」

糸吉仰望著天空，雪花落在鼻頭上。

「下得眞大。頭子，這種春雪飄下河裡，流到了大海，經過一個晚上就會變成銀魚。」

茂七「哦」地應了一聲，「虧你想得出這種風雅的話。」

茂七突然想到糸吉不吃銀魚。茂七和老伴及另一名手下權三，都十分喜愛在剛捕獲的蹦跳銀魚澆上兩杯醬醋，再一口吞下，只有糸吉不吃。

「難道是因爲你會聯想到這種風雅的話，才不吃銀魚？」

茂七問道，糸吉難爲情地搖頭。

「不是。我只是因爲一看到那小小的黑眼珠就吃不下了。那些東西不是有像黑點的眼睛嗎？一看到那些眼睛在兩杯醬醋裡盯著我，我就下不了筷子。」

茂七笑了出來，「沒想到你這麼膽小。那個啊，不是在吃活生生的魚，而是在吞食春天！」

「這話我也常聽人說。可是，我還是不行，怎麼也吞不下去。」

約半個月之後，茂七看到晚飯的小缽裡盛著活蹦亂跳的銀魚，突然想起和糸吉的那段對話。

「咦！怎麼有這個？」茂七問老伴。

「魚寅的政先生送來的。他說旺季快結束了。」

大雪早已融化得無影無蹤，江戶街上充滿了春天的氣息，這對從早到晚，爲了募款忙著四處拜訪町幹部、遊說商人的茂七來說，實在値得感恩，而對那些在救濟小屋蓋好之前不得不露宿街頭的孩童來說，更是件好事。

募款一事比想像中要來得困難。

的確，以本所深川的商人或町幹部的立場來看，那些孩童又不是從這附近冒出來的，他們當然會覺得沒有理由要他們負擔孩子的生計。這實在不無道理。

茂七只好動之以情。這不是搬出道理或利益便能解決的事。所幸這一帶，有很多白手起家的商人，而且，木場的木材批發商，舖子與舖子之間的關係密切，只要想辦法讓總幹部答應了，其他人也會跟著答應。

話說回來，要說服對他們沒半點好處的商人拿出錢來，比跟尼姑求愛還難。最後甚至還得搬出遙不可期的事，例如，因爲各位老闆出錢而得救的孩子，將來如果能夠自立，都會是老主顧，那麼這捐款也都能賺回來了，這不正是所謂的活錢嗎？

古石場一家木材批發商老闆則說，雖然不能出錢，但可以收養幾個孩童，讓他們在舖子裡做事，接受訓練，將來可以成爲有用的木筏師傅。對此，茂七只能再三拜託對方，表示這意見非常好，但要挑出合適的孩子，首先就是要告訴這些藏身各處、專幹些偷吃、小偷這種見不得人勾當的孩子，不會懲罰他們，請他們盡可以放心，然後將他們集中一處，所以還是得要有錢才行。那老闆則愁眉苦臉地說，既然這樣，等頭子將那些孩童集中在一起之後，我們再出面。這種人正是所謂的**吝嗇鬼**。

不過，相反的，有時也會有令人衷心高興的回覆。海邊大工町有個叫勝吉的木匠師傅，表示可以馬上騰出木材堆放場的一個角落蓋平房。又說，只要那些孩童一來，他也可以派人煮飯救濟他們，有多少人都沒關係。茂七一聽，彷彿看到了勝吉頭上有道光環。

勝吉雖然沒有多說什麼，不過他在孩提時代，似乎也受過類似這種恩惠。茂七深深覺得，人眞的都應該嚐一次窮人的辛苦。

改天扭著那些堅持不肯捐款的人的脖子，讓他們看看那些孩童過的是什麼樣的生活，或許也不失爲一個好辦法，不讓他們親眼目睹那些孩子所處的環境有多惡劣，他們那雙因金錢而混濁的眼睛恐怕沒有重見光明的一天——就在茂七如此思索時，發生大案了。

2

龜久橋附近的冬木町，俗稱「寺裏」的那個地方有座小小的稻荷神社。因爲這裡的狐仙表情可怕，茂七姪女小時候每次經過這裡，總是哭哭啼啼不肯往前走。本所深川這一帶有很多稻荷神社，爲什麼獨獨這裡的會令她如此害怕，茂七現在想來還是十分納悶。不過，似乎不止姪女會害怕，附近居民也怕這裡的狐仙，聽說一到晚上便沒有人敢靠近。

在路邊討生活，無家可歸的這些孩童，似乎也察覺此事。據說自去年秋天開始，有上至十四、五歲，下至七歲的四、五個孩童，一到晚上便以此爲巢。其中也有一名十歲左右的女孩，聽說有個醉漢看到那孩子身上的褪色紅衣，誤以爲是狐仙，還引起了一陣騷動。

對無家可歸的那些孩童來說，這可怕的稻荷神社似乎是極爲舒適的住處。毗鄰的蛤町或冬木町、大和町居民，爲了鎮撫這駭人的狐仙，不但會輪流來清掃，更會供上豆皮壽司或飯糰，有時甚至是大福餅。當然，他們都是趁白天的時候來，此時那些孩童都在外頭賺錢。等傍晚孩子回來了，便可以吃供奉狐仙的這些東西。對最擔心三餐問題的這些孩童來說，再沒有比這更値得慶幸的事了。又因四周商家舖子蓋得十分緊密，只要進入坊門就可以避風。

附近居民每次看到坊門裡的這些孩童便斥責恐嚇，那樣會遭到稻荷神社懲罰、被狐仙附身，不過，礙於大家都不敢進去，也或許是不想多管閒事，也僅止於此而已。孩子也十分明白，不會無端做出刺激居民的事，他們只是靜靜地躲在裡面，也因此才相安無事吧。

大約有五個孩子死在那座寺裡稻荷神社——通報此事的，一樣是耳尖的糸吉。

「那附近鬧成一團。大家都說果然受到稻荷神社懲罰了。」

茂七套上草鞋奔了出去。

寺裡稻荷神社坊門四周圍了兩、三圈的人群。女人家用袖子或是掩著臉或是摀著嘴。每個人不是瞪大眼睛就是閉眼唸經。

「去叫醫生了嗎？」茂七大吼，有人回答：「已經去叫高橋的良庵醫生了。」

茂七擠過人群來到最前面時，差點窒息。

只有一坪大小的稻荷神社裡，疊躺了五個孩子。他們的四周飄散著嘔吐物的腐酸味。這種季節，他們卻只穿一件夾衣，而且夾衣滿是補丁。赤裸的雙腳沾滿泥巴。果眞如以前所聽說的，其中有一名女孩。那女孩躺在最前面，身上穿著靠近後才勉強看得出是牡丹花紋的紅衣，頭上插著一把髒污的梳子。

茂七很快把了那女孩的脈。女孩的手不到茂七手腕一半大，而且十分冰冷，沒有任何脈息。茂七又把了第二個、第三個孩子的手一一確認。看似年紀最大的男孩，臉上有很大的刀疤，年約十二歲，他牽著另一個躺在地上約七歲男孩的手，或許是兄弟吧。全都沒有脈息，全都冰冷了。但是，最後這個穿著大花條紋、年約十歲的男孩，還有微弱的脈息。

「這孩子還活著！」

茂七抱起孩子讓他仰著臉，孩子的眼皮動了一下，露出白眼，他的呼吸既淺且快，鼻翼不停地張合。

「喂，孩子、孩子，振作點，喂！」

茂七大聲呼喊，孩子的眼皮又動了一下。他半睜著眼，上翻的黑眼珠頓時掉回眼球中央，看到了茂七。

「孩子加油，醫生馬上來。」

茂七抱著他如此說道。不知孩子是不是聽到了，他張開嘴巴，似乎想說什麼。茂七將耳朵貼近他的嘴邊，夾雜著呼吸聲，可以聽到他微弱的聲音說：

「……對不起，對不起。」

大概他每次偷東西吃險些被抓到，或聚集在此遭到大人斥責時，總是這麼說吧；每次看到朝自己走過來的大人時，都會這麼說吧。

茂七不禁眼底發熱，輕輕搖著那孩子。

「別擔心，沒有人會罵你。醫生馬上就來。」

孩子閉上了半睜的眼睛，再怎麼搖動他的身體，他都沒有反應，將耳朵貼在他的唇邊，也感受不到氣息，他已經斷氣了。

茂七緩緩環視四周。稻荷神社裡的小小神殿前擱著一個白色盤子，可能是用來裝小燭檯和供品。

茂七握著小孩的手，那手摸起來有點黏糊糊的。

茂七再度看著白色盤子，盤子裡沾有像醬油的東西。

3

由於勝吉的熱心，孩子的屍體被運往海邊大工町他那裡。勝吉說，可以在他那裡擦拭這些遺體，也願意替他們舉行小小的葬禮。

「晚了一步！頭子。」

勝吉垂頭喪氣地說，一旁的勝吉媳婦低聲說「太殘忍了」，哭紅了雙眼。

若是平常，冬木町發生的事，理當由當地町幹部負責善後。但是，這回沒辦法這麼做，因此勝吉的好意實在令人感激不盡。

在寺裏稻荷神社的這些孩子到底發生了什麼事，非常明顯。明顯得不用等出診回來又匆匆忙忙趕到現場的良庵醫生說明，茂七一眼就看出來了。

昨天，當這些孩子還在外頭賺錢糊口時，有人帶了幾個豆皮壽司到稻荷神社，供在神殿上。壽司裡摻了毒藥。

「是石見銀山。」（註）

是老鼠藥。這不用良庵說明，茂七光是聞孩子四周飄散的味道便能推斷出來。

送來有毒豆皮壽司的人，並不是針對此地的可怕狐仙。對方知道這些孩子以此爲家，也知道他們一定會吃供品，這才故意這麼做。而令人氣憤的是，那企圖成功了。

五個孩子的手上都有點黏糊糊的，地面也掉了許多油豆腐渣和飯粒。

這些孩子，肯定是感情友好，彼此扶持過日。如果有人先回來，或是比較強勢，搶先多吃了豆皮壽司，那麼沒有吃到壽司的孩子絕對不會有事。可是，事情並非如此。儘管不知道當時有幾個豆皮壽司，但從盤子的大小來看，應該不多，他們一起分食這些壽司，所以才沒有人可以倖免。

不幸的是，昨晚吹著強勁的春季暴風，沒有人聽到拍打窗子的風聲裡夾雜著孩子痛苦的呻吟聲和求救聲。

不——茂七心想，或許有人聽到了外面的這些聲音，卻故意聽而不聞。

註：在江戶時代爲老鼠藥的代稱。

本案的最大嫌疑犯是常來參拜這個稻荷神社的附近居民。因此，無論如何都不能假該地町幹部之手。

審問極爲嚴峻。

茂七當然也不在話下，連負責本案的本所深川公役同心（註）也幾乎氣得頭上冒煙。替那些孩童蓋救濟小屋的事，在公役之中就屬這位同心大爺最熱心了。

「太無奈了，我眞的很無奈！茂七。」

大爺在辦事處裡不時跺腳地如此大喊。

「從什麼時候開始，這裡的人竟會做出這麼殘酷的事？從什麼時候開始，竟能做出這種連畜牲都不如的事？你告訴我，茂七。」

這位大爺叫加納新之介，年僅二十三、四歲。去年歲末，當初發給茂七捕吏證的那位本所深川公役裡最資深的年長同心伊藤，因病驟逝，上頭趕緊派這位年輕人繼任。茂七與他並不熟。

茂七十分理解加納大爺的氣憤，也很高興對方是位會爲此氣憤的大爺，但是，卻也對上頭將這種一次殺死五個孩子的大案交給經驗尚淺的同心一人全權處理，愕然得說不出話來。老實說，本所深川公役大爺——不，整個奉行所——大概不太想爲無家可歸的孩子著想。只是因爲有礙觀瞻，而且出現各種怨言，他們才想募款——亦即借花獻佛——蓋救濟小屋敷衍罷了。想到此，茂七的心情十分沉重。

註：相當於現代的刑警，同心上面是「與力」，最高長官是町奉行。

而且，持續審問之後，漸漸發現，在這些居民之中，並沒有那種做出如此傷天害理的事卻還能面不改色的傢伙。

茂七起初還半認爲，送來毒豆皮壽司的人，或許並不是存心要毒死那些孩子，只是想藉由中毒嚇跑他們——茂七認爲或許這才是眞相。果眞如此的話，那麼意外釀成大案，眞正嚇著的應該是下毒的人。這樣的話，只要稍加恐嚇，大概很快就可以找出兇手了。

然而，詳細了解之後，茂七開始覺得自己那個體貼的看法錯了。

良庵說毒豆皮壽司是經過周密計算做成的。檢驗孩子的嘔吐物，發現毒藥的劑量似乎正好足以毒死一個孩子。

「由於現場沒有留下豆皮壽司，無法進一步調查。可是，只要一吃進老鼠藥，馬上就會發生藥效，而且這藥有苦味，放太多的話，即使是小孩子，也會咬一口就吐出來。儘管只是孩子，但五個人全都吃了下去，所以，我認爲那豆皮壽司可能比一般壽司小，一口就能塞進嘴裡，而且味道也比較重，就算有點苦也吃不出來……」

茂七也贊同這個看法。再說，即使是淋了一天雨的供品，這些孩子也會拿來吃，就算有點難吃或太硬了，大概也不會計較。

設想得如此周到，然後買毒藥做壽司——這眞的是出自附近居民之手嗎？

他們確實都有工作，儘管有好壞之別，但都有遮風避雨的屋子可住，好歹能過日子。可是，除去這一層，他們其實和稻荷神社裡的那些孩子相差無幾，過的都是艱苦的日子。他們會覺得那些孩子礙眼，或視而不見，是因爲他們沒有餘力管別人的事，也或許覺得孩子處境堪憐，而非事不關己，這才反而不忍正視——茂七看著這些戰戰兢兢面對審問回話的冬木町與蛤町居民，心裡開始這麼想。

既然這樣，那就必須擴大範圍搜出這個殘酷的兇手。茂七要糸吉到大川對面，請那邊的捕吏幫忙，並讓糸吉一家家調查那一帶的藥草批發商，詢問最近有沒有人買老鼠藥。

這是需要耐性的花工夫差事。藥草批發商那裡每天都有許多挑擔賣藥的小販進出。有些鋪子也會零賣給一般人，也有只賣給醫生這種好主顧的。儘管老鼠藥是劇毒，卻也很容易買到手，想要查出結果，只能孜孜不倦地靠雙腳四處走訪。

另一方面，茂七和權三也開始擴大範圍調查案發當天有沒有人在寺裏稻荷神社看到什麼。雖然不是什麼高招，但一開始也只能這樣。

儘管如此，茂七仍然十分焦急。因爲，兇手如果只是偶然選上寺裏稻荷神社的這些孩子，而與這地區和居民毫無關聯的話，那麼情況將會變得很恐怖。

沒有人知道那個傢伙下次會在什麼時候、什麼地方，又選上幾個孩子，到處放置有毒食物。

茂七焦急得胃絞痛。

4

案發後的第十天夜裡，茂七一個人信步來到富岡橋橋畔巷口那家豆皮壽司攤。由於茂七撒下的網，沒有任何收穫，每天過得十分焦躁，他想一個人靜一靜，便往這邊走來。

那是只有老闆一人照料的小攤子，沒有人知道老闆眞正的身分，但似乎曾經是武士。連當地的角頭梶屋勝藏，見到老闆也幾乎尿濕褲子，甚至不索取場地費。話雖如此，這豆皮壽司老闆不但長得一點都不可怕，身上也沒有刺青。

茂七和這老闆彼此都眼熟了，這是因爲他常來的關係。他對這老闆的身分十分感興趣，基於職業的關係也很想知道他的身分。不過，在這之前，是因爲豆皮壽司，而這裡的料理也實在太好吃了，這才成了常客。

一般的豆皮壽司攤不賣湯，但是這裡不但賣湯，也賣燒烤和紅燒的東西，有時連甜點都賣，而且便宜，甚至亮著燈賣到深夜。成爲熟客的不僅茂七，一到深夜，攤販四周聚集了一大群人，有打烊回家的二八蕎麥麵小販，也有巡夜更夫，町大門門衛，或當天收入不錯的私娼。

今晚也是。茂七用眼神向老闆打招呼，剛好有個看似遊手好閒的青年起身走出巷口，茂七在他的座位坐下。

「有一陣子沒來了，頭子。」老闆說道。擺著豆皮壽司檯面的另一邊，今晚也冒著白白的熱氣。

茂七稍微壓低聲音說：「因爲寺裏的那起兇殺案。」

應該比茂七年輕些，額上卻刻著深深皺紋的老闆，微微皺著眉說：

「太殘酷了。」

「是啊。」

老實說，案子發生以來，茂七一直沒到老闆這裡的原因再清楚不過了。因爲茂七看到豆皮壽司會想起那些孩子。不止這裡，走在街上看到豆皮壽司攤，他會忍不住移開視線。

因此今晚心生到那攤子看看的念頭時，茂七起初有點遲疑，後來還是出門了。他認爲，看看豆皮壽司也好，然後想起那些孩子，替快要氣餒的自己打打氣。

「聽說是豆皮壽司。」老闆說道。茂七無意中揚起眼簾，第一次看到老闆的眉眼之間浮現怒氣。老闆至今從未顯露出內心的情感，茂七不禁凝視著老闆。

「你也很生氣？」

「當然生氣。」老闆馬上回應：「那是我的商品。」

老闆回覆的同時，遞出盛著三個豆皮壽司的小盤子。茂七接過盤子，拿起一杯濃茶。這裡不供應酒，只有茶和白開水。

「今晚還有什麼？」

「銀魚魚板，要嗎？」

沒聽過這種東西。

「是什麼東西？」

「你先吃吃看。」

過了一會，眼前出現一碗不知是什麼的白色小東西，乍看之下確實很像形狀不一的魚板，上面淋了很多羹，最上頭擱著山葵泥。

吃進嘴裡，隱約有魚鮮味，淡淡的鹹，在嘴裡像雪一下子溶化了。

「這個好吃。」

「是嗎？頭子很幸運。那個啊，一次不能做太多。那是最後一碗。」

大概是聽到了這句話，後面傳來女人的聲音，「唉，太無情了。」茂七沒回頭；大概是私娼，那就沒必要嚇著她。

「既然叫銀魚魚板，用的是銀魚吧？」

「是的。如果是一升的銀魚，那就用一升的水浸泡，從早泡到晚，這樣水不是會變混濁嗎，然後將這水放到鍋子裡熬煮，再舀起凝固的部分，就是你現在吃的。」

茂七大吃一驚，「那不是很花工夫，再說，你不覺得可惜嗎？我一直以爲銀魚是淋上兩杯醋生吃，這種吃法量也不會太多。一升的話，很貴吧？」

老闆嘴角浮現微笑，「當然，你說的沒錯。不過，我實在不喜歡生吃銀魚。」

「是嗎？和我家糸吉一樣。他說，看到那類似黑點的眼睛，總覺得很可憐。」

「那樣說就沒完沒了了。」老闆笑了出來，「鰹魚、土魠魚也有眼睛。不過，我就是不敢吃銀魚，那讓我活生生覺得，啊，我在吃生物、我在殺生，的確就如糸吉先生所說的那樣。」

「不過，做成魚板的話……」

「至少沒有眼睛。」

茂七和老闆同時笑了出來。茂七甚至暗忖，好久沒這麼笑了。

或許就是這個時候讓心情好了起來，事情才有進展，也或許正是因爲這樣才招來好運。數日之後，終於查出寺裏殺童案的兇手了。

換個角度看，這也可以說是茂七的功勞。權三更是認爲「全是頭子的招數奏效」。

茂七要糸吉和權三到地盤上的藥草批發商那裡探問，而且是三天兩頭便去一次，即使對方覺得煩，也要一再地上門去。這樣，或許會讓對方想起什麼，此外，這邊的這種態度，也會經由批發商的嘴巴傳到顧客耳裡。茂七又要他們盡量凶一點，糾纏不休地探問，如此一來，無論如何，風聲一定會傳開。

石原町一家和服舖尾張屋的下女阿駒，依照舖子的吩咐，幾度去藥草批發商舖子買老鼠藥。她聽到替上頭辦事的人三番兩次且糾纏不休地前去探問，買老鼠藥的人裡有沒有行跡可疑的，或能不能想起買方的長相等等風聲，這才戰戰兢兢來到寺裏辦事處。而且，她認爲自己去買老鼠藥的事一旦曝光，必定會慌得沒法一路謊稱到底，這樣一來，尾張屋老闆也許會說那全是阿駒一個人的作爲，將所有罪行推到她頭上，因此才感到害怕。

茂七時而安慰發抖的阿駒，時而斥責她，終於問出了詳情。

尾張屋有個獨生女，今年十六歲，名叫阿由。她的肌膚白皙得近乎透明，有一雙水汪汪的大眼睛。聽說，因爲貌美，不斷有人來提親。

然而，這阿由有個怪癖，她很喜歡虐待動物、殺生。

「我從小就是小姐使喚的下女，所以很清楚。」阿駒那瘦削的肩膀直打哆嗦地說道：「即使是尾張屋自己養的金魚、小貓、小狗，也都活不久，因爲都被小姐殺死了。」

據說，阿由這可憐的怪癖是與生俱來的。尾張屋的人當然忍痛使盡各種方法阻止她，卻一點也不管用。

儘管如此，阿由長大了之後，平常從她那張漂亮的臉蛋一點也看不出這個怪癖。偶爾，大約半年一次，她會瘋了似地虐待小貓，或餵野狗吃有毒的糯米糰子，然後盯著野狗痛苦掙扎地死去——這就是她。但是，她在其他時候大致上是平靜的。因此每逢阿由「發作」時，尾張屋首先要做的就是早點讓她滿足。

「半個月前，就是這種情況。」阿駒無力地說。

阿由的怪癖又犯了，血液開始沸騰，據說她命令阿駒去買老鼠藥。

「當小姐發作時，如果不小心違抗她的命令，她便又打又抓，我會受到嚴厲的處罰。所以我只能聽從她的吩咐。」

阿駒又說，尾張屋的人認爲，只要這場風暴過去，阿由就會平靜下來，讓她殺一、兩隻野狗、野貓，或是麻雀、烏鴉，她應該就可以滿足——大家都習慣了這種做法，所以一點都不在意。

沒想到，最後竟死了五個孩子……

「小姐每隔三天都到寺裏一位裁縫師傅家學針線活，由我負責接送。小姐也很清楚那間稻荷神社的事。有次，她對我說：『聽說這裡一到晚上，會聚集很多像野貓的孩子。』」

阿駒知道，發生命案的前一天，阿由命令廚房的下女做了很多豆皮壽司。

「所以，那些孩子死了，讓我嚇得要命。」

「那，小姐的反應呢？一口氣殺了五個人，她滿足了嗎？」

「是。目前已經完全平靜下來。大概可以再撐半年。」

茂七邊聽阿駒說邊暗忖，阿由那女孩的腦袋到底怎麼了？

這世上，有像攤販老闆和糸吉那般，只因像黑點般的小小眼睛看著自己，便連銀魚都不敢吃。但是，卻也有那種殺了五個小孩，竟能若無其事地吃飯、學藝並高枕而眠……

茂七突然想到一件令人背脊發涼的事。

在阿由這女孩的眼裡，躲躲藏藏住在寺裡稻荷神社的那些孩子，是不是和泡在兩杯醋裡仍活蹦亂跳的銀魚沒兩樣？即使他們凝視著阿由，或阿由看著他們時，阿由的感覺，是不是就和我對銀魚用黑點般的眼睛看著我時的感覺一樣？

所以才能無動於衷地吞下那些活生生的銀魚。

阿駒回去後，權三問道：「頭子，您打算怎樣做？」

茂七很想讓阿由被綁在十字架上受刺殺之刑，但是，這回的案子，這樣做的可能性大概不大。石原町尾張屋是分家。嫡系舖子位於通町中央，賺錢像用耙子耙似的。奉行所有不少公役正是自這種大商人手中通融金錢。這樣一來，即使案子公諸於世，對方頂多也是送錢過來加以要脅，再叫茂七私下解決。本所深川的公役大爺，除了加納新之介之外，大概也會屈服於賄賂吧。

既然如此……茂七突然起身說道：「權三，跟我走。」

「是。」權三雙眼炯然有神，「去尾張屋嗎？」

茂七微微一笑，「曾是舖子人的你，應該最清楚恐嚇舖子人的竅門。」

這次到底要向尾張屋敲詐多少，才夠往後的四、五年裡讓那些無家可歸的孩子吃、穿、住，並且有足夠剩餘的錢……可以託海邊大工町的勝吉再蓋一棟房子。

當然，也要讓尾張屋徹底明白，必須禁止阿由做那種事，要是再有這種事發生，可就不知道會有什麼後果了。這種虛聲恫嚇，當捕吏的最擅長了。

「走吧。」茂七說道。

五個孩子被殺後不到一年，寺裏的可怕稻荷神社旁，蓋了座小小的地藏堂。瓦簷下，並肩排列五尊較小的地藏菩薩。

這座地藏堂是寺裡及蛤町那一帶的居民募款興蓋的，沒花尾張屋一文錢。

與一旁的稻荷神社不同的是，沒有人會怕這座地藏堂。不過，好像有傳言，每逢颳大風的夜晚，這裡會傳出孩子的笑聲。

另外，這事與旁人無關，僅有回向院茂七的頭子娘覺得怪，那就是，寺裏發生命案之後，茂七頭子不再吃兩杯醋活銀魚了。無論誰勸他吃，據說他總是拒絕，說是只有這個他不敢吃。

千兩鰹魚

1

糸吉來通報有訪客時，茂七人正在廚房。

一說到連風也芳香的五月，就會想到鰹魚。茂七親自拿著菜刀，準備做鰹魚生魚片。

若是往年，通常是頭子娘買回四分之一條魚回來做生魚片。但今年有人送來一整條魚。

半個月前，相生町一家袋子批發商，中了專以商人爲勒索對象的詭計，正當束手無策時，茂七私下幫他們解決了。這邊早已忘了那事，但得救的對方卻很耿直，說弄到新鮮鰹魚，於是派人送了過來。

「與其讓我笨手笨腳地把魚切得不冷不熱，還不如給你做比較好吧。」

頭子娘會這樣說，接著把事情丟給茂七，其實是有原因的。以前，頭子娘在切鮪魚赤身生魚片時，茂七嫌她動作太慢，曾半嘲笑半抱怨地說：

「就是這樣，大家才會說女人做的生魚片不冷不熱不好吃。」

那時頭子娘氣得繃著臉，茂七頭子只得以道歉收場，但女人似乎天生不會因爲對方道了歉便爽快忘掉。

於是頭子娘用鰹魚報復鮪魚。說句老實話，一手拿著菜刀正不知如何是好的茂七，聽到有訪客，覺得是上天救了他。

「到底是誰來了？」

茂七從廚房大聲問道，糸吉好整以暇地回答：

「是角次郎先生，三好町的。」

這更是上天賜福了。三好町的角次郎是挑擔魚販。

「讓他上來。讓他直接到這裡來。」

茂七大聲交代糸吉，轉而對頭子娘說：

「在專家面前搬門弄斧，是非常不知好歹的事。這事就拜託角次郎了。」

頭子娘斜眼望著茂七。

「你也眞是好狗運。」

不愧是魚販。角次郎在茂七夫婦的面前切開鰹魚，用炭火烤焦魚皮，再用冷水冷縮魚肉，最後將鮮紅的三角形切口美美地擺在盤子裡，依次順利解決了一整條魚。

「我每次做鰹魚烤飛霜，都用這個烤年糕的鐵絲網烤魚肉。」

頭子娘對角次郎如此說道：

「這樣可以嗎？其實應該串在竹籤上烤吧？」

「哪裡，用這個也可以。」

角次郎將鐵絲網擱在炭爐上，不時傾斜或翻轉魚好讓魚皮烤得均勻，他說：

「我也是用這種鐵絲網，只是，不能再拿來烤其他東西，因爲會有魚腥味。」

「對啊，我不會那樣做。」

「那就沒問題。像這樣先用火烤鰹魚的吃法叫『沖鱠』，最早是在漁夫之間流傳的吃法，那時他們是用稻草燒烤。」

在一旁聽兩人交談的茂七，想起角次郎曾說，來江戶之前，他在川崎靠捕魚勉強度日。與在江戶過著賺一天過一天的大多數人一樣，角次郎也是在故鄉無法維生才逃到江戶。

一整條鰹魚切成生魚片，分量非常多。碗櫥內所有盤子都用上了之後，茂七頭子娘開始煩惱著該轉送誰，茂七留下糸吉與頭子娘一起商量，然後請角次郎進榻榻米房。

「太感謝了。多虧你幫了我大忙。」

「那沒什麼。」

角次郎行了個禮，用圍在脖子的手巾擦臉。

角次郎年紀三十過半，從他那健壯的身體、曬成柴魚色的膚色，不難看出以前是個漁夫。他的一雙大手儘管粗糙、骨節突起，但有著四方形指甲的這雙手，做起事來究竟多靈巧，即使沒有看到剛剛那個光景，茂七也非常清楚。

「你不要那麼拘謹，隨意坐。」茂七盤腿而坐，以輕鬆的口吻先開口說道：「你特地跑來，我雖然很高興，但對你來說這倒是很稀罕。有什麼難事嗎？」

自從茂七認識角次郎以來，前後已有三年，但他至今從未主動來找過茂七，甚至不曾到家裡兜攬生意。這並不是角次郎偷懶，而是他知道茂七和一家叫魚寅的魚舖有交情，是看在對方的面子這才沒來。

角次郎明明已不再出汗了，卻又用手巾擦拭額頭。

「這個……很難說出口，頭子。」

「是嗎？」茂七微微一笑，「難道你有了情婦？」

「怎麼可能。」

角次郎睜大那雙小眼睛，忙著搖手。

「不是那種事。我只是不知道頭子肯不肯相信我說的話。這事非常怪。」

角次郎的困惑模樣看來不假。茂七也知道他是個老實人，便不再開他玩笑。

「反正你先說說看。大抵說來我是不會吃驚的。」

角次郎緊緊握著手巾，把手巾弄得皺成一團，又擦拭了一下鼻頭，這才終於抬起頭來。

他的眼神認眞，但不知爲何嘴角卻顯得放鬆，一副快笑出來的樣子。

「頭子，畢竟現在正是當令，所以我也去買鰹魚來賣。」

「嗯，應該的。」

「不過，會向我這種挑擔魚販買魚的主顧，大都和我一樣是窮人。他們買不起整條或半條的鰹魚。」

「我家也是啊。那條鰹魚是別人送的。」

「是嗎？反正那沒什麼要緊……這個……」

「你說你也賣鰹魚，主顧都是生活簡樸的人。」

「對、對。」

角次郎又開始流汗，卻嘿嘿地傻笑。

「對不起。我是個笨人。大雜院的管理人也老是說，角次郎，你啊——」

茂七打斷他的話。

「說些別的又會搞不清楚。接下來呢？鰹魚怎麼了？」

「對、對，是鰹魚，是鰹魚。」

看著角次郎那粗獷臉上的汗珠，以及滴溜溜轉個不停的眼珠子，連茂七都覺得快坐不住了。到底是怎麼回事？既然特地來這裡，肯定是遇到了困難，但他那個樣子，倒像是有什麼好消息正高興著。取笑他「難道有了情婦」，也是因爲他那個樣子實在不像有什麼大問題。

「我賣魚時，總是先把鰹魚切成生魚片。」

總算回到正題——雖然不太清楚是不是回到正題——角次郎繼續說明。

「我不賣整塊，而是全部切成生魚片，隨顧客怎麼買，我就怎麼賣，也會有只賣兩、三片的情形。」

俗話說，就算典當媳婦也要吃時鮮鰹魚。像角次郎這種挑擔魚販，也可以給窮人增添樂趣。

「我認爲這樣非常好。」

角次郎行禮說聲「謝謝」。

「所以每次到了鰹魚旺季，我每天早上都到魚市挑小一點的鰹魚，回家後就像剛才那樣做成生魚片，然後挑擔出門叫賣。」

「這不是正正派派做生意嗎？」

角次郎點頭說「是」。

「結果，就是今天早上的事。」

角次郎不知爲何，咕嚕一聲吞了一口口水。

「頭子，今天早上的事。」

「我聽著，今天早上發生了什麼事？」

角次郎那動壯的肩膀微微打著哆嗦，茂七挺起腰朝他探出身子。

「發生什麼事了？」

「今天早上，我跟平常一樣正打算把鰹魚切成生魚片時，有人來找我。他說自己是日本橋通町一家叫伊勢屋和服舖的掌櫃。」

「那掌櫃怎麼了？」

「他想買我的鰹魚，說是要帶回舖子，叫我整條都切成生魚片。」

「這就是你說的很怪的事？」

角次郎偷覷著茂七。

「不怪嗎？」

「他大概是路過剛好看到你的鰹魚，覺得很新鮮才向你買，應該是這樣吧？既然是日本橋的和服舖，那當然是有錢人了。不過，掌櫃這樣自作主張，的確有點逾越……你也是在意這點吧？」

角次郎搖頭。

「不是。那掌櫃說得很清楚，是老闆派他來的。他說，我們老闆無論如何都要買你的鰹魚，請你賣給我。」

「那不是很好嗎？你就賣給他啊。角次郎，反正那是有錢人的一時興起，你盡量賣貴一點。你自己要做生意的，再去買不就行了？」

聽茂七這麼說，角次郎沉默了下來。雖然他雙唇緊閉，眼角卻似乎在笑，表情很奇妙。這眞的很怪。茂七終於開始覺得擔心。

「你要不要緊？角次郎。」

「不知道。」角次郎老實回答，「我也是第一次碰到這種事。」

「賣整條鰹魚？」

「不是。雖然我是個挑擔的窮魚販，那種事以前也遇過。」

「那，到底是什麼事？你到底在擔心什麼？」

茂七有點不耐煩地提高了聲調，角次郎則以幾乎被那尾音壓過的竊竊私語說：

「……一千兩。」

「什麼？」

「他說要出一千兩。」

茂七目不轉睛地看著角次郎。他鼻頭冒著汗珠，也目不轉睛地看著茂七。

「是的。他要買我的鰹魚，但是用一千兩的價錢買。他堅持無論如何都要用一千兩買。少於一千兩就不買，他說不管怎樣都要我收下一千兩。」

2

將近中午，估計角次郎應該已經出門做生意，茂七這才前往三好町他的住處。

角次郎家有個與他同年的媳婦，名叫阿仙，以及十三歲女兒阿春。阿仙是有一身好手藝的裁縫女工，和角次郎結婚之前，以縫製衣物為生，現在也是掛著和丈夫不同的招牌做生意。其實茂七家的頭子娘也幫人縫製衣物，從她那裡，茂七也很清楚阿仙的事。

她專門縫製藝妓在酒席上穿的高級衣物。老主顧是深川永代寺門前町名為「辰巳藝妓」的姐兒（註）。

藝妓的衣袖都十分寬大，那是為了跳舞的緣故。又因頭梳大髮髻，所以背部衣領開得深。據說從最初的剪裁布匹就與一般婦女不同，而阿仙縫製時又特別下工夫，她依照每個藝妓那千差萬別的身材，微妙地改下襬長度，或調整腰身寬度，讓穿上的人都是最美的。

剛結婚時，阿仙和角次郎住在柳橋，換句話說，當時柳橋的藝妓姐兒是阿仙的老主顧。藝妓動輒彼此較勁，讓辰巳藝妓搶走阿仙，想必柳橋的姐兒當時一定很不甘心。

現在角次郎夫妻住的這棟三好町大雜院是隨處可見的建築物，因位於木場中央，四周都是木材的集中場和河道。這裡日照條件好又通風。基於阿仙的工作性質，這對夫妻在大雜院租了最大的房子。雖是挑擔叫賣魚販的住處，卻完全聞不到魚腥味。角次郎切魚用的大砧板，和阿仙做飯用的小砧板，都洗得乾乾淨淨地並排在廚房邊的向陽處曝曬。

外面的格子紙門，一片寫著「魚舖角次郎」，另一片則是「裁縫阿仙」，這大概是出自大雜院管理人之手，字跡顯得莊重。

對擁有一技之長、能踏實賺錢的阿仙來說，一千兩可是教人頭暈眼花的一大筆錢。她一見到茂七，趕緊主動提起這事。

「那，我家那口子今天早上去找頭子了？眞是對不起。」

「沒必要道歉。這事的確很怪。」

不知是否多心，阿仙似乎漲紅了臉。茂七想起角次郎也是這樣。

一條鰹魚賣一千兩，這實在教人難以置信。不是正常買賣，背後一定有什麼不好的事。會這樣想也是人之常情。然而，話又說回來，對孜孜不倦工作過日子的老百姓來說，一千兩的確教人心動。

江戶市的物價逐年攀升，雖不能一概而論，但一兩足夠一個成人買一整年的白米。一千兩的話，表示一千個人什麼事都不用做，也有一年的米飯可吃，而角次郎家有三口人，那表示每個人有三百數十年不用工作也有飯吃。一千兩正是這樣的一筆大錢。難怪明明覺得可疑，角次郎卻一臉輕鬆得古怪，而阿仙則漲紅了臉。

「是我叫我那口子到頭子那裡。」阿仙說道：「這事，我們不敢答應，可是讓對方碰釘子又覺

註：以賣藝不賣身爲號召，身披男性的黑外褂，藝名也大都取男性名字，由於不向客人獻媚賣笑，非常受歡迎。

得有點可惜……」

「妳說得沒錯。那是當然的。」

「所以我想還是先找頭子商量看看。伊勢屋他們……到底是怎麼回事？」

據說，今天早上角次郎告訴對方，有不少顧客等著買他的鰹魚，要對方暫且先回去。結果，伊勢屋掌櫃離去之前，特別叮囑：明天一定要將你買的鰹魚以一千兩賣給我。

可是，爲什麼要買角次郎的鰹魚，而且非得用一千兩不可呢，無論這對夫妻如何追問，他都絕口不答。

「他說錢全都帶來了，也讓我們看了。」

阿仙說，他打開帶來的木箱，將十個一百兩的布包排在他們夫妻面前。

「總之，我想先確認一下日本橋通町是不是眞有伊勢屋這家和服舖，就算有，接下來也必須確認到這裡的掌櫃是不是伊勢屋的掌櫃。」

「那，我和頭子一起去比較好吧？」

「妳就和我一起去。不讓對方發現，只遠遠地瞧一眼，應該不會惹上麻煩。」

阿仙用力點頭地說：「我明白了。可是，頭子能不能再等一會？我叫阿春去辦點事，她應該快回來了，讓她看家，我就可以出門了。」

「小春春知道這件事吧？」

「知道，那時那孩子已經醒了。」

阿仙說完，呵呵笑著。

「那孩子最鎮定。畢竟是孩子，還沒嚐過金錢的可貴。」

說著說著，阿春回來了。

「啊，頭子。」阿春微微一笑，「您好。」

「喔，妳好。一陣子沒看到妳，又長高了，小春春。」

「討厭，拜託不要再叫我小春春了。」

「是嗎？是我不好。平常會幫阿母的忙嗎？」

阿春驕傲地點頭，「我最近呀，也會剪裁了。」

角次郎的臉黑得像柴魚，而阿仙再怎麼樣也無法說她皮膚白皙，但是女兒阿春卻是個皮膚雪白、有雙水汪汪眼睛的可愛姑娘。再過兩、三年，她大概會是三好町的美人——不、不，應該是深川的美人吧。

讓阿春看家，兩人一起前往日本橋時，阿仙一路滔滔不絕，相較於角次郎的既驚喜又憂懼，她沉穩多了。

「聽到一千兩時，我只覺得荒唐。」阿仙笑道：「可是，那掌櫃回去之後，我開始仔細想了想。如果那是眞的到底會怎樣？如果只是有錢人一時興起，不知是什麼原因，認定我家的鰹魚是吉祥物，非要花一千兩買，到底會怎樣？這麼一來，我們就有一千兩了。」

茂七默不作聲地聽著。燕子從眼前唰地橫飛過去，阿仙仍望著遠方。

「這麼一來，我們就可以實現多年來想開舖子的願望。我家那口子也不用再出門挑擔叫賣，不用在夏天到處走得滿頭大汗，也不用在雪天裡手都凍傷了還得出門賣乾魚。」

「可是，妳也無法幫角次郎照管舖子。」茂七緩緩地說：「要是妳裁縫不做了，辰巳的藝妓姐兒會不方便。」

「魚舖那邊，可以雇人啊。」阿仙開朗地說：「我們可以離開那個大雜院，住到大街舖子。也可以讓阿春過好一點的日子。」

不過，那孩子現在看起來也沒有過得不好——茂七並沒有說出口，只在心裡默默地說。

幾乎連找都不用找，很快就看到通町的伊勢屋。白底藍染字號的大布簾在五月的風中飄蕩。

茂七和阿仙兩人在伊勢屋前隨意地來回走了兩趟，阿仙認出了坐在堆放布匹的架子裡邊、古舊的帳房屏風裡的男人。

「沒錯，正是那個人今天早上來我家。」

「這舖子的生意眞好。」

一千兩的話，只是轉手間的事。

「看來不是胡說的，頭子。」

阿仙的聲音微微發顫。她作揖般合掌貼在嘴上。

「可是，世上眞有這種事嗎？」

此刻阿仙的心裡有個比錢舖大秤更大的天秤，右邊盤子盛著她的夢想，左邊盤子盛著戒心。天秤搖晃不已，時而右邊往上，時而左邊往上。茂七簡直可以看到那副光景。

茂七不想讓阿仙心裡的那個大秤誤秤了，他盡量冷靜地說：

「我說啊，阿仙，並不是想潑妳冷水，可是這事畢竟很可疑。」

她垂下眼簾地說：「說得也是……」

「在徹底弄清楚之前，這事就交給我全權處理，好嗎？我想調查一下，好好聽聽對方到底存什麼心。如果我認爲有道理，我就會答應，到時候你們再以一千兩把鰹魚賣給他們。那時只要想成中獎券就行了。可是，阿仙……」

茂七俯視著阿仙，等她抬起頭與茂七四目交接，他才接著說：

「當我認爲拒絕比較好時，我會不客氣地拒絕對方。所以妳現在最好把今天早上的事當做是一場夢，夢裡的錢是不可期待的。」

隔了一個呼吸的時間，阿仙小聲回答：

「是，我明白了。」

3

茂七送阿仙回到三好町之後，姑且先回回向院自己家。頭子娘和權三也等著他回來，當然是準備吃鰹魚生魚片。

「中午就吃得這麼奢侈，會遭天譴。」

頭子娘邊盛飯邊說：

「早點吃掉對鰹魚也比較好吧。不過，晚上就只有鹹菜和茶泡飯。」

「糸吉呢？」

「他去分送鰹魚，應該快回來了。」

鰹魚生魚片，此刻吃在茂七嘴裡實在很無趣——有一千兩的味道。

茂七邊吃邊對權三說明事情的經過。這個曾是舖子的掌櫃，派他去調查伊勢屋最適合不過了。

「只要給我半天，就可以查出個大概。」

權三如此保證。就在快吃完中飯時，糸吉才慌慌張張回來。

「你不用急，有你的份。」

權三如此笑著說道。糸吉甩掉草鞋，爬上榻榻米房，氣喘吁吁地對茂七說：

「不是，頭子，梶屋終於動手了。」

梶屋雖是一家租船旅館，其實是當地地痞的巢穴。梶屋的老闆就是地痞角頭勝藏，是茂七的眼中釘。

向商家收場地費，或向賣春女人收保護費、開賭場等等——不論什麼地方，都有這種靠不法手段向當地人榨取金錢的黨徒。在這些黨徒中，梶屋勝藏算是非常好應付的。茂七與勝藏的交情已久，至今從未覺得必須眞的和梶屋對立，非趕走他們不可。

「動什麼手？」

「那個啊，就是那個富岡橋旁的豆皮壽司老闆。」糸吉說道：「梶屋的小伙子找那老闆碴。」

富岡橋的豆皮壽司老闆，半年前在該地擺攤，至今仍不知他的底細。這男人剛出來做生意時，梶屋的人也按照慣例馬上去找他，挑了各種毛病，可是不知爲什麼，最後竟連滾帶爬地離開，從此不再去騷擾。

原來梶屋終於向那老闆動手了？

「到底怎麼了？」

「富岡橋附近不是有家叫磯源的魚舖，那老闆打算在那裡買鰹魚肉時，梶屋的小伙子過去找碴，說那魚肉是他要買的。」

「是冊。」茂七頭子娘向糸吉如此說道。

「啊？什麼？頭子娘。」

「切成塊狀準備做成生魚片的魚肉叫『冊』。」

糸吉結結巴巴地說：「是，明白了。可是，總之，頭子，就是這麼回事。」

「結果引起騷動？」

「那當然，大騷動。」糸吉口沫橫飛地說：「梶屋那小伙子叫新五郎，是個暴躁的傢伙，馬上拔出匕首。但是，豆皮壽司老闆也沒示弱，明明沒看到他出手，卻把新五郎的匕首打落了，當場把他制伏。」

茂七和權三面面相覷。

「之後，豆皮壽司老闆就回去了。我抓住新五郎，把他扔進辦事處。現在那傢伙應該還在辦事處昏迷不醒。」

「壽司老闆是空手嗎？」

「是的。唉，他那手腳眞是厲害。」

吃過飯，茂七換了衣服，披上外褂出門。雖然天氣好得甚至有點熱，但既然是要拜訪日本橋大舖子的老闆，這也是沒辦法的事。

去伊勢屋之前，茂七先繞到糸吉將新五郎扔進去的辦事處。新五郎已經清醒了，是個矮小、眉粗，看似倔強的年輕男子。他雙手被綁，下巴有個顯眼的瘀青，一副嘔氣的表情。辦事處書記員說，糸吉將危險的匕首交由他保管。

「那豆皮壽司老闆不肯繳場地費，你才找碴的嗎？」

問他話，新五郎也只是用鼻子哼了一聲，什麼話也不說。

「用吃的當藉口找人家麻煩，你不覺得可恥？」

新五郎瞪大眼睛說：

「明明賣的是給小孩吃的豆皮壽司，竟也想跟人家吃起鰹魚，太囂張了。」

「明明是個無業遊民，也想跟人家吃鰹魚，你才想得美。」

茂七斥責對方之後，蹲了下來，直視新五郎。

「是勝藏命令你做的？」

新五郎呸了一聲，說：「老大什麼都不知道。」

茂七也認爲應該是這樣。

「不僅不知道，他是不是吩咐過不准對那老闆動手，隨他去？」

否則，那個豆皮壽司老闆不可能至今都沒有受到梶屋的騷擾。

打從一開始，茂七就老是覺得梶屋勝藏和那豆皮壽司老闆之間一定有什麼關聯。今天發生這種事，或許可以稍微得知到底有何關聯。

「怎樣？老大怎麼說？」

新五郎朝地上吐了一口痰。

「老大什麼都不知道。」

原來如此，茂七心想。看樣子，這個新五郎似乎不滿勝藏任由豆皮壽司老闆不繳場地費卻能繼續做生意的做法。

「是嗎？那就是說你自作主張挑起這場騷動？要是梶屋知道的話，大概會狠狠罵你一頓。」

雖然新五郎露出不安的眼神，嘴巴卻沒說半句話。

「你現在身上有多少錢？」

新五郎沒有回答，茂七蹲在他的一旁，從他懷裡取出錢包，裡面有幾粒小金子，和一兩金幣。

「挺有錢的嘛。」

茂七將這些金子塞進自己懷裡，然後說：

「這是給被打擾的磯源的賠罪錢，我代你送過去。你回梶屋去挨老大罵吧。」

茂七解開新五郎的繩子，將他趕出辦事處後，從書記員手中拿走匕首，前往富岡橋。

茂七把錢交給磯源，之後去豆皮壽司老闆擺攤的地點探看。老闆已經開始忙著做生意，有幾個主顧站著吃豆皮壽司，也有女人一旁等著買回去。

茂七沒跟老闆打招呼便離去，之後在永代橋上扔掉匕首。

伊勢屋做夢也沒想到，竟會有角次郎之外的人，當然不止茂七，因這回的千兩鰹魚來訪。當茂七喚人告知來意時，對方慌張得不得了。

那掌櫃說：「總之，請先進裡屋。」帶領茂七到長廊，經過無數紙門，半路有線香撲鼻而來。掌櫃帶茂七來到一間大榻榻米房，壁龕上掛著一幅巨大的不倒翁掛軸，院子有杜鵑樹，開滿了粉紅色花。茂七就在這裡邊抽菸邊等著。

有人送來茶點，茶是色香俱全的上等玉露，但對茂七的舌頭來說不夠燙，反倒是滾燙的粗茶好喝，這是因爲生於窮人家且是性急的緣故嗎？

不久，來了個年約四十的矮小男人，說了些讓客人久等之類的客套話——是伊勢屋的主人。茂七覺得，對方雖然矮小卻相當英俊，看似很能幹，眼神也很銳利。

他身後跟著那個掌櫃。掌櫃靜靜地向茂七打躬，之後便如裝飾品似地默默跪坐一旁。

「這回，我們掌櫃嘉助給你們添了很大的麻煩……」

「非常對不起。」嘉助頭貼在榻榻米說道。

茂七笑說：「挑擔的角次郎倒也不是覺得傷腦筋，只是嚇了一跳。這也是理所當然的。」

「這都是我沒說清楚的關係。」嘉助縮成一團。

「大抵說來，即使是當令的新鮮東西，爲什麼一條鰹魚值一千兩呢？」

茂七目不轉睛地看著伊勢屋的主人如此問道。主人輕咳一聲。

「或許您不相信，」伊勢屋的主人先這樣開場，然後接著說：「我們有位自前任老闆以來就來往密切的熟人，他擅長占卜。我們是聽從他的建議，才決定花一千兩買鰹魚。」

據說，最近伊勢屋的生意不太好，要打破這個困局，那人建議，一次揮霍一大筆錢，打開生意上的金錢流通。

「說要揮霍，我們也很傷腦筋。找不到想買的東西，沒地方花錢。於是基於時令，才決定買鰹魚。如果是狠狠殺價，對方大概會抱怨，但我們是用高價買，對方應該不會拒絕才對。」

「那，選上角次郎只是偶然？」

對這個提問，掌櫃點頭說：「是的。只是我湊巧發現他罷了。那魚販的鰹魚看起來的確很新鮮，而且我認爲，既然要花高價買，與其到大魚舖買，還不如向挑擔小販買，對方應該會很高興才對。」

茂七緩緩地吐出煙來。

熱衷占卜的人，或許會認爲這個理由很有道理，但對茂七來說，無論如何也不能令他心服。爲什麼寧可這樣胡言亂語，也非要花一千兩買鰹魚不可呢？

伊勢屋老闆從懷裡取出紫色綢巾，接著緩緩地打開，裡面是方形年糕——是兩個二十五兩的布包。

「雖然微不足道，但能不能請頭子收下，當做給您的賠罪錢。」

老闆雙手恭敬地把錢遞到茂七面前。茂七只管抽著菸管，默不作聲。

接著，茂七突然說：「雖然不知道是誰，但可不能偷聽啊！」伊勢屋老闆和掌櫃都暗吃一驚，挪動了一下身子。茂七迅速站起來，嘩啦一聲打開榻榻米房的紙門——有個受到驚嚇、全身僵硬、面無血色的女人坐在紙門外。

然而，當茂七看到她的臉時，這回輪到他自己嚇得臉色蒼白。

「眞是失禮了。」伊勢屋道歉，「這是內人加世。請頭子不要生氣。」

茂七對伊勢屋的話充耳不聞，只是「內人」這稱呼梗在他的心頭。眼前的這個女人確實年約三十過半。

可是——撇開年齡不說，那臉龐與茂七最近看到的另一張臉酷似得簡直一模一樣，無論是白皙的膚色，還是水汪汪的眼睛。

那張臉就是——阿春。

茂七當然沒有收下錢，他嚴厲地叮囑對方，未經他的允許，絕不能接近角次郎一家人，這才離開伊勢屋。

茂七回到了家，權三正在家裡等著。

「那舖子沒什麼特別可疑的地方。」權三說道：「生意上很順利，也沒有傭工行爲不檢的風聲。倒是家產多得可以用一千兩買一條鰹魚。」

茂七徐徐點頭。

「我走在走廊上聞到很濃的線香味，家中有沒有誰熱衷南無阿彌陀佛？」

權三微笑地說：「這個，光是今天的調查並沒有查到那麼深入。不過，那線香，一定是爲女兒燒的。」

「女兒？」

「是的，他們有個獨生女，叫阿蜜，半年前過世了。聽說是得了天花。」

茂七陷入沉思。

「權三，伊勢屋是歷史悠久的老舖子嗎？」

「是的，現在的老闆是第六代。」

「上一代夫婦還健在嗎？」

「不，兩位都過世了。前任老闆是三年前過世的，而大老闆娘則是比阿蜜稍晚一些。所以，就接二連三辦喪事這點來說，伊勢屋最近的確走背運。」

權三輕輕苦笑地接著說：

「聽說上一代的老闆娘是個脾氣暴躁的女人。這是從舖子後面的五穀批發商那裡聽來的，聽說整天都會傳來大老闆娘對現在的老闆娘，也就是媳婦加世的吼叫聲。加世本來是出入伊勢屋的染坊女兒，對她來說是嫁了個金龜婿，但對伊勢屋來說，等於迎進小戶人家的媳婦。大老闆娘似乎對這點很不高興，動不動就虐待加世。」

茂七靜靜地握著手，連連點頭。

他大致明白了，只是，感覺很不愉快……

5

那晚，茂七單獨前往富岡橋橋畔巷口的豆皮壽司攤。

湊巧攤子前沒有半個客人，只有老闆孤零零一個人。茂七向他打招呼。

「啊，頭子。今晚正閒得發慌。」老闆露出微笑。

挨近一看，茂七吃了一驚。老闆攤子後面並排著兩個大酒桶，而且坐著一個老人。一旁堆放了好幾個容器，看來是論重零賣的。

豆皮壽司攤老闆語帶笑意地說：

「我不賣酒，因爲我不懂酒。不過，很多客人說，吃好吃的料理就想喝酒，所以兩人才決定攜手合作。」

茂七並不理會老闆的話，只是定睛看著賣酒老人的側臉。由於老人蒙著頭巾，而且轉過身去，所以沒能立即看出來，可是，仔細一看——

「你不是豬助嗎？對吧？」

老人慢條斯理地取下頭巾，向茂七深深行了個禮。

「身體好了？」

「託您的福，已經好了。」

在今年的傭工休息日，大川旁出現一具女浮屍。經過調查，得知是挑擔叫賣醬油小販阿勢。

豬助正是阿勢的父親。阿勢被殺時，他因身體不好住進小石川養護所。

他生病之前是個挑擔叫賣酒的小販。這麼說來，他現在是以這種方式重新做起生意？這樣的話，病後的老頭子的確不用整天挑酒四處叫賣，只要在這攤販旁，也可以好好做生意。

（話雖如此……）

茂七斜眼偷覷豆皮壽司老闆。

爲什麼會想到這個主意？怎麼會和豬助牽上關係？

「想吃什麼？頭子。」

老闆問茂七。茂七回看著老闆的眼睛，看到了一副不好對付的眼神，並嘆了一口氣說：

「我跟那邊的老頭子要點酒，你這邊來點鰹魚生魚片。白天你好像露了一手，買到了鰹魚，也讓我嚐嚐吧。」

老闆連眉毛動也不動，只說聲「是」，便馬上動手準備。明明是豆皮壽司攤，卻有湯、有炸、有生魚片，什麼都有。

「今晚的頭子好像有點悶悶不樂。」

茂七喝完一杯酒時，老闆開口搭話。

「每次來這裡時，我總是悶悶不樂。」

最近，茂七每逢思路不暢，或儘管已找出問題的答案，但答案卻教人喪氣時，他就會來攤販這裡。

今晚則是後者。明天有討厭的任務等著。如果他猜得沒錯的話，明天便有極爲教人難受的工作等著。

「酒不要喝多了。」

老闆說完，便保持沉默。

茂七靜靜地喝著酒，爲了不去想角次郎夫婦和阿春、伊勢屋夫婦的事，他努力地去想別的事情。這老闆是何方神聖？他和梶屋到底有什麼關係？

茂七之前便推測他是武士出身，從今天糸吉所看到的打鬥場面來看，這個推測應該沒錯。可是，這點和梶屋又有什麼關係呢？

茂七覺得頭愈來愈脹，醉意令舌頭輕浮起來，正當他忍不住想說「老闆，你和梶屋勝藏到底有什麼牽連」時，豆皮壽司老闆「咦」地叫出聲來。

他在攤子的另一端看著手上的東西。

「怎麼了？」

茂七站起身探看老闆的手。

「是很罕見的東西。」老闆說道。

大碗裡有顆去了殼的雞蛋。明明是一個雞蛋，卻有兩個蛋黃。是雙黃雞蛋。

「我打算做雞蛋湯。」老闆說道：「和豆皮壽司很搭。」

「那太好了。」茂七心不在焉地說。看到雙黃蛋時，他想起了明天的任務。

茂七匆匆吃完豆皮壽司，喝下雞蛋湯，總覺得沒什麼勁頭。此時正好來了其他客人，長凳子開始熱鬧起來，茂七趁機起身。

茂七付過帳後離開，打算前往富岡橋而走出巷口時，察覺右邊昏暗處有人影晃動。茂七停住腳步定睛一看，那個人影也不閃躲，察覺是茂七後瞄了這邊一眼。

原來是梶屋勝藏。

這人粗獷的臉和短脖子，甚至連手背都刺青，下巴的地方大概是被銳利的刀刃砍傷，有道醜陋凸起的斜疤。

「你在那裡幹什麼？」

對茂七的詢問，勝藏只是移開視線，並沒有回答。

「去試試豆皮壽司如何？味道很好喔。」

勝藏依然沒有回答。

「我說啊，勝藏，那老闆到底是何方神聖？你認識那傢伙嗎？」

過了一會，勝藏就像瀕死的狗仍對著想要侵佔自己地盤的狗低吼般地回答：

「我不認識。」

「那，爲什麼你不跟他收場地費？」

勝藏沒有回應，只是目不轉睛盯著攤販老闆，接著突然轉身打算過橋。

「喂，勝藏。」

茂七的喊叫聲沒入暗夜裡。

翌日天亮前，茂七儘管因宿醉而有點頭昏腦脹，仍前往三好町造訪角次郎夫婦。

他攔下要前往魚市的角次郎，將夫妻兩人帶到大雜院的大門外，他說：

「你們要老實回答。只要你們老實回答，又肯聽我的勸，我會忘掉這一切，當做從沒聽過。」

夫妻倆一臉擔心地面面相覷，緊緊挨著。

「什麼事？」

茂七開門見山地說：

「阿春不是你們的小孩吧？是撿來的吧？大概是才剛出生的嬰兒，應該是你們還住柳橋那時。」

阿仙轉眼間臉色發青，角次郎緊摟著她的肩膀。

「說好要老實回答的。到底是怎樣呢？」

角次郎垂下肩膀，點頭說：

「……是的。」

「原來如此。」

「這事一直隱瞞到現在。阿春她自己也不知道。我們在柳橋橋畔發現她裹著舊衣被丟在那裡。覺得她很可憐……忍不住帶了回來。」

阿仙哽咽地說：「我們沒有小孩，阿春就像我們親生女兒一樣。會搬到這裡，也是因爲附近鄰居都知道她是棄嬰，我們想讓孩子遠離那些鄰居……所以才叫我那口子換個地方做生意，我也放棄柳橋那邊的所有老主顧。」

「這樣不是很好嗎？」茂七用力點頭說道：「我想問的就這點而已，我要拜託的是，你們忘掉那千兩的事吧。那只是有錢人的非分之想，不是正經事。」

夫婦倆渾身顫抖了一下，不過，這不是因爲捨不得錢的關係。阿仙向前一步問茂七：

「這是什麼意思？頭子，您的意思是，阿春的事和那千兩有什麼關係嗎？」

茂七直視著她眼睛，然後問：

「如果我說有，妳打算怎麼辦？」

「什麼怎麼辦？」

「是要阿春還是要那千兩？」

阿仙冷不防摑了茂七一個耳光，接著她自己似乎也嚇了一跳，搖搖晃晃地差點跌在地上。角次郎慌忙攙住她。

「這樣就好，我放心了。」

茂七挨了巴掌的臉頰雖然火辣辣的，但仍微微一笑。

「好好疼惜阿春。」

茂七丟下這句話，便轉過身去。

昨天茂七離去後，伊勢屋似乎也有一場小騷動。茂七前去拜訪時，嘉助出來說，老闆娘身體不舒服不能見客。

「老闆也可以。你告訴他我想見他。」

同樣是在昨天的那間榻榻米房，但這回沒讓茂七久等。伊勢屋老闆的臉看似有點浮腫，眼皮也微腫。

「我直截了當說了，」茂七開口說道：「挑擔小販角次郎的女兒阿春，以前……十三年前，是你們夫妻丟在柳橋的嬰兒吧？」

伊勢屋老闆沒有回答，只是頻頻眨眼。

「阿春是你們半年前過世的女兒阿蜜的雙胞胎妹妹。你媳婦生了雙胞胎女兒吧？」

伊勢屋老闆不再眨眼，小聲問道：「爲什麼我們要丟棄嬰兒？」

「或許你們夫妻倆也不想丟棄，可是，不丟不行。因爲你父母——尤其是你那個脾氣暴躁的阿母，當時大概又吵又鬧，說娶門第低的媳婦才會有這種事，說加世大概是畜牲肚子什麼的。」

伊勢屋老闆垂著頭。

「武家人和商家人，本來就十分厭惡雙胞胎。」茂七繼續說道：「一次能夠得到兩個寶貝孩子，爲什麼那樣厭惡，我實在想不通。」

「我也一直很痛苦。」

宛如照著紙上寫的唸出來似的，伊勢屋老闆聲音平板地說：

「這十三年來，沒有人知道我和加世有多痛苦。」

「但是，那個可怕的阿母已經不在了。」茂七說道：「而且，沒想到阿蜜也過世了。你們覺得很寂寞，想要回當年的棄嬰，於是找到了阿春。你們也眞行，不到半年就找到那孩子。」

「之前就知道他們的住處。」伊勢屋老闆說：「丟棄當時，我們躲在暗處，想看看是什麼人撿走孩子，於是跟蹤對方，並確認他們的身分。我們也有這種父母心。」

茂七聲音轉爲嚴厲，直盯著伊勢屋老闆說道：

「既然如此，那千兩到底是什麼意思？想救濟阿春家嗎？還是，想利用這種不尋常的方式拉攏那家人？你們是不是沒有勇氣直接去找他們，向阿春賠罪，說妳親生父母其實是我們？所以才要這種小花招？」

伊勢屋老闆從牙縫擠出聲音說：「我們只是希望那孩子幸福。挑擔魚販的女兒，未免太可憐了……」

「阿春現在非常幸福，她不是你們的孩子。你們的小孩早在十三年前被丟棄時就死了，無論花幾千兩也買不回來。」

伊勢屋老闆低下頭來。

「你們死心吧。」茂七堅決地說：「接下來再商量一件事，伊勢屋老闆，那一千兩你就當是給了角次郎，能不能給我？」

伊勢屋老闆馬上抬起頭來，漲紅了臉。

「什麼意思？」

「這麼說吧，當做是封口費。」

「如果不給，你打算把我們以前的事告訴阿春嗎？」

茂七默不作聲。伊勢屋老闆默默地瞪視茂七片刻，接著猛然站起身，跑出榻榻米房。不一會，他又大踏步回來，手中抓著昨天讓茂七看的那個綢巾。

「那，就是這個。」

他把錢丟在茂七面前。

「拿去吧。你這個畜牲！」

茂七慢條斯理地撿起那些錢，再用綢巾重新包好。伊勢屋從剛剛便氣喘吁吁地看著茂七的舉動。

「那麼，伊勢屋老闆。」

茂七將包好的綢巾推到伊勢屋老闆跟前。

「我付你這些錢，這是我給你的封口費。」

伊勢屋「啊」地張大嘴巴。

「往後別再動阿春的腦筋，別告訴任何人那孩子是棄嬰。明白了嗎？」

茂七說完之後，迅速站起身。

在走廊上，他又聞到與昨天一樣的線香味。茂七停住腳步，輕輕合掌。

數日之後，阿春前往茂七家。

「阿爸和阿母說，這是這次的謝禮。」

她遞出一條肥美的鰹魚。

「阿爸又說，如果頭子不嫌棄，他打算來料理。怎麼樣？頭子。」

茂七露出笑臉對阿春說：

「回去告訴妳阿爸，拜託他過來一趟。也順便向妳阿母問好。」

頭子娘在一旁聽得目瞪口呆。

「眞搞不懂。是千兩鰹魚的事吧？你不是什麼都沒做嗎？」

不，挨了一個耳光，茂七心想。

太郎柿次郎柿

1

回向院茂七住的兩層樓房子，有個一丁點大的院子。今年那院子的柿樹第一次結果子。

茂七和頭子娘住進這房子以來，前後已十五年。聽說柿樹是前任房客種的，茂七夫婦搬來時，雖還只是茂七頭部那般高，但枝葉繁茂，頗有柿樹的架勢。茂七當時認為，照這樣看來，兩、三年後也許就會結果子，內心相當期待。

沒想到，這柿樹歲歲年年愈長愈高，高到必須抬頭仰望的程度，但是樹幹卻十分細弱，葉子也比別人家的柿樹稀疏。不知是土質不好，還是日照不佳，總之，到了第十個年頭，茂七也死心了，認為這柿樹大概不會結果。

就這樣，在第十五年的今年，枝上竟垂掛著青柿子。俗話說，桃栗三年柿八年，這柿樹花了將近一般柿樹兩倍的年歲，總算「長大成人」。

「原來這傢伙是個非常晚熟的柿子。」

「不過，肯定很甜。」

茂七夫婦每天早晚都這麼仰望著柿樹。

今年秋天，茂七手邊無風無浪，一直過得很太平。捕吏這行，有時會有這種情況，老實說，閒得很。

正如大部分捕吏，茂七家的頭子娘也有自己的活。她年輕時便以裁縫為生，而現在也正忙著裁

縫。尤其在單衣換夾衣前的秋天這時，是裁縫活最多的時期。自然而然地，在家無所事事的茂七頭子，只能聽從頭子娘吩咐，乖乖幫忙纏線板、拆綳線，或幫忙碌的頭子娘汲水打掃，將爐子搬到院子烤秋刀魚等等，全然一派隱居的模樣。

不過，這種優閒的生活，茂七也有點膩了。因此，才會把那些平時充耳不聞的頭子娘工作時隨口說說的街談巷議惦記在心頭。

2

「通靈和尚？」

頭子娘坐在舖滿榻榻米房的綢緞大海中央，歪著頭忖度主顧送來的淡紫色鯊魚皮花紋布匹到底要配什麼上半身和下襬裡子。茂七盤腿坐在頭子娘工作房門檻邊，背倚著柱子，時而對頭子娘的配色奚落幾句。

之後便突然冒出通靈和尚的話題。正確地說，頭子娘是這麼說的：「唉，這配色，跟前回上總屋老闆娘在通靈童子出來時穿的一樣。」

茂七將背離開柱子探出身來。

「那是什麼？」

「這個嘛。」頭子娘用深紫色下襬裡子搭配鯊魚皮花紋布匹，「這個雖然比較妥當，可是很無趣吧？首先太花了。上總屋老闆娘喜歡年輕的裝扮……」

上總屋是深川西町一家針線大批發商，頭子娘總是在那裡採買針線，上總屋老闆娘也是頭子娘的好主顧之一，可是，眞不知她會在背後說些什麼。

「我說的不是衣服，是那個什麼通靈和尚。」

「哎呀。」頭子娘笑道：「我說了嗎？」

「說了。是哪家寺院出現靈驗的和尚嗎？」

頭子娘邊笑邊搖頭說：「不是。說是和尚，其實不是寺院的和尚，是孩子，孩子。」

「是男孩子的那個童子（註一）？」

「是啊。前些天我不是送振袖（註二）到上總屋嗎？」

聽說上總屋的獨生女預定在今年秋天相親，所以託頭子娘縫製新衣。

「我記得是那種令人嚇一跳的歌舞伎花紋吧。」

「是啊，那時眞是傷透了腦筋。」

現在令頭子娘歪著頭苦惱的也是這類布匹，託頭子娘縫製衣服的有錢人主顧，大抵會帶著和服舖的人來。擅於接待客人的掌櫃，讓小學徒扛著一大堆布匹，然後在榻榻米房攤開來，從衣服到裡子、腰帶、外褂等等，一開始便選定布匹。當客人做不了決定，便由頭子娘來決斷，和服舖也會留下幾匹備用的布匹給頭子娘。和服舖大概是因爲對方是回向院茂七的頭子娘，才敢放心地僅以一張

註一：「和尚」和「童子」發音一樣，日文都是「坊主」。

註二：未婚女子穿的衣袖垂至下襬的和服。

字據便留下東西吧。

上次上總屋託頭子娘縫製的振袖也是如此，上總屋的獨生女就和服鋪扛來的布匹挑中絳紫色底菊壽染。那是仿傚上個時代歌舞伎演員第二代瀨川菊之丞的名氣，最近開始流行的花紋，交互染出菊花和「壽」字，一看就知道是華美的花紋。

「那花紋，的確一直在流行，但現在通常用在腰帶上。眞是的，染成布匹的人有臉賣，買的人也眞有臉買。」

上總屋的女兒美得引人注目，身材又高䠷，非常適合華美的穿著，女兒說一定要這個，和服鋪的人也搓著手推薦，母親則是一副喜形於色的樣子，結果傷腦筋的是頭子娘。那麼花的布，到底要搭配什麼腰帶和裡子？

「結果啊，還好其他配色選了樸素的，縫出一套很不錯的衣服。」頭子娘繼續說道：「我送衣服過去時，也不會覺得心情沉重。反正上總屋的小姐本來就喜歡浮華打扮。何況，跟人家較勁穿著是她的興趣。這點很可能遺傳自母親。」

然而，頭子娘在廚房後門叫喊了許久，上總屋卻毫無反應。頭子娘在地板沿探身朝裡面喊了好幾次，問了好不容易才出來的下女到底怎麼回事，下女說，老闆娘和小姐已完全忘了衣服的事。

「正是因爲那個通靈童子。」

託頭子娘縫製衣服是梅雨季剛結束那時，據說之後沒多久，上總屋宅子頻頻有鬼火四竄的情形，什麼燒焦榻榻米或格子紙窗，鬧得很兇。

茂七哼哼地嗤之以鼻，頭子娘不禁笑了出來。

「你啊，只要商家發生什麼靈異的事，總是說十之八九是傭工幹的好事。」

「而且，會發生這種靈異的商家，對傭工都很嚴苛。」

受雇者——尤其是商家傭工之類的，主人一家通常握有生殺大權，傭工則是受了任何苦都無法吭聲。他們雖然表面上服從主人，但心是不受管的。傭工有時會故意毀壞主人家的東西，藉此發洩長年積壓在胸中的鬱憤。當然，說是「故意」，其實並非當事人明知故犯，而是不自覺地就會這麼做。

也因此，對商家發生小火災或小竊案，茂七總是盡量不吹毛求疵地追究。儘管茂七根本不相信那種事，但有時也會告訴對方，可能是什麼附身之類的。爲了袪除那個東西，最好多多積德，規規矩矩做生意，對底下人厚道一點——茂七總是把事情往這裡說。

「所以我也認爲，啊，上總屋終於也出現鬼火了，我常想，那也是理所當然的，那些傭工非常怨恨他們嘛！」頭子娘繼續說。茂七嗯嗯地點頭。上總屋是家寧願讓女兒與人較勁服裝當消遣，也不願讓下女一天吃兩頓飯的商家。這事還頗爲出名。

「可是，上總屋卻大驚小怪，說什麼會鬧鬼火一定是什麼東西在作祟，不但叫來和尚也請來巫師……」

然而，用盡各種方法，仍舊沒有將鬼火平息。

「結果，正當他們束手無策時，小姐不知從哪裡聽來，說深川有個感應很強的童子，時常幫人驅邪，幫人找回遺失的東西，甚至可以斷言他人的壽命，名聲非常好，所以他們馬上請那童子過去。」

「那小鬼叫什麼名字？」

「日道。」

「啊？」

「大家都稱他**日道大人**。儘管我只瞧了一眼，但也看到他那全身白色的裝束，是個還不到十歲的男孩。父母陪在一旁，呵護得像個千金小姐似的。」

茂七沉吟了一聲，再次將手環抱在胸前。他對這事不大滿意。

「那個叫日道的小鬼，他們拿多少相面費？」

「又不是算命的，不能說是相面費吧，這個嘛……」頭子娘偏著頭，「我沒問那麼詳細，不過應該不是一兩二兩，反正跳神的本來就很貴。」

茂七靜靜地點頭。整件事聽起來令人很不快。看來或許到上總屋露個臉比較好。

茂七突然想抽菸，起身離開頭子娘的工作房。由於要保管和服鋪留下的布匹，況且做的又是縫製衣服的工作，榻榻米房裡嚴禁抽菸。

茂七一隻手握著菸管來到院子，仰頭一看，枝上的柿子在夕陽下閃閃發光。長在最頂端的果子，跟喝醉了的人一樣——滿臉通紅。

當天夜裡。

頭子娘說要熬夜趕工，茂七決定前往富岡橋橋畔。他打算去喝一杯，順便幫頭子娘買豆皮壽司。

大約十個月前，深川富岡橋橋畔出現豆皮壽司攤。老闆身分不詳，年齡與茂七相仿，單獨一個人照料攤子，不僅賣豆皮壽司，也賣湯、烤魚等，而且味道好得連料理舖都遠遠不及。

這攤子的唯一缺點是不賣酒。不過，今年春天開始，有個叫豬助的挑擔賣酒老人在豆皮壽司攤旁做起生意，這缺點自然也就沒了。茂七對這位之前似乎是武士——而且搞不好階級相當高——的老闆十分感興趣，早就常來光顧了，加上現在又有酒喝，已經是常客了。

此外，每當茂七因公務煩惱不堪時，這老闆隨口的喃喃自語，時常令茂七恍然大悟。又，這攤販在這附近已經出了名，生意好得，無論茂七何時去，長板凳上總是坐滿了人，因此町內的街談巷議或風聲都聚集在此，這對茂七來說也很有幫助。老實說，今晚茂七正是認爲老闆或許知道關於「日道」那小鬼的傳聞，才興起過來一趟的念頭。

攤販位於富岡橋橋畔往北走幾步再右轉的巷口，上面掛了個與豆皮壽司顏色近似的粉紅掛燈。今晚是皎潔的滿月，即使沒有燈籠也能看清楚腳下，茂七雙手揣在袖口，信步往攤販的方向走去。

但是今晚卻不見亮光。

由於今晚有點風，本以爲或許擺在巷子底，挨近一看，依舊不見亮光，也看不到任何人。當然也不見長板凳，再看看附近的地面，完全沒有炊煮的痕跡，也沒有水痕。大概單獨一個老人做不成生意，所以也不見豬助的影子。

（今晚休息了……）

認識老闆以來，從未有過這種情況。茂七雖是常客，但並不是固定在什麼日子來，他總是心血來潮時信步晃了過來。儘管如此，卻從未碰上攤販休息。

茂七心想，難道發生了什麼事？腦子裡同時浮現梶屋勝藏那張臉。

梶屋是黑江町一家租船旅館的名字，但其實是當地地痞的巢穴，人稱老闆爲「瀨戶勝藏」。對茂七來說，他有如懷裡的雙刃劍；有時很方便，但終究是危險的。

不過，最近這把雙刃劍，只要與豆皮壽司老闆有牽扯的，在某種意義上，總像扎針似地刺激著茂七。向深川這一帶的大小商人索取場地費爲生的梶屋那夥人，竟然只對這豆皮壽司老闆不敢動手。曾有一次，有個跑腿的手下，被這老闆打得落荒而逃，勝藏也沒打算報這個仇。

不僅如此，今年春天鰹魚剛上市時，茂七在這攤子看到躲在暗處盯著老闆的勝藏身影。當時勝藏一副想打架的眼神，身子兩側握緊拳頭，卻文風不動，僵著身子呆立在暗夜裡。

儘管有著各種疑問，但今晚喝不到酒實在很遺憾。茂七搖了一下頭，邊想著頭子娘的消夜該怎麼辦邊轉身離去。

3

翌日，吃過完早飯，茂七馬上前往北森下町的極樂澡堂。茂七的一個手下糸吉在這澡堂工作。

糸吉是個才二十歲的年輕小伙子。平時幾乎與住宿傭工無異，都住在茂七家。但碰到眼下這種閒暇時期，糸吉自己似乎不好意思無所事事地過日子。也不知他從哪裡找到門路，最近發現了這家極樂澡堂，說是閒暇時要在這裡工作。

「澡堂的話，燒水啦、砍柴啦，要做的事很多吧？所有起居都在男澡堂二樓的話，也不需要再找睡覺的地方，再說，對公務也有幫助。」

澡堂的確是町內消息流通的地方。尤其男澡堂二樓是開放的遊樂場所，不分身分階級，常有許多人進出。茂七探問了一下，結果極樂澡堂似乎也希望糸吉過去露露臉，大概是把糸吉當保鏢吧。

如此這般，當茂七信步來到澡堂時，糸吉正躺在男澡堂二樓讀插畫小說。八丁渠的大爺早上來洗過澡後，此刻正是清閒的時候。

「你怎麼在讀婦孺之輩的東西？」

茂七開口說道，糸吉嘿嘿傻笑地起身，「咦，頭子，怎麼這個時候來？」

茂七先說明不是急事，接著說出日道的事。他認爲耳尖的糸吉也許會聽到什麼消息。

「啊，那個啊，」糸吉雙眼閃著光，「大家都說非常厲害。」

「哪裡厲害？」

「那個日道是御船藏後面一家五穀批發商三好屋的兒子，應該只有十歲左右。」

「嗯，我家老伴也這樣說。」

「其實他叫長助，三歲左右開始說些怪話，他的父母也嚇了一跳，最後才幫他取日道這個名字。」

「全身白色裝束的事是眞的假的？」

糸吉吃吃笑道：「大概是開始收費幫人驅邪或尋找失物時才那樣打扮。那也可以說是類似戲子的舞台服裝吧。」

茂七環視四周，將菸草盆拉到眼前，從懷裡取出菸管。菸草盆清得很乾淨，不見半點菸灰。這大概也是糸吉的工作。

「他的父母爲什麼嚇一跳？日道那個小鬼到底做出什麼驚人的把戲，其實我也不太清楚。」

糸吉換了個坐姿，像說開場白的賣報小販，比手畫腳開始說了起來。

「一開始的時後，他可以在半年前就說中當年紅豆、大豆的收成。」

不愧是五穀批發商的兒子。

「問他爲什麼知道，他說不知道爲什麼就是知道。他又說可以知道十天後的天氣，而且，也眞的說中了。」

茂七呼地吐出一口煙，「應該是偶然的吧？」

「聽說他連傍晚的陣雨和打雷都說中了。對了、對了，大約三年前，淺草寺山門附近的行道樹不是被雷擊嗎，聽說日道也說中了。他在前一天吃中飯的時候說，明天傍晚淺草寺的行道樹自大門算起的第四棵櫻花會被雷擊。」

茂七苦笑地說：「還有呢？」

糸吉突然伸出指頭說：「這個厲害，他可以讓火鉗彎曲。」

「那個相撲的人都會吧？」

「不是用力弄彎，而是用指尖撫摩而已，就像這樣……結果火鉗就軟綿綿地彎了下來。」

「驅邪的事呢？」

「和三好屋有生意往來的舖子老闆娘被狐狸附身，家人把她關進榻榻米房，結果他花了一個晚上做法就把她治好了。」

「遺失的東西呢？」

糸吉愈說愈起勁，「某將軍直屬部下的旗本宅邸，遺失了一副傳家寶掛軸。因是家門危急存亡的大事，卻怎麼也找不到。」

「嗯，嗯。」

「對方聽說了日道的傳聞，便不假思索地託他尋找，結果就只是年輕夫人換了收藏的地方卻忘了而已。儘管如此，聽說日道一進屋內，就直直走到那地方指了出來，就在壁櫥裡的上方。這事還有個後續，這位夫人本來是庶民出身，是個家產富裕的商家女兒，她先成爲這旗本家親戚的養女，然後再嫁進來。」

武士要娶庶民媳婦時，通常會先依此行事。由於那女子一度先成爲養女，所以便算是武家女兒了。

「那旗本家本來就過得很拮据，應該是看中嫁妝才娶商家的女兒。可是，這次的傳家寶事件，隱居老爺非常生氣，說是把比性命還重要的傳家寶塞進壁櫥上方成何體統？結果夫人因此被休了。對方還說，沒被斬死算是幸運。夫人就那樣兩手空空地被趕了出來。大家都說，那對年輕夫妻感情很好，實在可憐。」

茂七把玩著菸管，緩緩地點頭。糸吉眼尖地說：

「頭子，您討厭日道那種人吧？」

「總覺得看不順眼。」

「可是，剛剛說的那個被狐狸附身的老闆娘就是因爲他才得救。」

「那個日道，收費很高吧？」

「現在三好屋把生意都交給掌櫃照料，父母兩人都陪在日道身邊。他們明明才剛繼承沒多久，話雖如此，也沒聽說鋪子逐漸衰敗。日道總是穿得一身白，身上找不到半點髒污，聽說到哪裡都坐轎子，看來確實很賺錢。」

茂七益發覺得不快。他敲掉菸灰，邊收拾菸管邊對糸吉說：「這陣子，你多留意日道的消息。對方還是個小鬼，在背後操縱的應該是他的父母。如果有日道失手的消息，或有人受騙之類的，你能不能幫我問出詳情？」

糸吉二話不說就答應了。茂七又吩咐糸吉偶爾回家吃飯，這才下樓。

茂七離開極樂澡堂朝河道方向走去，來到北橋前，右邊傳來「頭子、頭子」的喊叫聲，是權三。他便服的下襬隨著步伐翻飛，正快步往這邊來。

「問了頭子娘，說您到糸吉那裡。」

權三也是茂七的手下，但年齡已四十出頭，以前是大鋪子的傭工，現在在茂七住居旁的大雜院租屋，過著無拘無束的單身生活。這權三不但會算盤也能記帳，擅於待人處世，大雜院管理人非常仰賴他，公務閒暇之時，便幫管理人的忙，貼補家用。

「怎麼了？」

「是兇殺案。」權三簡短地回答：「龜久橋一旁的租船旅館裡有個男人被殺了。那旅館字號是楊流，希望私了，老闆娘瘋了似地在找頭子。」

龜久橋是仙台渠上的橋，位於北森下町稍南的地方。茂七轉過身，與權三並肩同行。

「雖然同情對方，但命案可不能私了。不找出兇手不行啊。」

「這個，」權三以天生和樂的聲音說道：「兇手已經束手就擒了。」

茂七不禁停住腳步，「什麼？」

「簡單地說，兇手殺人之後，自己下樓到帳房，說他剛剛殺了人。據說，之後便一直乖乖在那裡等著。」

過了龜久橋就是大和町，租船旅館「楊流」便位於町內一隅；面向河道，以及四周環繞著兩層樓高的細長柳樹，不知這是否就是旅館字號的由來。新綠時的這些柳樹應該很美，但枯葉飄落的這個季節，茂七覺得，彷彿看到驚慌失措、面無血色的幽靈，很是掃興。

楊流老闆娘是個眼睛炯炯有神看似好勝的嬌小女人，年約四十出頭，聲音卻尖銳得與年齡不相稱，一見到茂七便滔滔不絕。

「拜託您了，頭子啊，我們要是捲入這種事，生意可就做不下去了，我背著債，丈夫又行蹤不明……」

茂七舉起雙手安撫老闆娘，然後問：「死者和兇手在哪裡？」

「二樓。上樓後右邊最前面的榻榻米房，那是我們這裡最好的房間，才剛新換榻榻米……」

老闆娘似乎一逮到機會就要抱怨。

「還有誰在裡面？」

「我們的一個船夫正看著。雖然沒有逃走的樣子，但總是不放心。暫時用腰帶綁住他的手，他並不抵抗，只是閉上眼睛垂著頭，動也不動。」

茂七才跨上通往二樓的樓梯，便催促著權三，要權三先上去。權三也動作熟練地不發出腳步聲上樓。

「這裡沒有別的樓梯嗎？」

「是的，沒有。」

「那，暫時應該沒問題。老闆娘，我先問妳一些事，被殺的客人是誰？」

老闆娘頓時雙唇緊閉，正打算說「不知道」，茂七笑著打斷她。

「我雖是第一次踏進這裡，但也聽過風聲，楊流不是陌生客人隨便進得來的地方。至少，老闆娘，妳應該認識死者或兇手吧。」

老闆娘垂下眼睛。她微微皺著眉舔著嘴唇，呼了一口氣地說：

「反正說謊也沒用。是的，我認識，是萬屋的清次郎先生。」

「萬屋？」

「猿江神社附近一家梳妝雜貨批發商。清次郎先生是那裡的伙計，大概很會做生意，老闆好像很器重他。」

不過是個伙計，竟敢在白天離開舖子跑到租船旅館！的確，他若不是非常討老闆的歡心，就是極為厚臉皮，否則不可能這樣。

「他第一次來？」

「不，今天是第四次。」

「每次都在這個時候？」
「是的，大致上是這樣。」
「他都找同一個女人？」
老闆娘微微一笑，「每次都是同一個。」
「那，是那個女人殺了清次郎？」
結果，老闆娘睜大雙眼，「不是，殺死清次郎的不是女人。」
「不是女人？那，是男人？」
「難不成還有別的？」
「只有兩人在房裡？」
「是。」
老闆娘稍稍鎮定下來後，她說：
「清次郎先生今天帶他哥哥來。」
「是兄弟……」
老闆娘點頭說：「清次郎先生是川越人。由於他是次男，所以雙親送他到江戶做事，由哥哥繼承家業。我曾聽他說，反正是貧農，到江戶做事反而比較好。」
「這麼說來，是窮哥哥到江戶來找弟弟？」
「大概吧。那個哥哥，穿著打扮很寒酸，連髮髻好像都泡到泥水了。」
喔，眞討厭——老闆娘抖著全身，這麼說道。在江戶租船旅館老闆娘的眼裡，或許近郊的農民都是這副德性。

接下來的問本人比較省事。茂七兩步併一步地上樓。命案現場的房間紙門敞開著，從走廊便能看得一清二楚。權三坐在門口，年輕船夫靠在窗口，一副不知如何是好的樣子。榻榻米房中央，有個整整齊齊穿著外褂、梳著商人髮髻的男子坐在地上，上半身趴在矮桌上，此時只能看到他的後腦勺和背，但往前伸出的雙手手指彎曲得像在摳桌子，可見他臨死前很痛苦。

有個東西吸引了茂七的目光；屍體旁有個盒蓋脫落打翻的盒子，似乎是點心盒。裡面的東西散落在榻榻米上，是顏色和形狀各異的點心。

茂七一移開視線，便看到殺死弟弟的那個哥哥，他坐在壁櫃紙門前伸出雙腳，雙手反綁在後，垂著頭緊閉雙眼。權三靜靜地向茂七點頭。

茂七向年輕船夫致謝後，讓他離開房間。待關上了紙門，茂七挨近男人身邊蹲下，視線與對方齊高，茂七喊道：

「喂，你叫什麼名字？」

男人睜開眼睛。是雙混濁、毫無生氣的眼睛。

「我是這裡的捕吏，叫茂七。聽到你在這裡殺死自己弟弟的消息才趕來。這死者，眞的是你弟弟、萬屋的伙計清次郎嗎？」

男人緩緩地晃動脖子點頭。

「聽說你是清次郎的哥哥，從川越來找你弟弟。你們約好在這裡見面的嗎？」

對方再度點頭。果然如老闆娘所說，身上衣服和細筒褲都十分骯髒而且快磨破了，脖子上掛的手巾一端也破破爛爛的，身上有一股臭味。
「你叫什麼名字？」
他深吸了一口氣，用力張開乾燥的嘴唇，好不容易才回答，「朝太郎。」
「是你殺死你弟弟的嗎？」
「是。」
「之後，你告訴老闆娘說你殺了人？」
「是。」
「爲什麼殺死弟弟？」
朝太郎的眼珠子緩緩地往旁游動，一副很吃力地晃動脖子搖著頭。
「你不想說？」
朝太郎點頭，接著說：「是我殺死的，請不要問我原因。是我殺死的，請把我抓走。」
他的語氣，像麵棍擀過那般，沒有抑揚頓挫。茂七往前稍微挪動膝蓋。
「這不行。你爲什麼殺死你弟弟，如果沒有查出原因，沒法結案。驗屍公役大概馬上就會趕來。他們不會像我這樣好聲好氣地問你。趁現在說出來，對你比較好。」
朝太郎看似充耳不聞，視線渙散地望著下方，不斷夢囈般地說道：
「是我殺死的，請把我抓走。」
此時，樓下傳來女人的吵鬧聲。老闆娘好像與人爭辯。茂七向權三示意，權三站起身走往樓梯，但立即又傳來輕輕上樓的腳步聲，權三倒退著回到榻榻米房。

有個年輕女子一副要撞倒權三似地衝進榻榻米房。茂七起初不知她是誰。女子身穿黑衣領麻葉幾何花紋窄袖服，下襬露出華麗的京友禪染內裙。茂七暗忖這眞是個時髦的姑娘時，她張嘴大喊：

「清次郎先生！」

然後撲向趴在桌上的男子。茂七一聽這個聲音，立即察覺她是上總屋的女兒阿鈴。

「妳不是上總屋的小姐嗎？」

妳爲什麼來這裡，茂七邊說邊挨近她時，就這一眨眼的工夫，朝太郎迅速起身。直至方才爲止動作笨拙得像頭牛的他，以迅雷不及掩耳的速度奔向窗口。

那動作快得連讓人暗叫「糟了」的時間都沒有。權三比茂七先一步衝上前想抓住他的袖子，但薄薄的衣服只輕輕地飛舞了一下，權三抓了個空。

「不是兄弟的話，該有多好。」

朝太郎朝著窗外半空如此咆哮，自敞開的窗口一躍而下。前方柳葉搖曳，飛往秋陽的朝太郎身影，清晰地在茂七眼底留下了黑影。

外面傳來沉重的咚一聲。

茂七奔至窗口。本以爲只是兩層樓高，未必會摔死人，但看了一眼，便知道沒救了。或許朝太郎是頭部先落地，脖子扭成了活人不可能有的角度，眼神與剛才一樣呆滯地望著茂七。

奔下樓的權三，跪在朝太郎身邊，馬上仰著臉搖頭示意沒救了。

阿鈴在茂七身旁哇地放聲大哭。

楊流發生的命案，最後正如老闆娘所願，私了了。說是朝太郎逼弟弟一起自殺也不爲過，只是時間一前一後罷了。

淚如雨下的上總屋阿鈴停止了哭泣，對茂七的訊問俐落地回答。既然是個用盡各種工夫熱衷打扮的女孩，腦袋當然也聰明。

「這麼說來，清次郎是妳今年秋天準備相親的對象？」

阿鈴用力點頭，「我聽阿爸和阿母提起時，心想要等到相親那一天太久了……偷偷跑去萬屋見他。」

所幸清次郎也中意阿鈴，兩人開始幽會。

「反正我們遲早會結婚。」阿鈴非常坦率，「我認爲沒有必要一本正經地裝成乖女孩等相親那天的來臨。清次郎先生因爲工作的關係常在外面跑，還算可以常常見面。」

據說當初來向阿鈴提親的是萬屋的老闆。清次郎是所有傭工裡最優秀的，很早就嶄露頭角。可是，萬屋已經有個可以繼承家業的好兒子。於是老闆夫妻倆打算栽培清次郎，之後讓他入贅到別家，不然就讓他另立門戶。

「萬屋老闆和我阿爸是生意上的伙伴，交情很好，所以他來商量讓我當夫婿的事……」

對阿鈴來說，她會對對方感到好奇，也是人之常情。總之，她是個活潑的姑娘，只要她中意對方，不可能默不作聲忸忸怩怩與對方保持距離。或許阿鈴認爲，在眾人安排的相親席上，邊向早已有親密關係的對方使眼色，邊裝模作樣溫順地坐在母親身邊，也很有趣。

「不過，現在我總算恍然大悟了。」茂七說道：「我一直認爲，不管再怎麼活潑，相親席上貿然穿著歌舞伎花紋衣服，未免太不像話了。妳託我老伴縫製衣服時，我心想，萬一對方拒絕，妳不是會很難堪嗎？不過，那是因爲妳知道清次郎理解妳這個嗜好，才那麼大膽的吧。」

阿鈴邊點頭邊擦淚。

「妳聽清次郎說過他老家或哥哥的事嗎？」

「一點點而已。他告訴我，他哥哥來信，說近日會來找他。」

「他也說了今天約在楊流嗎？」

「是的。頭子，您看到房裡撒落一地的點心嗎？」

「啊，看到了。那是土產？」

「是的。清次郎先生說要給哥哥帶回去，託我買來的。我算好時間，在楊流前等他們。結果清次郎先生和他哥哥同時來了……我在楊流前河道那裡打了招呼。」

「之後妳把點心盒交給他？」

「是的。我也很想進去，但清次郎先生說，這是家裡見不得人的事，叫我別進去，所以給了他點心盒，我就回去了。」

「妳覺得他哥哥怎樣？」

阿鈴不大想回答，只是歪了歪幾次頭，就是不說話。

「算了。」茂七說道。他心想，阿鈴大概會和楊流老闆娘說的一樣。儘管是在同一個家庭出生，但是清次郎已經完全成了江戶人，相較之下，對阿鈴來說，朝太郎只是個來自陌生地方的異族人，而且，那異族人邊走邊散發著江戶人不熟悉的窮酸味。

「妳只要告訴我一件事就好，清次郎有沒有說他哥哥為什麼來江戶，還是他什麼都沒說？」

阿鈴咬著紅唇，「他說來向他討……」

「討錢嗎？」

「是的。今年夏天，他哥哥的田因為稻瘟沒有收成，家裡連吃的都沒有。但是清次郎先生仍只是個傭工，他抱怨說，根本沒錢可以借哥哥。」

阿鈴微微歪著頭，大概是在回想清次郎說過的話，不料她的眼睛又濕潤了。

「清次郎先生曾說，他從小就與哥哥感情不好。說他總是擺出哥哥的臭架子，視他為眼中釘。有次他哥哥罵他是米蟲，他氣得甚至毆打他哥哥。他又說，所謂哥哥，應該是即使自己一個人忍耐也要照顧弟弟，吃的東西不夠，自己忍著不吃，分給底下的弟弟吃，沒衣服可穿，脫下自己的衣服給弟弟穿，這才有資格擺哥哥的架子。但他哥哥完全不是這樣，只是仗著比較早出生，能繼承父業而逞威。」

因是片面之詞，也就不能照單全收。朝太郎大概也有話要說吧。不過，茂七心想，在家被視為米蟲，像被趕出來似地到了江戶的清次郎，內心確實對家裡和哥哥充滿了無法磨滅的怨恨和不滿吧。

茂七看著腳邊，想了又想。散落在榻榻米的這些點心……到底意味著什麼？是清次郎對朝太郎的諷刺？還是，清次郎已經完完全全成了生活寬裕的江戶舖子伙計，所以沒想到那些點心看在三餐不繼的哥哥眼裡會做何感想？

是什麼呢？到底是什麼讓朝太郎萌生不惜勒住弟弟脖子的強烈憤怒呢？是諷刺？還是粗心大意？

茂七向阿鈴致謝，送她出門。他吩咐權三送她回家。

「那衣服白白浪費了。」阿鈴站起身，低聲自語。

「下次還有機會。」

「在清次郎先生的葬禮，我就爲他穿上那件衣服吧。那人每次見到我穿那種華麗的衣服都很高興。」

事情發生在數日之後。

好久不到茂七家的糸吉，帶來令人意外的消息。他說，租船旅館楊流請日道去驅邪。

「聽說是驅命案的邪。」

茂七帶著糸吉趕往楊流。抵達時，驅邪儀式已經結束。老闆娘正深深鞠著躬送一身白色裝束的日道離去，日道夾在打扮得漂漂亮亮的父母之間，正要坐進轎子。

「喂，日道。」

茂七在對街大聲呼喊。日道正要放下轎簾子，聽到有人直呼他的名字，面露驚訝地猛然回頭。

「請問你是哪位？」

他一副道貌岸然地問道。那雙毫無表情的眼睛，怎麼看都不像是五穀批發商十歲左右的小鬼頭。隨侍兩側的父母，也是一副嚴厲的眼神朝這邊瞪視。

「我是負責本所深川一帶的捕吏，叫茂七。」

日道直視著茂七，他的父親則是隔著轎子問：

「捕吏之輩的找日道大人有什麼事？」

「日道大人？那不是你兒子嗎？」

茂七冷笑道，楊流老闆娘臉色發青地說：

「頭子，日道大人是來袚除我們的厄因緣，請您不要失禮了。」

茂七不理會他們，只針對日道——一個十歲少年——說話。

「聽說你具有靈力，既然這樣，你應該知道楊流那榻榻米房裡為什麼會發生命案吧？」

日道有點目中無人地揚起下巴。

「有個男人從背後用手勒住另一個男人的脖子。」

這點小事，驗屍公役早查出來了。

「你知道為什麼會發生這種事嗎？」

日道一副茂七要他在白天指出月亮的位置似地有點不知所措。

「那個榻榻米房，飄蕩著一股憎恨之氣。」日道說道。他的口氣比剛才客氣，這顯示他有些畏縮。

「你知道是什麼樣的憎恨嗎？」

日道益發顯得困惑。母親立即挨近護著他，準備將日道推進轎子。

「沒必要管那些事。日道大人只是來袪除邪氣而已。」

「不知人心的小鬼，怎麼可能知道有什麼邪氣？」茂七篤定地說。

朝太郎到底懷著什麼情感殺死清次郎？在三餐不繼的農民眼中，又是如何看待江戶姑娘阿鈴那身華服？因三餐沒有著落而來拜託弟弟的哥哥，聽到弟弟嘴巴上說沒錢可借，卻遞出怎麼看都不像食物的精緻點心，讓哥哥當土產，朝太郎究竟是抱著什麼情感看著這樣的弟弟？

（不是兄弟的話，該有多好。）

一個年僅十歲的小鬼要是明白這種情感，怎麼教人受得了？

「走吧。」

在母親的催促下，日道坐進轎子，一行人肅穆前行。後面的轎夫走了幾步之後回頭望了茂七一眼。

「頭子，」糸吉戰戰兢兢地說道：「您沒事吧？我覺得好像也沒必要發火。看他那樣子，不就只是個孩子嗎？」

正因爲是孩子，反倒棘手，茂七心想。

「以後你繼續注意日道的動靜。」

茂七看著漸行漸遠的轎子低聲說道。

當天晚上，茂七再度前往富岡橋橋畔。今晚攤子出來了。

「前些天你是不是休息了？」

茂七邊打招呼邊坐在攤子前，老闆那如常不苟言笑的臉上露出怪異的微笑恭恭敬敬打躬。

「讓頭子白跑一趟了？真對不起。我去學一點東西。」

「學東西？」

「是的。去學做甜點。」

今晚豬助也在一旁賣酒。他雖半打著盹兒，客人一喊仍不忘取出量酒器。老闆斜眼看著豬助地說：

「自從這裡賣酒之後，不會喝酒的客人說想要吃些甜點。不過，也沒那麼巧可以找到賣甜點的挑擔小販。乾脆自己來。」

「到哪裡學的？」

老闆含糊其詞地說：「多少有點門路。」

那晚，茂七以正肥美的秋刀魚當下酒菜，慢條斯理地喝著酒。帶了豆皮壽司當消夜，然後喝杯濃茶。

「嚐一嚐老闆的甜點吧。」

老闆說正在學著，然後有點不好意思地端出像羊羹又像果凍的淡絳紫色的東西。

茂七吃了一口，微甜，熟悉的味道在嘴裡散開。

「這是……」

「是柿子。我叫它柿羊羹。」

非常好吃。雖然柿子應該生吃比較好吃，但這個也有它的風味。

「羊羹只是取其名，其實做法完全不一樣。」

「在家能不能做？我家院子的柿樹結果了，正等著它成熟。」

老闆皺著眉頭笑笑地說：「用那種柿子做甜點太可惜了。這不會馬上壞，帶一些回去，當做是向上次讓頭子白跑一趟賠不是，給頭子娘吃。」

茂七感到很高興，說了種種關於院子那株柿樹的事，老闆原本是靜靜地聽著，後來開口說：

「除了花木，院子有果樹，眞的很有趣。以前，我住的宅……我家，也有一株高大的次郎柿樹，附近的孩子常來摘柿子。」

茂七察覺老闆其實要說的是「我住的宅邸」而非「我家」。

「有叫次郎柿樹的？」

「有。味道比較甜，非常好吃。」

「那有沒有太郎柿子？」

「好像沒有。」老闆想了一下，「如果有，也許比次郎柿子更好吃。」

不，太郎柿子應該是澀柿子，茂七心想。命運註定如此。

明明是兄弟。明明同樣是柿樹，卻有澀柿子與甜柿子之別。

茂七付過帳，拿著柿羊羹和豆皮壽司起身往富岡橋走去時，他發現數步之遙的暗處有人影。他心裡有數，一靠近，果然是梶屋的勝藏。

與五月那時一樣，披著棉襖的勝藏身邊沒帶半個手下，頂著九月的晚風直立在黑暗中。

茂七正要從他身旁走過，他卻視若無睹。茂七停住腳步，看看亮著燈光的攤子，繼而看看勝藏那黑漆側臉，接著開口搭話：

「你也去喝一杯如何？」

勝藏沒有回答。

「那攤子的豆皮壽司很好吃，酒也好喝。如果你想索取場地費，希望你做得漂亮一點。要是讓那老闆覺得待不下去離開了深川，我會受不了。」

勝藏眨巴著橡子般的大眼睛，靜靜地握緊拳頭。

「我說啊，梶屋，你認識那老闆吧？你這樣瞪著他，是有什麼深仇大恨嗎？」

勝藏仍看著前方，宛如岩石。但他那側臉，突然如不動明王跨出腳步，而且有如不慎踩到小嬰兒似的，露出難以言喻的哀傷神色。

「血是骯髒的。」

勝藏冷不防呸地說道。之後，丟下無言以對的茂七，迅速轉過身，往籠罩暗夜的街道另一邊走去。

茂七對剛剛聽到的那句話十分不解。血是骯髒的？

茂七打量著勝藏那離去的背影，以及朦朦朧朧浮現在粉紅亮光中的攤販老闆的臉。

（是兄弟？）

這個從未有過的念頭，如突然颳起的暴風吹進茂七的心底。

凍月

1

一早就颳起足以吹走髮髻的冷風。

回向院茂七坐在長火盆前，聽著屋外的風聲發呆地抽著菸。即使是坐在屋裡，似乎也能感受到外面冰冷的空氣中，風神乘著大掃帚掃過光禿禿的枝枒，發出沙沙聲，或從行人頭頂上掠過，冷得讓人縮起脖子，再直飛上天。

一進入歲末，天氣暖和了近十天，連陽光也是那種會令人想起初春的暖橘色，但是對這種荒唐天氣絕不能掉以輕心，日後它一定會加倍奉還。讓天氣再度變冷的這股寒流，也令不怕冷的茂七難以消受。儘管茂七手上有幾件並非急事但必須處理的瑣事，可今天別說是出門了，他連一步也不想離開火盆。

相較之下，頭子娘可就精神十足了，自中午出門去送縫好的衣服，到現在都快八刻（下午兩點）了卻還不見回來。雖然她說反正人在外面，回來時順便買昆布和魷魚做松前漬，但也未免太久了。看來，多半又是主顧找她商量元旦穿的衣服，結果一聊便聊得入迷，就像沉甸甸的醃菜石那般一落座便穩穩不動。

早上糸吉和權三兩人一起過來，卻待不到半個時辰（一小時）。他們告訴頭子娘，年底一定過來幫忙大掃除，便匆匆忙忙走了。糸吉有極樂澡堂的工作要忙，權三則在他住的大雜院幫管理人做事。在歲末的這段時間裡，他們仍得四處忙。

兩名手下都有其他工作賺取外快，不用完全仰賴茂七，這也是好事。也多虧這樣，茂七至今從未說過「我也有必須照顧的手下……」這種窩囊話。所以不論辦什麼案子，茂七都能憑自己心裡的那把秤做公正的評斷。此外，對世人來說，茂七是個公正的捕吏，令他們深感放心。

然而，也正因爲手下各有自己的事，一旦沒有什麼棘手的問題或案子時，就變成只有茂七一個人無所事事了。如果茂七閒著時，而糸吉和權三也是閒著的話，三個人便可以一起躺在榻榻米上，聽聽冷風掃過屋頂的聲音，或自白天起就邊看頭子娘皺著眉邊天南地北地閒聊，其實這樣也滿有趣的。

茂七在火盆邊敲落菸管的菸灰時打了個大呵欠。

不過，茂七也並非一直閒著沒事。到前天爲止，他忙得連吃飯、睡覺的時間都覺得可惜。茂七將菸管收進菸草盆，仰躺在榻榻米上盯著天花板時又打了個呵欠，不禁閉上眼睛。年過五十，一旦熬夜，便接連三天睡意不斷……

就在他昏昏欲睡時，大門口傳來一些聲音。茂七心想大概是頭子娘回來了，但依舊是閉著眼睛，只隨口說了聲「喔，回來了」。

卻沒有任何回應。茂七躺著伸長脖子望向門口。

儘管靜謐無聲，卻感覺有人的動靜。

「是哪位啊？」茂七問道。

「請問回向院茂七頭子在不在？」

那過於恭敬的語調，茂七並不陌生，而且還是最近才剛聽過的。

「在啊。」

茂七起身，伸手理了理髮髻，拍拍下襬，走向玄關。

有個年輕男子緊挨著玄關站在屋裡，一副很冷的樣子。他身穿條紋衣服和成套的外褂，手上掛著疊好的圍巾，或許是出門前換上的，布襪雪白如新。他背後的門敞開半邊，大概是覺得關上很失禮吧。這樣應該也算得上有禮貌，但是他上次來訪時，勸他上來坐，卻怎麼也不肯，害得茂七冷得難受。

「眞是失禮了，河內屋老闆。」茂七微微點頭致意，「讓你一直站在冷天裡……請上來坐。」

但茂七心裡卻嘀咕著。

來訪的這位年輕男子，是今川町一家專賣從京都運來的上等酒的批發商——河內屋老闆松太郎。茂七剛才半睡半醒時，心裡想著不能不處理但又不急的幾件事，其中一件正是這個松太郎前天來拜託的事。

沒想到閒挨著火盆，工作竟主動上門來催促。雖然偷懶並不好，但茂七認爲目前手上的幾件事，就松太郎拜託的事最沒有迫切性，茂七不禁又覺得——啊，眞麻煩。

「頭子，我不能待太久。」

松太郎聲音宏亮、急切地說道。他上次來的時候，也是這樣說，大概是本性如此吧。

「我們舖子又發生怪事了。」

茂七一副滿不在乎的樣子。松太郎上次來的時候，也是說「怪事」，而那「怪事」其實一點也不怪。

「是嗎？這回發生什麼事？」

「有個傭工逃亡了。」

他那一本正經的說法，令茂七不禁眨巴著眼。說逃亡還真是誇張。

「是從舖子逃跑的意思吧？」

「是。今天一早就不見人影。是個叫阿里的二十歲女孩。她是透過傭工介紹所到舖子做事的，今年正好滿三年，一直都很認真工作……」

松太郎皺起眉頭，誇張地垂下肩膀。

「完全出乎意料。今天早上她告訴我，前陣子掉的東西是她偷的，非常對不起，之後就從舖子消失了。我讓舖子的所有傭工都去找人，卻找不到。」

茂七有些愕然地呆立原地。

2

前天中午，有人送河內屋一條鹹鮭魚，放在廚房卻被偷了——這是前天的事，也是事情的開端。

松太郎前來拜託茂七替他找出那條被偷的鹹鮭魚和小偷。茂七強忍著笑告訴松太郎，偷兒也許是貓，就算是被人偷走的，這種竊案在任何商家都有可能發生，只要把傭工全都叫來嚴厲斥責一番，然後告訴大家就這一次不追究，叫小偷老實招認就行了。

松太郎一聽，竟拜託茂七去教訓傭工，他說：

「我教訓的話，傭工不會理會的。」

「爲什麼？」

「因爲我是從傭工爬上來的，沒有威信，也還年輕……」

正如松太郎所說的，他原本是河內屋的小學徒，並非江戶人，父母是上總國鄉間的農夫。他是名副其實赤手空拳來到江戶，經過一番刻苦耐勞、不斷努力，才在第十年成爲伙計總管，之後又認眞努力了幾年，上代老闆看中他的爲人和精通生意的竅門，於去年春天招他入贅成爲河內屋獨生女的夫婿。今年初秋，河內屋老闆夫婦退休，讓女兒、女婿繼承家業，於是松太郎可喜可賀地成了河內屋的老闆。松太郎，二十八歲便出人頭地。

茂七在河內屋當時換代經營時，便已經知道這些內情。由於捕吏並不是什麼堂皇光明的工作（註），所以每逢當地商人或地主舉行換代的宣佈宴會或婚禮時，茂七不會每次都去慶賀，而基本上對方也不會邀請茂七。儘管如此，對方也會前來打聲招呼，當然並非主人親自來訪，而是讓傭工提著一桶喜酒來，說些「頭子，往後請多多關照……」之類的話，但光是這樣便足以得知各商家的內情。

當松太郎成爲河內屋的主人，河內屋也曾派人前來打聲招呼。這種傭工出身的入贅女婿的例子

註：捕吏是武士身分的正式捕快私下雇用的幫手，通常是庶民出身，而且狐假虎威的人很多，所以才有這種說法。

很常見。其實河內屋的上代主人也是入贅女婿。茂七和頭子娘當時還閒聊，當入贅女婿雖辛苦，但畢竟是喜事，可河內屋兩代都沒有繼承家業的男孩，不知他們是不是那種只能生出女孩的家族。

正是這個河內屋的松太郎突然親自來找茂七。茂七起初也一本正經地看待。自換代以來便聽聞松太郎是個耿直得近乎「憨」的老闆，因此茂七認為不能慢待，遂鄭重其事地對待。

沒想到揭開謎底，竟只是掉了一條鹹鮭魚而已，害茂七感到非常沮喪，並且有點不快——何況，前天正是茂七忙得疲憊不堪之時——甚至嚴斥松太郎，連教訓傭工都不會的話，稱不上主人。

結果松太郎紅著眼眶，哽咽地說，沒錯，我本來就不是那種足以勝任河內屋老闆的料。大概是舖子裡發生了什麼糾紛，看來老闆的位子可不好坐。但是他這樣哭訴更教人不好應付。茂七只得安慰他，繼任還不到半年，這種事也是常有的。又說，要是對管教傭工沒把握，可以和上代老闆商量，讓他從基礎教起，這是最好的辦法，比拜託我這種外人插手更有效，諸如此類，提供具體的建議。

可是松太郎完全聽不進去，他說上一代老闆——松太郎對這位已經是自己的岳父還時時以「老闆」稱呼——將舖子的事都交給了自己，自從上一代老闆搬進根岸別墅安居以來，生意上便無法再仰賴他了。又說，上一代老闆娘已經過世，所以上一代老闆再沒什麼好顧忌的了，對一直過著拘謹入贅女婿生活的上一代老闆來說，好不容易才能隨心所欲地過自由日子，大概也不想讓舖子的事掃興。

如此這般，茂七也就無法拒絕了，終於答應要替松太郎教訓河內屋的那些傭工——這是前天的事。儘管麻煩，但茂七認為應該是哪個傭工一時衝動偷走的。而偷走鮭魚的人大概也坐立難安吧，所以不用急著處理，也就沒將此事放在心上，如此便過了兩天……

失蹤的傭工阿里，是負責河內屋廚房工作的下女，因此，茂七聽到鹹鮭魚不見了那時，就已經聽過她的名字了。那條鹹鮭魚之前是擱在廚房的櫃子上，阿里和另一個廚房下女阿吉是最後看到那條鹹鮭魚的人。

「我沒懷疑廚房下女。」

松太郎垂頭喪氣地說。他沒把手伸在火盆上取暖，只是規規矩矩地跪坐著。

「阿里和阿吉應該很清楚，要是廚房掉了東西，她們一定是第一個被懷疑。所以我根本不認爲是她們之中的任何一個人偷了鮭魚。」

茂七左思右想。他能理解松太郎的心情，以及他所說的話，但事情應該不是如他所說的那般曲折。

「可是，阿里卻說是她偷的，然後人就不見了，是吧？這不就和你說的不一樣了嗎？」

松太郎一聽馬上抬起頭來，「阿里不是那種會偷東西的人，她是爲了袒護誰才那樣說的。」

松太郎的眼神，令茂七閃過一個念頭，但是他沒說出來，反而是說：

「嗯，這麼說來，是不是阿里偷的也還不一定。不過，這種事現在最好不要吵得沸沸揚揚的。阿里在鋪子裡不見了，也只有半天吧？再觀察一陣子，也許就回來了。」

「那，頭子的意思是放任不管？」

茂七搖搖手說道：「我不是說放任不管。待會我也到鋪子瞧瞧，有必要的話，我也問一下那些傭工。只是，我的意思是，小題大作對事情無益。這件事本來就只是因一條鹹鮭魚而起，而且，爲了這種小事，堂堂河內屋的主人竟然親自來找我，老實說這也不太好。老闆是鎮舖之石，凡事必須更不慌不忙。」

「我沒有那種分量……」

「就算沒有，也要裝出來。時日一久，就算你再不願意，也會自然而然變得有分量了。任何事都是先看到表面的。」

茂七如此這般鼓勵松太郎，然後催著他回今川町，之後在火盆裡添炭加火，再取出菸管。隨著吐出第一口菸的同時，茂七也嘆了一口氣。

（原來是阿里。）

上次松太郎來時，茂七認為他只是個初為老闆、缺乏自信的年輕主人罷了，看來事情似乎不止如此。從他今天提到阿里時的口吻來推測，問題不在於鹹鮭魚，也不是自傭工搖身一變為老闆的那種不知如何對待傭工的心境，問題似乎是出在那個叫阿里的下女身上。

松太郎之所以會為了掉了一條鹹鮭魚這種小事如此煩心，或許問題不在於有人自廚房偷走鮭魚，而是阿里在廚房做事。他擔心的不是鹹鮭魚，是阿里……

仔細想想，昔日松太郎和阿里的關係，即使有伙計總管和廚房下女的身分之別，卻同樣都是傭工，他們彼此就算有過感情上的交流也不足為奇。

阿里之所以會自河內屋消失無蹤，或許原因就在這裡。

不過，直接問那個謹慎耿直的松太郎也沒用。其實，這事根本無法處理。傭工出走，對舖子來說，不僅是一種損失，也足以構成罪狀。如果阿里是扛著千兩潛逃，那還說得過去，但是掉的只是一條鹹鮭魚——況且，是不是她偷的也不確定——這等事情，茂七實在用不著急著四處尋找阿里。話雖如此，等不久之後頭子娘回來了，茂七便出門前往河內屋。雖說他脖子緊緊圍上圍巾，但到了今川町時依舊凍僵了。

茂七爲了不讓松太郎難堪，沒說是從松太郎那裡得知的，只說，聽到這裡有個下女出門後一直沒回來，大家在找她的消息，所以順便過來看看——結果，河內屋的另一個廚房下女阿吉，老老實實、滔滔不絕地說了一串。她看似有點氣憤，爲什麼呢？因爲阿里擅自出走，害她的工作增加了。

「阿里這姑娘爲什麼離開舖子？」

茂七佯裝不知地問。

「妳知道原因嗎？」

「不知道。大家都說可能是爲了鹹鮭魚……聽說，她出走之前曾跟老闆說了。」阿吉立即如此說道。接著說明鹹鮭魚的事。

「不過是鹹鮭魚，我認爲根本不用那樣大驚小怪。」阿吉邊笑邊說。

「妳認爲是誰偷走了？」

「是貓吧。頭子您也這樣想吧？」

「那，妳也沒懷疑是阿里偷走的？」

阿吉似乎大吃一驚，「不止是我，舖子裡根本沒有人懷疑是她偷的，再說，廚房窗子總是開著，大家都說可能是被貓偷吃了。」

「老闆和老闆娘呢？」

「老闆娘不喜歡吃鹹鮭魚，掉了也不在意。」阿吉爽快地說：「老闆那邊，一副認眞地說什麼家裡掉東西不好，就他一個人神經兮兮地皺著眉頭。不過，那件事我們都不在意。想想到底誰會去偷鹹鮭魚？如果是豆沙包之類的東西，或許還有人想偷吃，可是一整條鹹鮭魚，誰會沒事去偷？」

阿吉說的，正是前天松太郎來找茂七時，茂七對他說的話。

誰會沒事去偷鹹鮭魚？大半是貓偷走的，沒必要追究——這才是正常反應。可是，松太郎不這樣想，他認爲是有人偷走，因此阿里才會說「是我偷的」——事情大概就是這樣。爲了順他的意……也就不管事情是不是如此。

「聽說那條鹹鮭魚是人家送的？」

「是啊。每年這個時候總有很多人會送。我們也到處送人，結果收到的和送出去的大概一樣多。」

「妳知道弄丟的那條鹹鮭魚是誰送的嗎？」

「我想大概是辰巳屋送的。就在這前面……」

「也是酒批發商？」

「是的。因爲前天就只有他們家送，所以才馬上發現不見了。」

「確實是這樣嗎？當天就只有那條鹹鮭魚嗎？」

「絕不會錯。我負責廚房嘛。」

阿吉又說，發生鹹鮭魚事件之後，阿里一副無精打采的樣子。

「不過，她本來就不是很有精神的人。」

「妳叫阿吉吧？妳在這裡做了幾年？」

「兩年多。」

「那，妳多少知道上一代老闆和現在這老闆還是傭工時的事吧？」

「知道。」阿吉點頭，又微微噘著嘴，「不過，現在這老闆，自從當上伙計總管，待遇就跟我們完全不同。反正，我只是下女，也只能認命，但同樣是伙計和掌櫃的人裡，好像也有人憤憤不平。但這也是很常見的吧，頭子。」

「原來如此……對了，這回的鹹鮭魚事件，老闆眞的那麼神經兮兮嗎？」

阿吉又笑了出來，「當然是眞的，就他一個人神經兮兮而已，說什麼這樣不能交代。掌櫃的說，那人本來度量就小。」

茂七邊搔頭邊走到外面。阿吉這女孩，雖然不是很聰明，但也不乏一般人的常識和常情。她說的話都很有道理。

松太郎一躍成爲昔日同是傭工伙伴、前輩之上的身分後，即使有點不好做事，而且因此多少欠缺主人權威，但這與鹹鮭魚事件似乎沒有關聯。他只是鑽牛角尖罷了，茂七總覺得應該不要緊。

癥結終究是出在松太郎自身的感受吧。

因此，之後有一段時日，茂七只是遠遠地觀察河內屋的動靜，並沒有特意插手。而且他也只是交待松太郎，要是阿里回來了，或得知她在哪裡，務必通知一聲，其他的便不再過問。之後，松太郎曾來找過茂七一次，他面帶愁容，吞吞吐吐地說，眞的可以不用找阿里嗎？茂七瞪視著他說道，不去找她也不會受罰，難道河內屋有什麼非找到她不可的理由嗎？松太郎只好垂頭喪氣地回去。

況且，過了歲末中旬，茂七突然因公務開始忙碌，河內屋的事經常被拋諸腦後，最後也就不再留意河內屋的動靜。因此直到離除夕僅有五天、年關即將逼近的這個時候，才得知那個通靈小鬼日道每天進出河內屋合掌做法的消息。

3

「你說跳神的在做什麼？」

茂七問道。糸吉噗哧笑了出來。

「頭子也眞是的，一提到日道就一副要打架的樣子。」

兩人正前往兩國橋途中。他們因公務打算到神田明神下。雖然今天的風沒那麼強勁，不過依舊冷得呼出的氣馬上要結冰似的，凍得手指僵硬。糸吉更是鼻頭通紅。

跳神的日道——其實是御船藏後面一家五穀批發商的兒子，名叫長助，是個才十歲的孩子。但是卻傳出這個小鬼與生俱有很強的感應力，幫人找回遺失的東西、或是找人、驅邪等自不在話下，而且光看面相就能斷人壽命。如果只是自我吹噓倒也沒什麼，茂七看不慣的是他每次爲人做法總是收取很高的費用。

即使不是這樣，茂七本來就很討厭這種事，所以糸吉才會取笑他。

今年秋天，「楊流」租船旅館發生案件時，茂七首次與這日道打照面，一開始便不投緣。之後，茂七時時留意日道的動靜，但找不到可以插手的事，只能忍著不快直到眼前的年底。

那個日道，據說在河內屋出入。

「那個嘛，月中的時候，河內屋不是發生一個下女逃走的事嗎？」糸吉說道：「河內屋拜託日道找出那個下女的行蹤。」

「找他的是河內屋老闆還是老闆娘？」

「老闆吧。那裡的老闆娘，是個千金小姐，人十分恬靜，聽說好像完全不懂生意和家務，這事可出了名的。」

「找到了嗎？」

糸吉搖著頭，他連臉頰都凍得通紅。

「好像沒找到。只是，聽說日道說那下女已經死了。他一開始在河內屋跳神時就說：『啊，這個已經死了。』」

茂七停住腳步。「什麼？」

「他說跳河死了。聽說接下來就只要找出屍體而已。」

「河內屋老闆相信日道說的？他拜託日道是爲了找出屍體？」

「大概吧。大概是覺得太可憐了，最起碼也要打撈她的屍體，幫她辦一下喪事。河內屋這舖子對傭工挺體貼的。」

茂七無法像糸吉那樣說出這麼令人覺得溫暖的話。河內屋松太郎，眞的鑽牛角尖鑽到這種地步？

「辦完公事，我們回程繞到永代橋，到今川町河內屋看看。原來那鹹鮭魚事件還在作祟。」

看到茂七突然來訪，松太郎露出驚訝的表情，但是茂七看到他的臉也同樣大吃一驚。松太郎在不到半個月的時間裡，竟整個消瘦憔悴了下來，像是患了一場大病，肌膚鬆弛、缺乏元氣，而且一副睡眼惺忪的樣子，似乎沒睡好。

「頭子，您是不是有阿里的消息？」

一在榻榻米房對坐下來，松太郎立即如此問道。

茂七沒有馬上回答，而是慢條斯理地喝著送上來的茶，思前想後。據說這房間是松太郎的起居室，但掛在壁龕的山水庭院掛軸，無論如何都不像是松太郎的興趣。可能是上一代老闆的起居室，他只是照單全收罷了。看來，河內屋這條船，不願意乖乖地聽從松太郎這船夫的話。難道松太郎不知道在這種情況下請來跳神會在傭工之間引發什麼風波嗎？

「到底是怎樣呢？頭子。」松太郎探身問道：「找到阿里了嗎？」

「聽說，你叫來跳神的日道。他怎麼說？」

松太郎縮回身子，「您知道了？」

「嗯。日道在本所深川這一帶是出了名的跳神人。」

「聽說最近也有人遠從高輪或千駄木來找日道大人。」

松太郎低聲說完，接著垂下眼簾說：

「日道大人說阿里已經死了。」

茂七點頭說：「這個我也知道。河內屋老闆，所以你現在不是要找阿里，而是要找到她的屍體吧？」

松太郎眨巴著眼，呼出一口氣。

「我也希望她還活著……」

「可是，日道爲什麼知道她死了？」

「據說他摸了阿里之前的圍裙，腦中浮現那個影像，說是從心眼看到阿里跳進河裡。」

糸吉一副看熱鬧的眼神望著茂七，茂七回瞪他一眼，接著轉而看著松太郎。

「我保證絕不說出去，希望你老實回答，河內屋老闆……不，松太郎先生，你和阿里之間，以前是不是有過什麼事？」

松太郎睜大雙眼。此時，茂七覺得，這男人長得雖不怎麼端正，但眼睛很清澈。

「阿里是個性情溫和的女孩，」松太郎說道，緩緩抬起手摸著額頭，「也很勤快。我……以前喜歡阿里。」

「阿里大概也察覺了吧。」

「我從沒說出口，但是我想她應該察覺了。這種事，大抵都不是單方面的自以爲是吧？」松太郎說道：「入贅的事還未公開之前，有次，我以伙伴間隨口說說的口吻告訴阿里，我說，與其要我照料這麼大的舖子，嚐與身分不相稱的苦頭，我倒寧願跟阿里這種女子成家，爲那小小的幸福嚐苦頭。」

「當時阿里怎樣說？」

「她什麼都沒說，只是笑。」

茂七心想，她大概也只能笑吧，眞教人不忍。

「阿里是個很愛笑的女孩。」松太郎繼續說道，眼尾線條看似放鬆了下來，「她老家有上了年紀的父母，必須寄錢回去。她的身世相當令人感到辛酸，不過，她卻很開朗，也很細心。雖然上一代的老闆和老闆娘都很滿意她，但還是會動不動就嚴厲斥責。有時明明不是自己的錯也會挨罵，傭工都是這樣的。可是，阿里在乖乖挨罵之後，會吐舌頭笑一下。在她身邊，我的心情總是能平靜下來。」

「可是，松太郎先生，最後你還是成了這家的女婿。」

「這是我升任伙計總管那時就已經決定的事。」

「阿里同意了？」

「同不同意都……」

松太郎露出苦笑。茂七這時才想起，他第一次看到這男人的笑容。

「這家人希望我入贅，阿里大概認爲我不可能拒絕。因此，就這一點來說，是的，她也許同意了，或許對我死心了。」

「因爲身分不同？」

「應該吧。」

松太郎微微皺起眉頭；或許他將與阿里之間的事深藏在心底，一觸及便會令他心痛。

「正式決定要成爲小姐的夫婿後，我以爲阿里會辭職，不，不僅阿里，我以爲那些對我不滿的掌櫃也都會辭職，可是，沒有人辭職。這事很奇怪。」

「他們要是辭職了，你是不是比較輕鬆？」

聽茂七這樣說，松太郎噗哧笑出聲。

「沒那回事。要是那樣，鋪子根本無法經營下去。」

茂七點頭，「應該吧。所謂鋪子，並非只靠老闆一個人就可以經營。再說，那些掌櫃也得過日子，他們應該會有這層顧慮，或許他們也不想白白浪費至今的辛勞。你認為他們不滿意你當老闆，認為他們可能因此辭職，這可就錯了。」

松太郎默不作聲。茂七繼續說道：

「可是，阿里的情況和其他掌櫃不同，這是你們之間的感情問題。你成了這家的女婿，直到發生這件事為止，阿里一直沒有辭職，你對這事心裡有數嗎？」

「什麼意思？」

「我是說，你成了女婿之後，有沒有做出什麼想留下阿里的事？」

松太郎在茂七和糸吉面前，臉色霎時變得蒼白，與他背後壁龕裝飾的山水庭院掛軸一樣，全身好像都褪了色。

「我不是那種下流的男人。」他聲音顫抖地說：「我很珍惜這鋪子和小姐。那種不誠實的事，我做不出來，也從沒想過。」

可是，既然如此，阿里為什麼沒離開河內屋而留了下來？難道她不覺得尷尬？而且，為什麼如今卻只為了掉了一條鹹鮭魚這種小事便急急忙忙離開鋪子……

茂七懷著這些疑問、縮著脖子離開河內屋。兩人沿著大川一路靜默地走著，來到御船藏前面時，茂七興起了到日道家瞧瞧的念頭。

「突擊？」糸吉嚇了一跳地說。

「說突擊太難聽了。那小鬼說阿里已經溺死了，我只是想問他爲什麼這樣說。」

「是心眼啊，頭子。」

糸吉以嘲諷的口吻說道，跟在茂七身後。

三好屋位於御船藏後與門衛小屋同一側。沿著細長的河道往前走，眼前出現了門衛小屋的燈籠，一旁的亮光正是三好屋舖子前的掛燈。在日暮凍僵般的夜空下，所有商家都已關上大門的此刻，只有三好屋在關上大門後，仍爲了前來拜訪日道的客人點著燈。據說，三好屋本業的五穀批發生意也很興盛，但日道賺的錢比本業還多。

眞放肆——茂七邊這麼想邊挨近那掛燈，這時，三好屋大門開了，從裡面走出一個人。

茂七倒吸了一口氣，糸吉也趕緊停下腳步。

「頭子，那是……」

噓，別出聲……茂七制止糸吉。

從三好屋出來的，正是那個在富岡橋橋畔擺攤子的豆皮壽司老闆。

他轉身面向三好屋，對著大門裡的人鄭重行禮。他隻手提著素色燈籠，腳趿竹皮履。

趁豆皮壽司老闆轉身面向這邊之前，茂七抓著糸吉的後頸，急忙跑到附近的巷子裡。兩人縮著身子躲著偷覷，只見老闆用燈籠照亮腳邊，微微低著頭往萬年橋方向走去。

茂七兩人走出巷子，看到老闆手上的燈籠亮光隨著猛烈的北風搖曳，漸行漸遠。

那老闆來找日道——難道老闆相信日道具有靈力？不，難道那老闆之前就已經拜託過日道了？

回頭一看，三好屋大門關上了。只有冷冷的掛燈亮著光。

「頭子說那老闆以前是武士？」

「你沒去過他的攤子？」

「沒有。天氣這麼冷，再說我又不喝酒。」

「最近也賣起甜點，那是專給人吃美食的攤販。」

喔，是嗎？糸吉邊說邊望著茂七，後者的表情則顯得有些困惑。

「沒事吧？頭子。」

大概茂七看起來一副失神的樣子。糸吉拍了拍他的手臂。

「嗯，沒事。我只是有點驚訝。」

「不去三好屋了？」

茂七靜靜地搖頭。

「今晚算了。」

相較於日道，今晚茂七更想先聽聽老闆怎麼說。茂七很想知道，那老闆來問什麼事——爲什麼來找日道？也許就這當中的理由，茂七可得改變對日道的看法。對茂七來說，這豆皮壽司老闆已經具有這麼大的影響了。

4

當天入夜之後，茂七到富岡橋橋畔攤子時，老闆一如往常靜靜點頭向茂七打招呼。

「先來熱酒。」

老闆向一旁賣酒的挑擔叫賣老人豬助點頭。豬助在酒瓶裡注滿酒，再將酒瓶放進大炭爐上鐵壺裡的滾水中。上了年紀的豬助剛病癒。茂七擔心他的身子會受不了寒氣，但老人身穿厚棉襖，雙頰蒙著手巾，椅子鋪上毛皮，蹲在燒著炭火的熊熊炭爐前，滿面通紅。

今晚沒什麼客人。並列的三條板凳上空無一人，只有擱在路邊讓客人取暖的炭爐發出豔豔紅光。

「今晚很閒。」老闆對茂七笑道。

「因爲太冷了。結果倒變成我一個人全包下來似的。」

「請。」老闆面帶微笑。

盤子與熱酒一起送上來。盤子上盛著鮭魚塊，一旁附有蘿蔔泥。

茂七凝視著老闆。在這種季節端出鹹鮭魚並不奇怪，可是……

老闆也看著茂七說道：「雖只是淡淡的鹹味，但魚肉厚實，味道很好。」

「嗯，看起來很好吃。」

「頭子，您爲了這事到河內屋去了吧？」

茂七舉著筷子停在半空中——並非因爲寒氣而僵住——仰望老闆。

「你怎麼知道？」

「三好屋日道那孩子告訴我的。我今天去見那孩子了。」

茂七沒時間多想，脫口而出：「啊，我看到你了。」

「是嗎？我也看到頭子了，跟了個年輕人，是手下嗎？」

原來早已被他看穿了。茂七他們明明不是外行人，這老闆竟然察覺了，可見這男人不是單純的攤販老闆。

茂七苦笑，「嗯。他叫糸吉。」

「糸吉先生還沒來過我們的攤子。」

「我可是說了。還有一個手下叫權三。糸吉不喝酒，權三是個酒鬼，改天再帶他們來。」

茂七一口喝下燒燙的酒，閉著眼，感受酒逐漸滲入身子的感覺，接著說道：

「老闆，你爲什麼去見日道？爲什麼在他那裡提到我和河內屋？」

老闆不動聲色地像是在打蛋汁，緩緩說道：

「因爲日道說河內屋那個叫阿里的下女死了，但是那不是眞的。」

「什麼？」

老闆直視著茂七點頭地說：「那個叫阿里的姑娘還活著，昨晚也來這裡了。」

茂七目瞪口呆說不出話來。

「聽說阿里姑娘在這個月中旬，從河內屋跑走了。」

「……嗯，是的。」

「她大概是跑走後的兩三天，第一次來我這裡。那晚她來這裡時，比現在更早。」

「你認識她？」

「不，是豬助先生。」老闆轉頭看著老人，豬助點了點他那裹著手巾的頭。

「聽說河內屋也批發酒給挑擔小販。豬助先生以前就認識阿里姑娘。她跑走的當天早上，豬助先生就在河內屋買酒，也與阿里姑娘見了面。由於兩人相熟，所以阿里姑娘才來這裡，她來找豬助先生打聽情況。」

「什麼情況……」

「大概是擔心自己跑出來後不知河內屋會變成怎樣。她說，要是鬧得太厲害，她打算回去一趟，向大家賠罪，之後再辭職。」

「然後呢？」

「我跟豬助先生說，應該不用擔心。不告而別，對她、對河內屋都比較好。」

老闆將打好的蛋汁倒進大碗。

「阿里姑娘目前好像在赤坂那邊。聽說她有個遠親在山王神社附近開茶館，以前就拜託她去幫忙。阿里姑娘人好好的，只是有點沮喪。再說，她還沒完全死心，所以有時會到這裡來。」

「到底怎麼回事？」茂七問道：「我完全不明白。我只知道阿里好像很愛河內屋女婿松太郎……」

老闆點著頭。他掀開大鍋蓋，雪白的熱氣馬上竄了出來，將他整個隱在煙後。

「她也沒告訴我們詳情。只是，她曾說，總覺得很頹喪，突然不想再待在河內屋。」

「頹喪？」

「是的。阿里姑娘本來好像認爲，即使不能和松太郎成親，但只要繼續待在河內屋，就可以幫松太郎。換句話說，她已經愛到這種程度了。她大概這麼告訴自己，就算硬著頭皮也要撐下去，只要能在河內屋，在松太郎身邊生活就好了。」

茂七想起與松太郎的對話，也想起那時心中浮現的疑問。

阿里爲什麼到現在都沒有辭去河內屋的工作？

「可是，」老闆繼續說：「據說，前些日子，爲了可能是被貓叼走的一條鹹鮭魚，看到松太郎神經兮兮地鑽牛角尖，說什麼無法交代、因爲自己沒有分量才無法管好傭工，她突然覺得，啊，這人已經變得與自己無緣了。結果，原本打算一輩子默默爲他效勞的心頓時萎縮了，這才不顧一切離開河內屋。」

茂七仔細思索老闆的話，覺得有點理解了。

茂七所看到的松太郎，是個膽小又沒自信，眼看著就要被舖子壓垮，卻又理所當然地迷戀舖子的松太郎；是個對掌櫃懷著戒心，又老是介意底下人如何看待自己的松太郎。

這個松太郎，或許已經不是阿里當時愛上的那個伙計總管松太郎。他變了。阿里經由一條鹹鮭魚，察覺到這一點；察覺到他變了，也察覺兩人的立場已經不同了。

不，或許她以前就隱約察覺了，只是那時這種感覺一股腦地冒了出來，這才令阿里自河內屋逃跑。

（阿里對我死心了……）

不，應該不是死心。阿里最初是這樣說服自己的，無論是什麼形式，只要能待在松太郎身邊就是幸福。然而，阿里是個聰明的姑娘，一個月兩個月逐漸過去之後，她大概開始慢慢醒悟了，這樣其實很不正常，雖然這段戀情看起來很美，但她也深知會有多傷自己的心。

阿里心裡一直在等待出走的時機，等待與松太郎斷絕關係的時刻。再怎麼小的事都可以，只要能反駁阿里內心的那份戀慕之情就可以了。

「既然如此，阿里姑娘最好不要再回去河內屋。豬助先生和我都認爲她就裝做什麼都不知道比較好。」

「我也這樣認爲。」茂七點頭說道。

「儘管如此，阿里姑娘還是會來這裡。要是她連這裡也不來，那就表示她忘了松太郎了吧。」

老闆站在鍋前，熱氣冉冉上升，看樣子是在蒸煮東西。

「老闆，你是去告訴日道這事的嗎？」

「不是。」老闆搖頭，「我只是告訴他，阿里姑娘還活著，最好不要再說她跳河死了。」

「就這一點，日道怎麼辯解？」

茂七腦海裡浮現那全身白色裝束、板著臉裝模作樣的孩子。老闆笑著說：

「他說靈視的時候，旁邊有人心想阿里已經死了……他說他當時感覺到有人擔心阿里已經跳河死了，而另一個人則是期待要是死了該有多好。」

茂七想笑，卻笑不出來，腦子裡浮現松太郎那擔憂的表情，以及另一個人，也就是松太郎的妻子，河內屋獨生女——雖然茂七沒見過她，卻彷彿看到了似的。

（那小姐很恬靜。）

可是，對於即將成爲自己夫婿的男人，以及與那男人感情很好的下女，而且那下女有意思要繼續待在河內屋，即使她再怎麼恬靜，也不可能從未想過或考慮這個問題吧。

「覺得冷了。再來一瓶熱酒。」

攤子前的這三個人沈默了下來，任由熱氣直往身上冒。過了一會，老闆將新叫的一瓶酒擱在茂七面前，他說：

「不能讓小孩子做那種事。」

這指的當然是日道。

「我也這麼認爲。」茂七說道：「要是替日道著想……不，應該說是替長助著想。」

「若眞的很靈，我也想讓他看看。」老闆微笑地說。

這時，茂七感到心臟微微怦動。

雖是個謎似的老闆，但目前茂七最在意的是，他與梶屋勝藏之間的關係。正當柿子結果的那個時期，茂七在這攤子附近看到躲在暗處的梶屋勝藏瞪視著攤販老闆大喊「血很骯髒」，之後，茂七心裡便一直掛記著這件事。

梶屋勝藏與這老闆是不是有血緣關係？從年齡、長相看來，或許是兄弟吧？

可是，茂七仍然沒有找到開口的機會。他總覺得，要是直截了當地問，對方可能也會直截了當地說不是，這事便就此結束了。

老闆啊——茂七心想——你也有想讓日道靈視的事嗎？你為什麼會在這裡？你要問的到底是什麼？

老闆掀開鍋蓋，在熱氣中取出大碗，擱在茂七面前。

「小田捲蒸。」

「這是什麼？」

「蒸蛋時加進烏龍麵。可以暖和身子，我認為不錯。」

茂七感恩地將大碗接捧過來。湯汁味令鼻子發癢。

吃著熱騰騰的小田捲蒸時，一陣寒風捲吹了過來。

「今年快過完了。」老闆說道：「希望寒風能吹走過去、吹掉一切，好迎接新的一年。」

茂七抬起頭看著老闆，老闆則仰望著夜空。茂七這時覺得，老闆眼中隱約透露出不知被寒風吹到何處的歲月——這個只有老闆才知道的過去。

不過，現在還是不要追問比較好。總有一天，一定會有適當的時機，或發生適合追問的事。

「月亮皎潔得有點恐怖。」老闆說道。

茂七也仰望著夜空。彷彿中央裂了一個洞，被拋上天空就那樣掛著的月亮，正發出皎潔的亮光。那月缺的形狀，那孤獨的亮光。

阿里的心，現在或許正像這缺月——茂七突然這樣想。

遺恨櫻

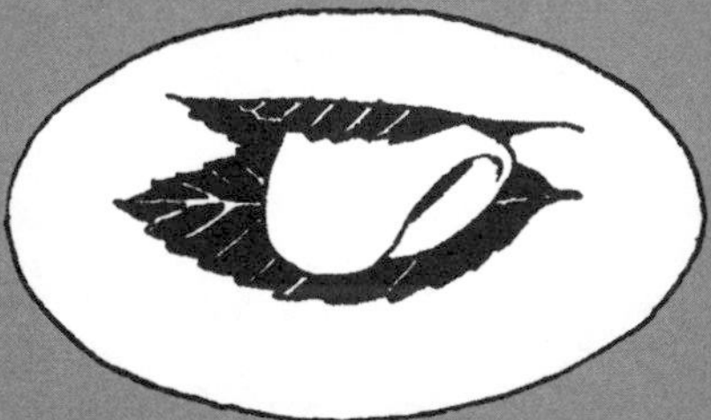

1

一如往常，糸吉是在「極樂澡堂」聽到這件事。據說，通靈人日道遭到襲擊，身負重傷。

最近接連好天氣，在這種溫暖的春天陽光下，一不小心就會打盹，但茂七這幾個人卻忙得每天東奔西走，連剛剛綻放的櫻花，也只能在途中偶爾抬頭看一下而已。儘管如此，茂七還是對頭子娘說，趁著櫻花盛開，想法子去賞一次花，頭子娘則說至少也得吃些時鮮的東西，因而做了油菜花飯，就在茂七和權三兩人扒著飯時，糸吉跑來了。

「啊，是油菜花飯？眞好。」

糸吉忘了來這裡的目的，當下就只想到吃，頭子娘笑著起身說道：

「放心，我去盛飯給你。」

「趁這個時候，先說說到底是怎麼回事。那個古怪跳神的怎麼了？」

「這樣說他太可憐了。」頭子娘責備茂七，「每次一提到長助那孩子，你就一肚子火。別忘了，對方還是個孩子。」

的確，大家都叫他「日道」，本名則是長助，是御船藏後面五穀批發商三好屋的獨生子，今年才十歲，在茂七看來，或許就跟孫子一樣。

茂七有點心虛。頭子娘說得很有道理，這茂七當然也明白。可是，一提到日道，他總是氣憤塡膺。以前向權三這麼說時，權三說：「那是因爲頭子認爲那個小跳神的很可憐，才會生氣。」

糸吉向頭子娘盛的一大碗油菜花飯合掌後，馬上大口吃了起來。他邊吃邊很快地說明。

「我最近也因爲公務忙，很久沒到極樂澡堂，今天早上過去看了一下，老闆突然問我知不知道日道大人遭人襲擊的事。」

據說是昨晚的事。日道受人之託，前往豎川二目橋附近的商家，在回家的路上，於彌勒寺附近兩旁都是武家宅邸的暗處遭到幾名男人襲擊。那幾名男人，一看就知道是不良分子，雖然他們沒有攜帶刀刃，卻從轎子裡把日道拉出來，狠狠拳打腳踢了一頓，又恐嚇一旁的日道父母，搶走所有錢才逃走。聽說，父母的傷沒有日道那麼嚴重，只是日道挨打時，他們兩人被那夥人反扭著，沒法出手救日道。

「傷得有多重？」

「聽說沒有生命危險。可是，畢竟還只是個小孩，又小又瘦，狠狠挨了一頓打，大家都說大概會躺一陣子。」

極樂澡堂位於北森下町，日道正是在那附近遭到襲擊。老闆得知騷動後，幫忙送日道與他的父母回三好屋，等事情告一段落回到極樂澡堂，才無意間發現自己的雙手和前襟沾滿了血。

有著春天味道的油菜花飯，茂七突然覺得食不知味，於是擱下飯碗。

「三好屋到奉行所報案了吧？」

糸吉歪著頭，噴出飯粒地說：

「不知道。」

「應該去報案了。」權三沉穩地說：「這很明顯是搶劫。」

「可是我沒聽到任何消息。」

發捕吏證給茂七的同心是叫加納新之介的大爺，與茂七是舊識的老手伊藤同心因病猝死，這才由他繼任，年紀尚輕而且經驗也不足。爲了彌補這個不足，他很倚重茂七，他若聽說了什麼，應該會通知茂七。

「到三好屋去看看好了。」

頭子娘立即說：「你可不能臭著一張可怕的臉去。對方只是孩子，而且現在還是個傷患。」

「我知道。」

「三好屋這兩夫妻也眞可憐……」頭子娘無精打采地垂下肩膀，「親眼目睹孩子遭人拳打腳踢，對父母來說，一定非常心痛。」

茂七快步前往御船藏後時，途中到處是櫻花，而橫渡大川吹來的風也很溫暖，天氣好得即使沒喝酒也想手舞足蹈起來。然而，他卻始終苦著一張臉，一副懷裡捧著醃菜石似的。

三好屋舖子如常開門做生意。客人很多，看來生意依舊很好。舖子前面有個年輕傭工正忙著，圍裙隨春風翻飛，茂七向他搭話，對方頓時張口結舌，之後才說：

「頭子怎麼知道這事？」

「這種事傳得很快。日道傷勢怎樣？」

「在家躺著……」

傭工支支吾吾地說道，手還一邊扭著圍裙。

「既然知道了我的地盤發生毆打小孩的這種卑劣的搶劫，我當然不能坐視不管。看來三好屋好像不大信任我，但至少能不能讓我聽聽詳情。」

年輕傭工顯得很慌張，忙著打躬又搖手。

「不，絕不是存心忽視頭子。只是，發生了那種事，老闆和老闆娘到現在還頭昏腦脹。」

傭工帶茂七繞到鋪子後，來到住居的地方。出來招呼的是個一看就知道很難應付的年長下女，她自稱是下女總管阿瀧。她一副要吵架的模樣，茂七有點不耐煩地說：

「長助那孩子傷勢怎樣？」

阿瀧以兇狠的眼神瞪著茂七。

「日道大人在休息。」

「不能說點話嗎？」

「醫生嚴禁會客。」

「我說這位阿瀧大姐，我這趟來，是因爲聽到長助那孩子被打傷了，覺得不能不管才趕過來的。妳不要拿我當仇敵看好不好？」

阿瀧仍是一臉可怕的表情，「可是，頭子不相信日道大人的靈力吧？」

「因爲我沒有親眼目睹啊。」茂七老實承認，「可是，這是兩回事。」

儘管如此，阿瀧仍是一臉狐疑地帶著茂七到榻榻米房，自己再進到裡屋。過了一會，有腳步聲靠近，是三好屋的老闆，也就是日道的父親半次郎。

這是茂七第一次見到他。茂七認爲，不論日道的靈力是眞是假，讓年幼的孩子公開做這種生意的父母便不可取，因此本來就對半次郎沒有好感。茂七心裡一直想著要是哪天有機會，無論如何，都要好好修理他一頓。因此當茂七看到出現在眼前的半次郎憔悴得宛如病人——雙眼都凹陷了——老實說，還眞無法直視著他。

「對不起，竟麻煩頭子親自跑一趟。」

半次郎行過禮才走過來，腳步有點蹣跚。

「你們眞是嚐到了大苦頭。孩子傷勢怎樣？」

「算是保住一條命……」半次郎眨巴著眼睛。

「請哪位醫生看的？」

「聽說淺草馬道町有位擅長醫治跌打損傷和骨折的醫生，所以我們請他過來，是桂庵醫生。」

「他診斷的結果是？」

「他說，要完全恢復健康，大概得花上一年半載。」半次郎嘆了一口氣，「又說，小時候受的重傷，有時長大之後會完全恢復，但有時受傷的地方也會有變化，到底會怎樣，只能交給時間和運氣了。他說，總之會盡力醫治。」

明明名聲那麼好，卻沒輕言「放心，一切交給我」這種話，看來這醫生確實很優秀。茂七稍感放心。

「我剛剛也跟下女總管阿瀧大姐說了，」茂七調整坐姿，面向半次郎，「先不管平日有什麼糾葛，三好屋老闆，我不能讓毆打孩子這種沒人性的強盜在我的地盤胡作非為，我非抓到他們不可。昨晚到底發生什麼事，你能不能老實告訴我？」

半次郎垂著頭，眼睛似乎噙著淚。

「昨晚的事，你們好像沒向上頭報案，是不是有什麼顧忌？」

「什麼顧忌？」

茂七沒有回答，只是靜靜地凝視著半次郎。他心想，不用說，半次郎也應該明白他的意思。

半次郎像討救兵似地不時環視榻榻米房。湊巧沒人在也沒人來。壁龕掛的是財神爺釣鯛魚的畫，但呵呵笑著的財神爺，或許能保佑生意興隆，卻幫不了此刻的半次郎。

半次郎也只能死心了。他大概認爲，既然茂七插手了，再怎麼隱瞞，總有一天也是會知道。這男人並非傻瓜。

「相生屋拜託我們不要聲張……」

「是昨晚你們去造訪的二目橋那商人嗎？」

「是的。如果我們向上頭報告昨晚的事，上頭也會到相生屋調查吧？」

「那當然。」

「到時候，相生屋拜託我們的事就會被查出來。」

茂七點頭。半次郎垂下肩膀。

「對方說那樣的話會讓他們很難堪。那事的確不體面。」

「相生屋到底拜託你們什麼事？」

半次郎結結巴巴地說，二目橋相生屋是玳瑁、梳子和傘類的批發商，嫡系總舖位於深川仲町，二目橋是分家。分支老闆是相生屋的長男，本來理應繼承仲町總舖，但年輕時過於放蕩，父母對他漸疏遠，經過種種波折，才決定讓次男繼承總舖，長男則另立門戶。

「因此嫡系和分支感情非常不好。」

「這種事很常見。」

半次郎點頭說「是」，又滴溜溜轉著眼珠子。茂七這才發現，他不是在討救兵，而是他的習慣動作。又覺得，好像在別處也經常看到這種眼神。

「昨晚的請託……那個……就是嫡系老闆臥病在床，他們拜託我們做法讓對方無法恢復健康。」

茂七雖然聽得目瞪口呆，卻不禁噗哧笑了出來。

「這的確不體面。但這也太沒度量了。難道他們認爲嫡系老闆過世，分支老闆就可以回去繼承家業？」

「好像不止這樣。總之，憎恨更勝於一切。」

家人因糾紛而交惡時，往往會演變成這種不像話的結局。

「可是，拜託別人做這種事的人雖然不好，但接受這種請託的人也有問題。再說，長助他辦得到嗎？」

半次郎很不高興，茂七趕緊說：「不，關於長助的風聲我也有些耳聞。聽說他對找回遺失的東西或驅邪的能力很強。但是，就算長助有這種能力，這和詛咒別人或做法的能力，應該完全不同吧？」

「日道大人辦得到。」半次郎粗聲粗氣地說：「頭子自己一個人時隨便要怎麼稱呼都可以，但對我們來說，那孩子是日道大人，希望頭子也能這樣稱呼他。」
茂七心裡極不痛快，卻沒多說什麼，何況他對半次郎說的事很感興趣。
如果相生屋是爲了這種事邀請日道，那麼在回程途中襲擊日道的男人便有可能是——相生屋嫡系那邊的人。假若嫡系那邊知道分支這邊請人咒殺嫡系老闆，肯定是怒不可遏，也不會坐視不管。他們很有可能花錢雇用幾名壯漢，狠狠毆打日道一頓，讓日道無法完成相生屋的請託。
然而，茂七還沒將這些想法說出來，半次郎就先搖著頭說：
「頭子，如果您懷疑相生屋嫡系那邊，那可就錯了。」
茂七大吃一驚，益發覺得半次郎不是傻瓜。
「爲什麼？」
「這……這是……」半次郎支支吾吾，「只是這樣覺得而已。」
半次郎的眼珠子像滾水中的豆粒那般激烈地轉動著。
看他那模樣，茂七恍然大悟。
「難道你……不會是嫡系那邊也拜託你們做什麼事吧？」
半次郎伸出下巴點了又點，「老實說，正是如此。」
實在無話可說了。
「拜託你們做什麼？」
「做法恢復健康。」
「你們眞是胡鬧！」

然而，半次郎卻一副若無其事的樣子。

「話雖這麼說，頭子，一方下咒，另一方再防止詛咒，剛好平衡了，這不是很好嗎？兩個可以互抵。然後，順其自然，本來就能恢復健康的病人自然會恢復，該死的病人也會死吧。」

「而且從這兩邊都能索取報酬。」茂七極盡所能地挖苦，「可這樣一來總有一方不靈，到時候你們會歸還那方的報酬嗎？」

「不會。只是不收最後的報酬而已。」

在壁龕那幅財神爺釣鯛魚的掛軸下方，擱了一個即使生意再興隆也與三好屋這種程度家產的商家不相稱的青瓷罈子。茂七覺得，似乎隱約明白了青瓷罈子何以會在這裡了。半次郎似乎也敏銳地察覺到茂七的視線落在那裡，他自豪地說：

「是特地從長崎訂購的逸品。」

看來那個逸品裡裝了三好屋半次郎的「良心」灰燼。

茂七決定改變話題。若就這個話題繼續與半次郎談下去，胃裡那些中午吃的油菜花飯可能無法消化。

「昨晚襲擊你們的男人說了什麼嗎？」

「說什麼？」

「嗯。除了叫你們把錢拿出來或不要動之外，他們毆打日道時，有沒說，例如，以後不准再做跳神的事，或不想死的話不准接近哪裡哪裡這種話。」

「是日道**大人**。」半次郎執拗地叮囑，「這個，他們沒說得那樣清楚。只是，大聲喊叫，讓你這騙人的小鬼暫時不能走動。」

不知是不是想起當時的事，才讓半次郎愁眉苦臉；一半是因爲恢復了爲人父母的心擔心子女，一半是因爲對方說日道騙人。

「怎麼想都不是單純的搶劫。」茂七說道：「他們知道你們，瞄準了目標才襲擊。搶走錢只是順便而已，一開始的目的就是把日道……大人痛打一頓。」

「我也這樣想。」

「這樣一來，必須調查你們的生意往來，才能找出背後唆使的人。不管對方是誰，肯定是對你們懷有很深的恨意，爲了報仇才請人動手。」

昨晚的事之所以沒有向上頭報案，儘管是受了相生屋分家之託，但泰半是因爲半次郎這方的緣故，他們不想因此曝露了暗地裡的勾當。茂七暗忖，這些人實在很不像話。

「還有一個可能，就是同行的競爭對手。日道大人非常受歡迎，大概有巫女或跳神因此而只能吃殘羹剩飯或坐冷板凳的吧？他們應該對你們很不高興才對。」

半次郎眼神有點畏縮。

「我沒想過這個問題。」

可能見不得人的事太多了，眼前也只想到那方面的事而已。

「總之，關於這一點，我必須先問清楚，才能著手調查。到目前爲止，你們幫人做法驅邪時，有沒有爲了報酬而發生糾紛，或因不靈驗而與對方發生爭執的事？有沒有同行的競爭對手向你們找碴？」

「這……一時想不出來。」

「那，這兩三天你仔細想想，要是想起什麼，寫下來也可以。」

半次郎微微縮著脖子說：「我不識字。」

這令茂七暗吃一驚。老實說，茂七也是當上捕吏，才有樣學樣地學會了讀寫，現在也不太能讀寫漢字。可是，沒想到三好屋的老闆半次郎竟不識字。

「老闆娘呢？」

「她常寫。」

「那請她幫你寫下來。任何小事都可以，最好也記下發生糾紛的大致日期，這樣我比較好辦事。」

茂七告辭之前，試探性地問能不能看一下日道大人。半次郎雖然答應了，卻又說他現在睡著了，不要出聲叫他。

茂七跟在半次郎身後沿著走廊往前走，不久便聞到一股幾乎令人窒息的臭味。茂七不禁皺起眉頭。

「是藥膏味。」半次郎說道：「桂庵醫生特製的藥膏，聽說對跌打損傷很有效。這藥膏的確很臭，但聽說爲了這膏藥，全江戶人老往桂庵醫生那裡跑。」

從茂七剛剛待的榻榻米房盡頭的樓梯登上二樓，第一間就是日道的房間。可能是剛新換的，嶄新的紙門一片雪白，沒有任何花紋。據說，花紋會讓日道分心，所以他不喜歡。

半次郎沒出聲，靜靜地打開紙門。門一開藥膏味更嗆了。茂七想起以前頭子娘買回雞蛋，後來蛋臭了，又說光丟掉太髒然後丟進爐灶的事。

榻榻米中央舖著綢緞褥子，上面輕輕蓋著夜著（註），中央微微隆起。看來日道是鑽進夜著裡睡著了。簡直就像在躲著什麼似的，只露出一點點頭，而那頭也裹著雪白的布條。

明明是十歲左右的男孩房間，卻整理得乾淨到殺風景的程度——不見任何玩具。茂七心想，平時長助在這裡都做些什麼呢？

「全身都裹著一圈又一圈的白布。」半次郎垂頭喪氣地說：「雙腿骨折，鼻子也揍扁了。那孩子的可愛臉龐全毀了。」

茂七無法待太久。

「喂，要早日恢復健康啊。」

茂七如此小聲說完便離開了。

2

數日之後，茂七暫且一心處理先前手上的事。今年春天，冬木町到仲町這一帶頻頻發生竊案，他正是忙著調查這些案子。另外，又有人在猿江神社社殿亂塗亂畫，並且扳倒幾塊墓碑的這種怪事，寺社奉行所託加納大爺調查，所以茂七也必須幫忙。對茂七他們來說，這是個公務繁忙的春

註：形狀像衣服的蓋被。

天。

儘管如此，前往仲町時，茂七還是順便繞到相生屋總舖。那時是權三同行，權三不僅看到相生屋的規模非常大，又發現舖子部分零賣商品的價格極爲昂貴，連連眨巴著眼。當茂七告訴他從三好屋半次郎那裡聽來的事，平素溫和的權三竟難得地仰天大笑。

「那個啊，頭子，就算給半次郎再多的時間，他也不會寫下至今的經過交給你的。」

「你也這樣認爲？」

「嗯。對半次郎來說，只要長助恢復健康，人們不再議論紛紛就好了。而且，聽說三好屋雇了一個浪人當保鏢。」

正如權三所說的，當猿江神社的事件解決了，茂七喘口氣之後便開始思索三好屋的事時，半次郎仍然悶不吭聲。爲了愼重起見，茂七也曾叮囑三好屋的傭工，毆打日道的那些人，或許會爲了確認結果而在舖子附近閒蕩，要是發現了陌生人，馬上過來通報，可這也毫無音訊。

「眞傷腦筋。一開始就只能靠我們自己動手調查嗎？」

茂七稍微想了一下，然後到淨心寺後面找一個生意很好的賣報小販，拜託他保密消息來源，寫篇日道遭襲擊的號外新聞。這賣報小販，平日時常幫茂七這種忙，這回也是二話不說就答應了。當天下午，不僅本所深川，連大川對面的街頭，也充斥著日道大人遭搶劫的新聞。

「原來日道比我想像中更廣爲人知。」

新聞上市後，茂七對新聞所掀起的輿論熱潮非常驚訝，頭子娘則笑著說：

「聽說也有遠從八王子來找那孩子幫忙的呢。」

雖然三好屋派人來責備茂七，質問曝露這個消息的是不是頭子，茂七卻故意裝蒜。他向三好屋派來的這名傭工打聽日道最近的情況，對方說，總算可以開口說話，也可以喝粥。既然如此，茂七打算近日再去探視。他也想問日道本人對遭襲擊的事有沒有什麼看法。

不過，在這之前，茂七先造訪梶屋。梶屋表面上雖是租船旅館，但其實是掌控深川一帶的黑道人士巢窟，茂七認爲，只要與梶屋主人勝藏搭上線，至少可以找出背後那個雇人襲擊日道的人。

「這不需要頭子親自去吧？我先去跟跑腿的小嘍囉說好了。」

雖然權三勸阻，茂七仍舊想直接與勝藏談談。那是因爲還有那老闆的事。茂七實在很在意那位身分不明的老闆和勝藏的關係。

那老闆是富岡橋橋畔一家豆皮壽司攤老闆，不但給客人吃美食，而且每逢茂七手上的案子遇到瓶頸時，這老闆會不露痕跡地提供茂七打開僵局的意見，他之前似乎是武士，卻總猜不出他的出身。只是，將各種事串聯起來，他好像認識勝藏——不，甚至有血緣關係。若是這樣的話，那可就絕了。

這件事即使無法直接了當地問勝藏，但只要能與他單獨談一談，或許可以得知一些訊息。茂七一直在等待這個機會。

茂七信步來到梶屋，都還不到看清楚舖子前掛燈上文字的距離時，勝藏底下的年輕男子便蜂擁而至。

「天氣很好，你們也出來散步嗎？」

梶屋前的河道，繫著兩艘小船，在春水中輕輕搖晃著。這些年輕男子表面上是船夫，但手掌既沒有因搖櫓而形成的繭，臉也白白潤潤並沒有曬黑。

「頭子打算去哪裡？」

「我來見你們老大。他在嗎？」

這些男子不時互相使眼色。

「老闆正好有客人在。」

「那我等他。」茂七筆直地往梶屋走去，「你們給我個房間，也送酒過來。我就算在白天喝一杯賞花酒，應該不會遭天譴。」

「對不起，不巧房間都客滿了。」

茂七仰望梶屋二樓敞開的格子紙窗，那裡曬著棉被。

「就那房間好了。」

「那房間也有客人。」其中一名年輕男子揚起嘴角笑道。

「客人來這裡曬棉被嗎？」

茂七丟下這句話，打算進梶屋時，這些男人便擋住他的去路。

「腰上佩著捕棍就想進梶屋，頭子也未免太粗心了。」

茂七笑著搖頭說：「我不是來抓勝藏。我有事找他，有事拜託他。」

反正沒必要隱瞞。茂七向圍著他的這些男人說明日道的事。

「毆打小孩，是男人中的敗類。你們不覺得嗎？讓那種人在這深川你們的地盤上大搖大擺地來來去去，不是會讓梶屋的名聲掃地嗎？」

不知是不是這些男人動搖了，圍住茂七的圈子稍微亂了。茂七打算自那缺口突破包圍，然而，就在這個時候，勝藏本人出現了，他慢條斯理地走下梶屋的樓梯口。

「眞是煩人的蒼蠅。」他瞪著茂七冒出這麼一句。他裸著上半身，露出肥胖的肚子。

「你聽到了？這樣我就省得多說。」

「跳神的那個孩子，跟我無關。」

茂七笑了出來，「看來你正在針灸。」

勝藏那寬大的肩膀上沾著燒剩的艾草。梶屋門口豎了一根按摩人的拐杖。

「哪裡不舒服嗎？或許改天你也得拜託日道大人替你做法治病。」

「眞是個貧嘴的傢伙。」

「你盡可以挑我一百個不是。可是，我剛剛也說了，把孩子打到不能走路的那種傢伙在你的地盤逞威，你眞的可以不管嗎？」

勝藏那三白眼用力瞪著茂七。

「我不能讓捕吏進我這裡的房間。」

「我也不是來找你喝酒的。」

如果兩人能一起喝酒的話，應該會比較容易解開那個攤販老闆的謎。

「只要能把正事傳到你耳裡就好。怎樣，肯不肯接？」

勝藏看著那些手下。他們大概只要勝藏一個手勢，便會撲向茂七。但勝藏文風不動，接著以低沉嘶啞的聲音說：

「我不是因為你的拜託才找人，而是地盤讓人這樣蹧蹋，我會沒面子。」

茂七很高興，「什麼藉口都可以。」

茂七又叮囑，如果找到痛毆日道的那些人，別與他們起衝突，要先來通報。

「等我這邊辦完事，你們要怎樣嚴厲懲罰他們都行。」

勝藏又笨重地上樓，茂七也往回走。其實茂七腰上並沒有佩帶捕棍，只是沒時間說罷了。

不久，便到了櫻花盛開設宴賞花的時期。勝藏仍未帶來任何消息。這件事沒有解決，連酒也索然無味，就在茂七暗忖今年大概無法賞花時，家裡來了訪客。

原來是線索不請自來。拜託賣報小販果然有效。訪客是名年輕女子，她說，關於日道大人遭襲擊一事，她知道那人是誰。

女子名為阿夏，年齡十八。她的身材雖嬌小，卻似乎是個好勝的女孩，單獨前來拜訪茂七，絲毫不怯場。她說，本來是打算告訴日道大人，但又考慮那邊應該沒空理會她，因此邊走邊打聽當地捕吏頭子的住處才找來的。

「我是神田皆川町伊勢屋的下女。」

阿夏身上穿的儘管是粗布衣裳，卻非常乾淨，她併攏膝蓋，雙手貼在榻榻米上打招呼，然後開口說道：

「伊勢屋是家大舖子，是味噌批發商。我在那裡已經做了五年。」

「看來是管教很嚴的舖子。」茂七微笑地說：「妳不用這麼拘謹，請隨意坐。」

阿夏點頭說聲「是」，背脊依舊挺直，表情非常認真。一看就知道是個老實姑娘，只是眼睛下面看似疲憊不堪有黑眼圈，令人心疼。

「妳也請日道幫妳做法了？」

「不是。我拜託他找人。」

她拜託日道幫忙尋找未婚夫，未婚夫同樣在伊勢屋做事，名叫清一。

「日道大人的名聲也傳到神田那一帶，我想他一定可以幫我找到清一。」

據她說，清一雖是伊勢屋的傭工，卻不是伙計或掌櫃之類的，主要是出賣勞力的男僕。

「那人要是在鋪子裡的地位高一點的話，老闆和老闆娘或許會反對我們的事，不過我們兩個都是打雜的傭工，請求老闆讓我們成親時，老闆馬上就答應了，而且老闆還擔任我們的保證人，讓我們可以搬進大雜院。如果順利的話，其實現在我們應該早已成家住在一起了。」

然而——

「剛好一個月前，清一突然失蹤了。」

他工作了一天，吃過晚飯，之後去了澡堂便沒再回來。

茂七問：「出門時，有沒有準備洗澡用具？」

阿夏回答不太清楚。

「我那時在廚房，只聽到清一說去去就回來。之後我也問了鋪子裡的人，大家都不太清楚。」

一般住宿傭工，幾乎沒有自己的時間，甚至連奉命出門去辦事，也是跑著去跑著回來。自己能夠出門去的，大概是在工作結束之後、就寢之前的那段時間。因此他說去澡堂也許只是藉口，其實是去別處。

「以前也有說要去澡堂之後很晚回來的情況嗎？」

「應該沒有。正如頭子所說的，伊勢屋管得很嚴。」

「清一先生有沒說過，打算找一天到哪裡去見什麼人之類的？」

阿夏隨即點頭說：「有。正式決定和我結婚之後，他就經常掛在嘴上。」

他沒說是誰，但是他曾精神抖擻地自言自語：

（一旦成了家，我就是一個堂堂的男人了。無論如何我也要見那個人，告訴他這件事。）

「他那時看起來很高興嗎？」

「這……在我聽來總覺得他好像是在生氣，所以我也就不敢問到底是誰。我感到有些害怕。」

可是，能夠找到清一的線索，就只有這像謎的一句話。阿夏懇求伊勢屋主人夫婦的同意，廢寢忘食地找遍所有可能的地方，依舊沒有清一的下落。

「所以妳才找上日道？」

阿夏有一點積蓄。她懷著花光這些積蓄的決心前往三好屋，起初還吃了閉門羹。據說，阿夏身上的錢，連基本報酬的一半都不到。

可是阿夏已別無他法。她每天趕去三好屋，跪在玄關前懇求，最後日道本人出來，說是阿夏很可憐，願意幫她靈視。阿夏之所以尊稱他「日道大人」，似乎是基於當時的恩情。

「日道大人要我帶清一的隨身東西或其他東西來。」

於是阿夏帶了清一的衣服過去。日道對著衣服靈視，幾乎當下就說：很可憐，這人死了。

阿夏說到這裡，聲音變得嘶啞。可能是很難過吧。她那強忍著哭泣的嘴唇，扭曲得有如縫得笨手笨腳的針腳。

「他說，看到清一受了重傷，那模樣大概是死了，但是目前地點還不太清楚。不過，他要我留下那件衣服，打算再仔細看看。」

數日之後，日道派人過來。阿夏急忙趕往三好屋，日道說「看到」清一所在的地方。

「他說，在深川的某戶人家，那房子廣闊的院子裡有一株江戶很罕見的高大垂櫻。清一在那裡受了傷或者被人打死，屍體就埋在那株垂櫻的下面。」

阿夏光靠垂櫻這條線索，努力找遍了深川。伊勢屋雖然管得嚴，卻也富有愛心，主人夫婦倆十分同情阿夏，不但讓她出門去四處尋找，更讓一名傭工陪阿夏一起找。只是，定了半個月的期限。老闆夫婦說，要是半個月還找不到，那就死心。

然而，阿夏的執著感動了上天。就在期限快到時，終於找到院子有高大垂櫻的人家。

「是深川十萬坪有個名叫角田的地主家。」

哦……茂七如此回應。說到十萬坪的角田，可是個大地主。主人確實叫角田七右衛門，年紀應該和茂七差不多，但對方的家產是茂七一輩子也賺不了的。

阿夏造訪角田家。理所當然地，沒有人理睬她。就對方來說，突然來了個發狂般的年輕女子，大概也很爲難吧。

「可是，我一說出清一的名字，對方的表情顯得有點畏縮。出來招呼的是角田家的下女，但她確實臉色變了。」

阿夏因此更不肯罷休，每天都去。結果，有一天，主人七右衛門親自來到廚房後門，粗暴地趕走阿夏，並丟了幾粒金子給阿夏，叫她回去，死了這條心。

大概是心有不甘，淚水湧了上來，阿夏縮著下巴強忍著。她堅強地往下說，嘴巴卻在顫抖。

「我對著他吼了回去，說絕不死心。清一和我都沒有親人，兩人都是孤兒，直到在這裡工作之前，兩人都非常辛苦，好不容易才撐到現在。對我來說，清一是我唯一的家人，對清一來說，我也是他唯一的家人。所以我說，絕不可能就此不聞不問。」

阿夏彷彿七右衛門人就在眼前似的，扯著嗓子如此喊道。

「那時，我也跟對方說，是拜託日道大人靈視才找到這裡。我說，我知道清一埋在那株垂櫻下面。」

阿夏那雙不服輸的眼睛，終於落下淚。根據阿夏親眼目睹，那株垂櫻樹幹底下的泥土的確是剛挖過的樣子。

「之後呢？」茂七溫柔地催促著，「半個月早過了吧？」

「完全沒輒。正如頭子所說的，期限也到了。我本來決心辭掉工作，卻被老闆罵了一頓。」

伊勢屋主人勸阻阿夏，說不知道日道說的到底可不可靠，對一件沒把握的事下賭注，硬在別人頭上扣上殺人的嫌疑，實在沒有道理。不管清一為什麼失蹤，要是還活著，總有一天一定會回來，要是沒回來，就把他看成是那種男人，妳就死了心吧。

「所以，妳認為是角田七右衛門雇人襲擊日道？」

阿夏眼睛為之一亮。那不是淚光，而是發自內心、銳利得宛如劍刃的閃光。

「那當然。角田他們一定不想讓日道大人又顯神通，才做出那種殘忍的事。」
茂七雙手環抱著胳膊。他十分理解阿夏的看法，也覺得很有道理。看來角田七右衛門很可疑。他若沒做虧心事，應該不會沒頭沒腦地那樣粗暴地對待阿夏，明明可以好好解釋，再勸阿夏回去，他卻像丟食物給狗那般丟錢給阿夏，想把她趕走，茂七對這點很在意。茂七心想，總之，今天聽到值得跑一趟十萬坪的消息。

3

深川是填海造地的新開發地，離大川愈近愈熱鬧，街道上的住家也十分擁擠，繁華的門前町茶館和妓院吸引了人潮。可是，往東愈接近下總國，商家便逐漸減少，菜圃毗連，露出了遼闊的填海造地的真面目。
通稱十萬坪或六萬坪的這個地方，放眼望去盡是田地，偶爾可見零星的地主宅子和大名廣闊的別宅。由於過於遼闊，天空顯得高聳，河水也非常湛藍，有別於江戶那花枝招展味的是隨風飄來的秧苗青草味和糞肥的味道。
地主角田七右衛門的宅子位於十萬坪西側，對廣闊得令人目瞪口呆的一橋大人（註）宅邸有所顧忌般地建在稍微南邊、四周都是田地的地方。這主屋和其他住屋環繞著各種樹木，院子裡有從河道引水的池子。
「好大啊！」

糸吉一邊蹣跚地走在田間小路一邊發出驚嘆。

「你第一次來嗎？」

「是的。木置場那邊還比較熟悉。這裡完全是鄉下地方。」

途中與載糞肥的拉車擦身而過時，糸吉皺著眉吸了吸鼻子。茂七叫住拉車老人，問他是不是來找角田七右衛門。

老人一臉稀奇地看看茂七又看看糸吉，接著鬆開了曬得像柴魚的雙頰。

「你們也是趕來祝賀的？」

「祝賀？角田家有喜事嗎？」

「是。小姐決定招贅。今天訂婚，半個月後舉行婚禮。聽說到時候我們也有喜酒可喝。」

兩人目送老人離去。「我們來得正好。」茂七說道：「七右衛門心情肯定很好。」

逐漸靠近角田家，大老遠就可以看到院子裡的樹木，而主屋西側有株一看就知道是那棵高大的垂櫻，優美的枝枒如亂髮隨風飄曳。性急的糸吉拔腿跑了過去，但無論他怎麼墊起腳尖或往上跳，他只說：

「我根本分不清樹根附近的泥土是不是新的。」

垂櫻原本是京都那邊的樹，江戶十分罕見。不過，與茂七他們平時所見的櫻花相較，它的開花期似乎較晚。此時看不到半片花瓣，只是看上去整個染上一片淡紅而已。

註：以德川家康曾孫爲祖的將軍候補家系。

無論任何時候，捕吏通常不從大門玄關進出。兩人從馬廄一旁繞到主屋廚房後門，告訴來人因公務前來訊問，來人帶領茂七兩人到裡屋，是一間沒有壁龕，也沒有任何裝飾的簡樸榻榻米房，但可能剛換了榻榻米，有一股燈心草香。隨即有個與阿瀧迥然不同的文雅中年下女端茶過來。端上來的是櫻花茶（註），茶杯裡漂浮著用鹽醃漬的櫻花瓣。

「聽說今天是小姐訂婚。喜事當天來打攪，實在很不巧。」

「不，沒那回事。請用，這只是一點點心意。」

下女一度離開，之後又端來料理和酒。茂七兩人雖然婉拒，但對方說是喜事，請茂七兩人一同祝賀。

「老爺馬上過來。等候時請先用餐。」

糸吉說客氣不吃反倒失禮，便動手吃了起來。他一副很高興的樣子。

過了四分之一個時辰，七右衛門來了。因爲是這種日子，他穿著印有家徽的裙褲禮服。他的身材相當高大，五官也長得清秀，半白的頭髮，更增添風度，不難看出他年輕時必定很得女人歡心。裙褲發出咻一聲，七右衛門坐到上座，是那種習慣了受人景仰的大方態度。

「正逢貴府喜事，恭喜恭喜。」茂七雙手貼在榻榻米，鄭重打招呼，「在喜事當天來打攪，實在很對不起，而且還讓我們喝喜酒……本來應該改天再來拜訪的，只因公務纏身，事情有些緊急，明知失禮，卻還是在此恭候。」

捕吏登門造訪，即使沒事恐怕也會很令人不愉快，不知是不是茂七搶先打了招呼，七右衛門才沒有露出怒意。

「既然是公務，那也沒辦法。」他乾脆爽快地粗聲說道：「不過，因爲今天的關係，請你們盡快完事。」

茂七打躬說聲「明白了」，接著說明阿夏的事。一聽到阿夏的名字，方才還很高興的七右衛門，臉馬上沉了下來。他一皺起因喜酒而通紅的臉，便宛如哼哈二將。

「那姑娘瘋了。」七右衛門呸地說道：「那姑娘說的話，你們眞的相信嗎？」

茂七沉穩地說：「我們並非只相信阿夏的話，還有其他事。」

七右衛門就像勝藏手下那般粗暴地從鼻子哼了一聲。

「那個叫日道的小鬼說的話，你們也相信了？」

「不，不是日道說了什麼，而是日道最近遭人襲擊，傷得幾乎沒命的這事比較要緊。」

七右衛門有些震驚。阿夏曾說，她第一次來這裡，一提到清一的名字，出來招呼的下女臉色就變了，那時的下女大概也和此刻的七右衛門一樣吧。不管角田家的人性子如何，也不管他們暗地裡做了些什麼事，但爲人都相當正直的這一點應該錯不了。

「那事，跟我們有什麼關係？」

「我們在意的不是阿夏說的那毫無憑據的殺人事件，而是差點被殺死的日道的這件事。我們只想查出，到底是誰雇人做那種事。只要發現對日道稍微懷有敵意的人，我們就這樣一家家拜訪，問清事由。」

註：辦喜事時給客人喝的喜茶。現今的婚禮，在等候室裡也是給客人喝櫻花茶。

七右衛門笑了出來，「既然如此，跟我們更沒牽連。因爲太荒唐了，我們也覺得很煩，話雖如此，畢竟還沒嚴重到想要對到處造謠的人動手的程度。」

「甚至連人家說那株垂櫻底下埋有屍體也不計較嗎？」

七右衛門的笑容消失了。

「樹根附近的泥土好像被翻過了。是不是挖過了？」

七右衛門的嘴唇薄如刀片，此刻似乎在微笑。

「垂櫻是京都那邊的樹。」

「是，這我也知道。」

「那邊比江戶暖和得多。這邊的初春不但有霜，也有寒風。想讓垂櫻在江戶開花，必須經常花錢請人照料。有時爲了肥沃土壤，爲了不讓霜凍硬土壤，就必須翻挖樹根的地方添上新土。如果你不相信，可以問在我們這裡出入的園丁。」

之後，無論茂七說什麼，七右衛門都不當一回事，只是一再反覆地說毫無關聯、不知道，最後甚至在談話中再度讓裙褲發出咻地一聲站了起來。

「重複同樣的話，沒什麼意義，我失陪了。要是你們認爲有必要，也可以問問我的家人，但今天畢竟是我女兒訂婚的日子。由於是獨生女招贅，所以也宴客，熱熱鬧鬧一番。請你們盡量不要妨礙到訂婚儀式。」

雖然不知道客人都聚集在哪裡，卻也完全聽不到任何熱鬧的喧嘩聲，可見這宅子非常大。

糸吉似乎覺得無趣，雙肘頂在盤子旁，盤裡還有吃剩的食物。

「頭子，都怪您用鄭重的語氣和他說話。應該要恐嚇他一下。」

「對方是大地主，身分和梶屋不同。」

茂七慢條斯理地吃完冷掉了的料理。糸吉說要借用廁所站了起來，接著剛剛那名下女來收拾料理。她看到茂七兩人還在，似乎吃了一驚。

「下次還會再來打攪。」茂七才說完，那下女就顯得很不高興。

回程路上，糸吉避開耳目在田裡撒尿，他說宅子太大，差點迷路，根本沒找到廁所。他頻頻鼓動鼻翼。

「我還是討厭鄉下。」糸吉抱怨地說：「那宅子非常豪華，但是連家裡都有糞肥的味道，我走到走廊盡頭時差點窒息。」

茂七命糸吉兩天跑一趟角田家，讓他們知道這邊在監視他們。要是有人問起，什麼都不用回答，只要打個招呼便回來。

另一方面，又命當天沒露面的權三，仔細調查角田家周邊的人，向出入角田家的商人、佃農打聽，清一失蹤的那陣子，角田家有沒有陌生人進出或什麼可疑的事。兩人——討厭鄉下的糸吉嘴巴上嘮叨個不停——立即展開行動，茂七雙手揣在懷裡又開始左思右想。

由於缺乏關鍵證據，目前沒法有什麼動作。角田七右衛門的樣子確實很怪，但是否與清一有關，完全不得而知，這個時候，還是不要輕舉妄動。

梶屋仍然沒有帶來任何消息。茂七臨時想去豆皮壽司攤。晚上等糸吉和權三回來後，帶他們一起出門。

今晚適合賞花，富岡橋橋畔的攤子擠滿了人，一旁賣酒的豬助也生意興隆。茂七向一如往常沉穩且寡言的老闆介紹權三和糸吉。老闆很高興，特地騰出一條長板凳給茂七他們，並接連端出料理。

「廚藝相當好。」

權三邊吃鹽烤土魠魚邊如此說道。糸吉則一副很滿足的樣子吃光料理，還與其他的客人談笑，顯得非常愉快。

「你覺得那老闆怎樣？你認爲他生來就是個廚師嗎？」

權三那溫和的臉綻開笑容，「我本來是舖子商人，儘管現在是頭子的手下，但仍留有舖子商人的味道吧？」

「嗯。反正你的臉長得很像算盤珠子。」

權三哈哈大笑，「那老闆身上也留有以前的味道。」

「你認爲他以前是做什麼的？」

隔了一會，權三說：「菜刀和武士刀相通。」

果然也認爲是武士。茂七很滿意這個回答。

隨著一杯黃湯下肚，攤子四周開始熱鬧起來，有人輕佻地說：「賞花的花不夠。我去找花來。」過了一會，不知那人從哪裡偷摘來一大樹枝的櫻花。不過，茂七一行人只是安安靜靜地喝著酒，最後這些喧嘩的客人也逐漸散了，快到深夜時，終於只剩茂七他們三人。

「別再喝了吧？」老闆開口說道：「我做了蜆湯。」

茂七三人移到老闆面前的長板凳，品嚐熱騰騰的蜆湯和白飯。豬助正準備打烊，在禿頭上裹著頭巾。

「回去時酒桶變輕了很好吧？」茂七笑道。豬助打了個躬才離去。

彷彿在等這一刻似的，老闆為糸吉盛第二碗飯，他說：

「日道那孩子的事進行得如何？」

糸吉暗吃一驚地仰望著老闆，權三則是看著茂七。茂七向兩人點頭示意之後，才回答老闆。

「那個啊，變得很怪。」

糸吉在一旁以「真的可以說出來嗎」的表情觀望，茂七告訴老闆事情的經過。老闆一邊忙著做事一邊靜靜地聽著，最後抬起眼睛說：

「毆打小孩，眞不是人。」老闆難得以嚴厲的口吻說道。

「是啊。可是，日道的行事也不值得鼓勵。賺大錢的報應確實重了些，但應該會就此收斂一點吧。」

老闆苦笑，額頭上出現深深的皺紋。

「頭子只要一提到日道那孩子，就會變得冷漠。」

「是嗎？我可不是個多情的捕吏。」

「頭子認為那孩子眞的具有靈視的能力嗎？」

「這個啊，不太清楚。」茂七喝完蜆湯，擱下碗，仰看著老闆，「老實說，我不知道。」

「權三先生和糸吉先生覺得呢？」

兩人互望一眼。糸吉用手肘頂了頂權三。

「我認爲，也許眞的有人會靈視。」權三回答，「只是，日道的話，那就有點太誇張了。就算可以靈視，能不能看得那樣詳細還是個問題。」

老闆在攤子後面坐了下來，緩緩地點頭，「我也這麼認爲。頭子，您發現了嗎？那個三好屋的半次郎以前是捕吏的手下。」

茂七、權三和糸吉驚訝得幾乎要跳起來。

「啊！眞的嗎？」

糸吉滴溜溜轉著眼珠子。

「可他明明是三好屋的繼承人啊？」

「年輕時太放蕩，有個時期被逐出家門。大概專與一些不良分子來往，最後因爲有人檢舉賭場，他因而被捕，所以才成爲捕吏的手下。我記得好像是本鄉那邊的捕吏。」

茂七和這兩個手下另當別論，但一般說來，捕吏及其手下，很多都是心中有鬼的人。換句話說，起初是告密的身分。正如老闆所說的，因賭博被捕，想開罪釋放便必須爲上頭做事——這種例子在捕吏這一行很常見。

茂七想起三好屋半次郎那經常四下張望的眼神。他本來就覺得那眼神好像在哪裡看過，原來是捕吏的眼神。由於距離太近了，反而無法立即想到。

「可是，老闆，你爲什麼知道呢？」

權三以天生的悅耳聲調問道。老闆微笑地說：

「因有點因緣偶然聽到的。」老闆如此回答，「比較重要的是，我認爲日道那孩子靈視所看到的事，很可能大半都是半次郎查出來的。」

「爲什麼？」

「日道那孩子不是當場馬上靈視吧？總是隔幾天之後再說出神諭。對熟知搜查竅門的半次郎來說，只要花幾天大致查一下被靈視那個人的事，應該是輕而易舉的。再說，他以前就是幹這一行的。當然不是說全是半次郎一個人調查，我認爲大概是拜託以前的伙伴。」

茂七仔細想了想老闆的看法，覺得的確有令人信服之處。沒錯，尋找失物或失蹤人口本來就是捕吏的工作，而因怨恨遭人作祟之類的內情，只要花點時間也很容易就查出來。不同的只在於，日道所接的工作，往往都是捕吏一開始便不當一回事的事件，要不然便是拜託的這一方不想讓事情張揚出去。

一旦查到內情，之後就簡單了；一是幫對方找回失物或失蹤的人，二是給對方線索就好，至於作祟或妖怪附身之類的，也只要裝模做樣替對方做法便行了。

「話雖如此，但也需要一開始的線索吧？」糸吉又睜大眼睛說道：「沒有任何線索的話，半次郎也無從查起啊。」

老闆點頭說道：「是的。所以，如果日道那孩子能夠靈視，應該就是這個部分吧？」

這時，權三轉頭看著攤子對面的暗處，茂七隨即跟著朝那裡看去。有人靠近。

「咦！是梶屋……」糸吉喃喃地說道。

的確是勝藏。他一副陷入沉思的模樣，低著一顆粗大的頭，似乎沒發現茂七一行人，踢踢躂躂踩著竹皮履往這邊走來。

「喂，你也是來喝一杯的嗎？」茂七開口搭話，「還有空位喔。不過，今晚酒賣光了，豬助那老頭子已經回去了。」

勝藏驚訝得顯得有點滑稽，糸吉甚至因此而偷笑。攤販老闆垂著雙手，彷彿看到刺眼的東西，瞇著眼睛凝視站在暗處的勝藏。權三則是望著老闆。

勝藏停住腳步，聳著肩膀。茂七覺得他們待太久了打攪到兩人。總之，勝藏今晚是來找老闆的，由於他滿腦子都想著這件事，才沒發現茂七他們也在這裡。

勝藏狠狠瞪著糸吉，糸吉才停止笑聲。

「那夥人還沒找到。」勝藏瞪著糸吉，對茂七說道：「可是，已經有線索了。大概不久就可以了事。」

他似乎不打算再走過來。茂七回說：「多謝啊。萬事拜託了。」

勝藏折了回去，腳步比來時要快。當他隱沒在黑暗中，剛剛文風不動像個菊花偶人的老闆突然動了起來。

「各位頭子，你們想吃甜點嗎？」

「我喜歡吃甜的。」權三說道：「是什麼？」

「是應景的東西，櫻年糕。」

「老闆做的？」

「是的。不過，來不及做醃漬櫻葉，我從學甜點的那裡要了一些。明年春天應該就可以全部自己做。」

老闆端出盛著小小櫻年糕的盤子。要了粗熱茶，茂七一行人吃著甜點。老闆又包了兩包櫻年糕。

「一包給頭子娘，另一包就當做是給日道那孩子的探病禮。頭子，您會到三好屋吧？」

「嗯，當然會去。東西我就先保管，那孩子應該也會很高興。」

糸吉從掉在地面上的方才客人偷摘來的櫻花枝折下細長的小樹枝，他說，既然要去探病，把這個也帶去。

4

翌日，茂七到三好屋時，剛好醫生也來了，日道醒著。

桂庵看過病人出來時，茂七抓住他，詢問日道的情況。桂庵的容貌顯得年輕，但沒結髮髻的長髮夾雜著白髮，看來大約四十歲。他以沉穩的聲調向茂七保證，儘管得花點時間，但日道應該可以完全恢復。

「那是因爲醫生醫術好。眞的，我也感謝醫生。」

茂七一靠近，便聞到桂庵身上的藥膏味。茂七的表情，令醫生開朗地笑了。

「很臭吧？不過，正是多虧這藥膏才讓我成名。」

「這藥膏是醫生的處方？」
「是的。」
「其他地方買不到嗎？」
「不，沒那回事。只要有人拜託，我也會把做好的藥膏送過去。因數量相當多，內人每天都忙著調製這藥膏。」
目送醫生離開之後，茂七前往日道的房間。醫生叮囑不能聊太久。茂七心想，只送禮就好了。日道坐在褥子上，有個用束帶綁起袖子的女人正在幫他穿睡衣。可能是他的母親吧。雖然全身裹著一圈圈的白布，但仍可看到四處都是瘀青紅腫。有一隻眼睛腫得厲害，幾乎睜不開，實在慘不忍睹。房內充滿桂庵特製的藥膏味。
「頭子，」綁束帶的女人馬上擋在日道前面，「我是三好屋的內人美智，有事問我好了。」
「不，不用。我不是來說那些複雜事的。」
茂七自懷中取出櫻年糕包。
「富岡橋橋畔有家好吃的豆皮壽司攤，最近也開始做些甜點，這是櫻年糕。妳知道那個攤販老闆吧？前些日子他也來過這裡。」
「那是櫻花吧。」日道——不，此刻是三好屋長助——望著茂七另一隻手手中的櫻花枝，輕聲說道：「原來已經開那麼多了。」
「嗯，全開了。沒賞到花，眞可惜。」
茂七將櫻花枝擱在榻榻米上。美智一臉戒心地輪流看著茂七和日道。

「阿母，我想吃櫻年糕，而且口也渴了，妳去拿白開水來。」長助說道。

美智邊走出房間邊頻頻回頭。她大概很快就會衝回來，所以沒有多少時間可以說話。

「幸好撿回一條命。」

茂七挨到褥子旁說道。長助靜靜地點頭。

「我打算找出襲擊你的那夥人，好好教訓他們一頓。可是，老實說，完全沒有線索。你有沒有什麼線索？」

長助眨巴著腫脹得厲害的眼皮，默不作聲。茂七覺得可憐，不禁脫口而出道：

「你啊，不要繼續做這種事了吧？」

長助望著茂七，一臉疲憊不堪的表情。

「你那什麼靈視的本事，是不是只是把你父親查出來的事說出來而已？你父親得到家人的諒解回這裡繼承家業之前，是捕吏的手下，對吧？」

長助想拿起茂七帶來的櫻花枝，卻怎麼也拿不起來。他的手也裹著白布。茂七抓起櫻花枝，擱在夜著上面。

「好漂亮。」長助說道。

兩人沉默下來。眼看美智就要回來了。正當茂七打算放棄訊問時，從剛剛就低著頭的長助，低聲抱怨地說：

「有時候眞的可以看到。」

這個受了傷的孩子的表情，認眞得駭人，卻也顯得非常悲哀。

「是嗎……」茂七點頭說道：「不過，就算看到也可以不說出來吧？你自己也不想再嚐這種苦頭吧？」

「阿爸他……」

茂七搖著頭說：「你就說已經看不到了。反正三好屋的生意很好，少了靈視的報酬，生活一點也不會苦。」

長助望著茂七的眼睛。日道自白布和斑駁瘀腫露出的眼眸，茂七覺得只有此刻恢復了他昔日的眼神。

「可是，我不能讓來拜託我的人失望。」

茂七一時語塞，但仍勉強地說：

「你記得那個叫阿夏的姑娘來找你的事嗎？她拜託你幫她找未婚夫。」

或許是因爲基於同情親自接下的請託，所以日道還記得。

「關於那件靈視的事呢？你到底看到了什麼？眞的看到那個叫清一的男人被埋在垂櫻下面嗎？」

日道搖著頭。或許是因爲受了傷變得軟弱的關係，他恢復了孩子的本性。日道以毫無誇耀的口吻老實地說：「我只看到垂櫻和有個受重傷的男人。」

「那，其他都是你阿爸查出來的？」

「是的。經過調查，阿爸說櫻樹下有挖過的痕跡，要我說屍體就埋在那裡。反正也沒法確認。」

事隔至今，茂七再度火冒三丈。

「你阿爸也眞造孽。」

「……對不起。」

「不止對阿夏，我是說他比任何人對你都還要殘酷。」

日道伸出裹著白布的手觸摸櫻花。

「請頭子幫我向攤販伯伯謝謝。」

「……嗯。」

「那伯伯瞞著的事，我說給頭子聽好不好？」

彷彿偷窺到了茂七的心底，日道微微歪著頭說：

「那伯伯，他在找人。在那裡擺攤子，正是爲了找人。他很想見那個人。」

茂七緩緩地說：「這是你靈視看到的？」

「嗯。」

「那你把這話放在心裡吧。」

這時，美智回來了，半次郎也跟著一起來。

「我正想告辭。」茂七站起身說道：「多珍惜你兒子啊！」

茂七一走出房間，白紙門隨即啪一聲地緊緊關上。

數日之後，調查總算沒有白費，權三帶回消息。據說，住在角田家一旁的佃農，在清一失蹤的那晚，看到一名陌生男子進入地主家。

「他說，因爲照顧生病的馬，所以很晚睡。從他那裡打聽到，那名男子的身高、容貌都與清一酷似。男子沒有馬上進屋，聽說在樹叢附近徘徊了一陣子。那晚是滿月，佃農清楚看到男子的長相。他看了清一的畫像之後，說就是那個人。」

那麼清一果然造訪了角田家。日道說他受了重傷，難道他因重傷而死？死後被埋了？

茂七皺起眉頭思索，權三接著說：「還有，頭子，角田家經常有醫生出入。」

「醫生？」

「是的。聽說七右衛門有痛風的老毛病。那醫生跟扛著藥箱的隨從大概三天來一次。」

茂七張大嘴巴，一動也不動，接著就這麼坐著大聲喊叫糸吉。與權三一起回來，正在廚房幫頭子娘的糸吉，嚇了一跳地衝了進來。

「什麼事？」

「你上次在角田家想借用廁所時曾說他家裡有股怪味吧？」

「啊？」糸吉一頭霧水地說道：「味道？什麼？」

「你不是說很臭？說是糞肥的味道。」

「對，對，沒錯。」

「眞的是糞肥的味道嗎？沒弄錯吧？」

「這……」糸吉歪著頭，「不太清楚。但確實是會讓人窒息的味道。」

茂七帶糸吉趕往淺草的桂庵家。接近桂庵家時，糸吉跳起來說：

「頭子，正是這味道！」

茂七帶著權三和糸吉，陪同阿夏，並請桂庵同行，再度造訪角田七右衛門。阿夏一路跑著跟了上來。

清一確實在角田家，只是沒有被殺。他大概是受了傷無法走動。角田家將他關在房裡，私底下請醫生前來看病，用藥膏治療。清一沒有消失，也沒有死，他只是進去之後沒再出來而已。

出來招呼的七右衛門勃然大怒，反覆地說不知道、不清楚，但茂七說出佃農看到清一的事，又指出桂庵的藥膏味，逼問是誰用那膏藥時，他才總算招了。

「清一被關在院子裡的一間屋子。」他咬牙切齒地說：「那晚他不請自來，又吵又鬧，我叫家人阻止他時，出手太重傷了他。等他的傷好了，我打算給他錢，讓他離開江戶。」

阿夏大叫：「既然這樣，爲什麼不告訴我？」

七右衛門冷冷地說：「說了，大家不就都知道了，也許會影響我女兒的親事。反正清一那種人，不是好東西，妳最好早早忘了他。」

「太過分了！你爲什麼知道他不是好東西？」

「當然知道。」七右衛門斬釘截鐵地說：「清一是二十年前我讓下女生下的孩子。」

正如七右衛門所說的，清一果然在院子的榻榻米房裡。情況雖然比日道好，卻幾乎無法走動，右手也不能動。儘管如此，他還是摟住飛奔過去的阿夏，頻頻向她道歉。

「我一直想回到妳身邊。」清一再三反覆地說。

「你爲什麼來這裡?」

阿夏哭了。儘管是喜極而泣，但心裡或許也有不甘吧。

「你的事，我聽說了，你阿母是這裡的下女，生下你之後，不久便過世了。你被趕了出去，吃了許多苦頭。爲什麼你還要來找他們?那種畜牲，根本不配當父親。」

清一是在虛歲七歲那年離開這個家。他說，不是被趕出去，而是自己逃走的。

「因爲我在這裡過得比牛馬還不如。」

七右衛門的正室，似乎是個嫉妒心很重的女人。七右衛門染指的下女明明早就死了，但是她一想起來便虐待清一，以解心中的怨恨。清一再也受不了了，只好抱著母親的牌位，赤著腳逃離這個家。

然而，他卻暗暗下定決心，有朝一日，長大成人之後，一定要再回來，一吐心中的不快。由於當時還是個孩子，角田家到底在江戶什麼地方，他並不是很清楚，但是他將深川一帶四周有廣闊田地、院子有株垂櫻的這幾點牢記在心，總有一天，一定要回來。

「我無法忘記。」清一說道:「那株垂櫻就像長在我的心裡一樣。我在那院子挨打，不讓我吃飯，被綁在柱子上，都沒有人理我。角田家是這樣對我的，卻花大錢照顧那株櫻樹。」

可是，一旦眞的來到了角田家，畢竟仍會猶豫，所以才沒有馬上進去。他本來打算轉身回去，但是當他看到那株垂櫻比記憶中長得更高大，而且佈滿花蕾，這才下定決心進去。

「起初，我父親認不出是我。」清一對茂七說道:「我報出清一的名字時，他臉色大變。我說，我就要成家了，成爲一個堂堂的男人，所以來告訴你一聲。結果，他說是來要錢的吧？還朝我丟來了小金幣，就是這個時候，我氣昏了頭。」

由於清一暴跳如雷，加上角田家也急得不知如何是好，結果就把事情弄得一塌糊塗了。聞聲趕來的人，不僅對清一拳打腳踢，還用棍子毆打，清一被打昏在地上。之後，清一便一直待在這裡。因爲七右衛門擔心放他回去會引起騷動，這樣不但會讓角田家出醜，也會影響女兒招贅的親事。

「話雖如此，光特地請醫生醫治你的這件事，角田家也算不錯了。」

下女和上回判若兩人，先前那謹慎有禮的態度消失無蹤，向她借門板，將清一抬回去時，也完全不理會。茂七一行人只得向一個佃農借拉車。

垂櫻還未開花，但枝枒搖曳生姿。清一在拉車上讓阿夏撐著自己的身子，眼睛卻始終瞪著那株櫻樹，直至遠去。

兩天之後，梶屋前來通報已經找到襲擊日道的那些男人。他們大概受到過度的驚嚇，老老實實回答茂七的問題。他們的確是受雇於角田七右衛門。

茂七雖然氣憤塡膺，但三好屋不想讓這件事張揚出去，所以日道的事很難向上頭報案，而清一也表示不想再與角田家有任何牽扯。

於是茂七心生一計。他把教訓那些男人的事交給梶屋全權處置，讓他們連骨頭都伸不直後，再讓梶屋叫他們到角田家索取醫藥費。聽說這些男人闖進角田家，應該是狠狠地勒索了一大筆錢吧。

不久，角田家女兒也順利地招贅了夫婿。

梶屋拿走那些男人勒索來的錢，將其中一部分送到清一那裡——但是茂七不知道這件事；這是因爲事前便說好不知道的。

當櫻花謝了，抽出嫩葉時，茂七一家總算可以出門去賞這已經無花可賞的櫻樹。大家圍著頭子娘做的雙層便當盒喝酒，盡情飲酒笑鬧。

回家的路上，權三避免被糸吉和頭子娘聽到，悄悄地對茂七說：

「關於那個攤販老闆。」

「嗯。」

「即使之前是武士，但是從他對町內的事知道得這麼詳細看來，不免令人覺得很怪。雖然他說因爲機緣得知三好屋的事，但事情應該沒有那麼單純。」

關於這點，茂七也持相同的看法。

「武士是錯不了的，但會不會是町奉行所的公役？」權三說道：「如果不是負責本所深川的公役，頭子應該也不認識吧？」

「這個啊，我也說不準。」茂七含糊其詞地說。

如果那個老闆之前是町奉行所的公役，即使地盤不同，茂七應該也會猜得到。不過，權三應該是說中了——那老闆是個武士，正在調查町內的什麼事。茂七認爲，一定是這樣。

那麼町奉行所有這種要職嗎？

只有一個，亦即加役職——也就是專責放火強盜兇惡案件的公役（註）。

然而，這個想法終究是太唐突了，所以茂七不打算說出來，只好假裝喝醉了。大抵說來，在夜漸深的春宵，不宜想事情。

「葉櫻也不錯呢。」頭子娘說道。茂七心想，角田家的垂櫻，此刻大概花開了。

註：這職務很重要，是獨立的職位，辦公場所在自家宅邸，由幕府槍砲組或弓箭組組長兼任，任期一年，本來部下與力、同心總計只有三十五人，但兼任這個職務，部下會增至六十人，權力很大。而且一發現可疑人物，可以不問對方身分，連神官、旗本、御家人都能當場抓回宅邸。

糸吉的戀情

負責本所深川一帶的捕吏回向院茂七，有兩名俗稱「下引」或「小者」的手下。一名是四十七歲的權三，之前是舖子掌櫃；另一名是二十又一的糸吉，是個長相仍不脫孩子氣的年輕人。茂七五十六歲，與婚後多年的頭子娘因感情太好，至今膝下猶虛。因此，糸吉雖是手下，就某些意義來說，卻也像兒子一樣。

權三擁有在新川町一家酒批發商的掌櫃經歷，糸吉則不同，沒有值得一提的經歷。當然也因他還年輕，但這個年輕人，遇到茂七之前，沒有固定工作倒也是事實。

糸吉不知自己的父母是誰。他是個棄嬰，被丟在回向院境內，參拜者發現了他，將他帶到町辦事處。由於遲遲不見他的父母出面，當月輪番的大雜院管理人只好帶回家養育。

糸吉從小就好動，經常東奔西跑的，無法乖乖地靜下來。收養糸吉的大雜院管理人，當時與茂七交情很好，隨著糸吉逐漸長大，經常為了糸吉的將來煩惱，所以常來找茂七商量。

送糸吉到舖子做事，他也待不久，讓他學一技之長，舉凡燈籠舖、蕎麥麵舖、焊接舖、木屐舖、打鐵舖，只要是有門路的，都讓他去當學徒，可最長的也待不到半個月。他並非懶蟲，早上很早便起床，也不排斥做雜事，手也相當巧，而且人緣好。只是，人緣太好了，反而令他沉不住氣，無法對同一件事長保興趣。

糸吉十五歲時，養父過世了。他臨死前託付茂七照顧糸吉，他說，頭子或許知道該如何用糸吉。

當時茂七有個叫文次的手下，雖然個性有點軟弱，卻也合作了很久，並不需要特別找新的人手。再說，當事人糸吉也無意幫茂七做事，那時他在御船藏附近一家運貨馬車舖照料馬匹，大概是喜歡馬吧，竟難得地待了下來。由於他的起居就在馬廄裡，暫時不愁住處。因此茂七也只是抱著有困難來找我的那種心態，接受管理人的託付。

不料，沒多久，有人來向手下文次提出招贅的親事，這是求之不得的事，於是文次離開了茂七。熱熱鬧鬧辦完喜事，喘一口氣時，糸吉突然來找茂七了。

「我聽說頭子變成孤單一個人了……可以的話，要不要我幫忙？過世的養父曾嚴厲地叮囑過我，要聽頭子的話，為頭子盡力。」

當時茂七雖然因為文次離去而感到寂寞，卻也並非孤單一個人，但糸吉那副擔憂得要死的傻勁太可愛了，惹得茂七哈哈大笑。

「是嗎？那就拜託你了。從今以後你就是我的手下。」

糸吉這才住了下來。

糸吉和權三並非單單只是茂七的手下而已，他們各自另有工作。權三就過去的經驗，幫自己住的那家大雜院的管理人做事，例如打算盤、記帳、以天生悅耳的聲音排解房客的糾紛，令管理人視他為寶。

糸吉最初則是與往常一樣，沒有固定工作，一會賣糖果，一會又幫瓦匠做事，不然就是臨時的淘井工，沒個安定。對身爲茂七手下的糸吉來說，這樣正好可以擴展人際關係，並非毫無益處，只是太不安定了，老讓人在一旁爲他捏一把冷汗。因此，頭子娘曾好好教訓過糸吉，而糸吉經過一番考慮之後，找了北森下町一家「極樂」字號的澡堂工作。

「澡堂有形形色色的人出入，正好可以發揮我耳尖的長處。」

糸吉在極樂澡堂工作已經一年多了。主要工作是打掃和燒洗澡水，閒暇時可以陪窩在男澡堂二樓的澡客下下不怎麼高明的將棋，或喝喝清茶，天南地北地亂扯，這工作有時很輕鬆。極樂澡堂的老闆，也知道糸吉和茂七的關係，他認爲這樣的話，一旦有事也比較有個把握，因此相當看重糸吉。

話說，在澡堂另有一項很重要的工作，那就是必須採買燒洗澡水的爐灶用材料。大部分澡堂都是和木材舖或木屐舖那些平日會出木片的舖子說好，之後再去收購木片屑燒洗澡水，極樂澡堂也是如此。但老實說，只要能燒，什麼都行，如果能撿到免費的更好——也因此，澡堂傭工白天通常在街上四處逛，尋找可以當材火的東西，與對方商量之後再拿回去。只是，這工作不怎麼乾淨，所以極樂澡堂老闆從未要糸吉做這些事。雖然如此，糸吉一有空，總是到街上四處逛，一有宅邸在修理木門，或飯館丟出個舊木桶等等，他總能眼尖地看到，然後帶回來。其實，糸吉非常喜歡在街上四處亂逛。

今年春天，當糸吉興高采烈他迎著逐日暖和的春風和陽光，一如小麻雀不時地跳來跳去地在街上愉快閒逛時，發生了一件事。

糸吉戀愛了。

2

這是四年前的事。初春的時候，本所相生町發生了火災。除了燒光數十家小鋪子和商家，也有不少爲了撲滅火焰而遭敲毀的住家，災情非常慘重。

那時全部燒光的屋子裡，有棟鄰居稱之爲「今元大雜院」的大雜院。今元是大雜院地主所經營的點心鋪字號，大雜院正是因此得名。

相生町的那場火災，把今元大雜院燒得精光，房客暫時散居各地，等著地主重蓋大雜院。然而，火災之後不久，卻傳出無法重蓋的消息。因爲今元家道中落，湊不出錢重蓋面向大街與兩家鋪子毗鄰的兩棟大雜院，以及後巷的兩棟大雜院。

既然地主家道中落，房客也束手無策。結果，由今元大雜院的管理人當保證人，安排房客搬到新住處。直到這些房客都安頓好了之後，成了廢墟的今元大雜院依舊是沒人管的空地，不但成了附近孩子最適當的遊戲場所，一些婦女也在那裡打下樁子綁上繩子曬衣服，倒也十分方便。

空地長了各種花草，置之不理的話，不僅會影響外觀，而且夏天蚊子成群飛舞，也會惹人不快。原本鄰居會來拔雜草，不久，有人——大概是個多少具有風雅的人——想在這裡種油菜花。種菜的話，得花心思照顧，但是油菜花不理不睬也能長得好；花漂亮，花莖也可以趁嫩時摘來食用。那人認爲一舉兩得。

因此，今元大雜院的廢墟便成了一片油菜花田。在蓋滿住屋的相生町，只有這裡別具洞天。地主今元也沒多抱怨什麼。多虧了那個人，現在甚至有人風聞此事特地前來參觀。

就這樣，春天又來了，正是油菜花的季節。附近居民經過商討之後，訂出規矩，規定採摘食用的分量，也因此，適度摘拔的油菜花田，盛開得比去年更美，除了附近的居民之外，也令路過相生町的人感到賞心悅目。

糸吉正是其中之一。

極樂澡堂採買燃料的門窗舖，正好位於相生町。因是製造門窗的舖子，所以木片屑不多，但每隔一天便將木片批發給極樂澡堂，是極樂澡堂採買最頻繁的舖子之一。

糸吉每次前往這家門窗舖，都會路過今元大雜院廢墟的油菜花田。他喜歡花，非常喜歡在這裡觀看欣賞。實在太美了，所以他曾拉著頭子娘來這裡賞花。那時，湊巧附近的婦女在除草，他向對方讚美花很漂亮，對方甚至採了一包嫩莖給頭子娘，要她帶回去做涼拌。糸吉心想，即使今元恢復家道，最好也不要在這裡蓋任何建築物，讓油菜花田維持現狀。

糸吉，正是愛上了這油菜花田。當然這只是換個說法，其實對方是活生生的姑娘，但糸吉第一次看到她時，覺得她宛如油菜花花精。

她是個膚色白皙、身材苗條的姑娘。她雖然瘦，但鮮黃的油菜花映照在她的雙頰上非常美。姑娘身穿淡綠色衣服、黑腰帶並繫上黃色腰帶繩。這身打扮的她，飄然站在油菜花田，膝蓋以下淹沒在黃色花海裡。她側對著糸吉——也就是側對著道路——雙手有如合掌般輕輕放在胸前，微微低著頭。

糸吉停住腳步，眨了眨眼，呆立好一會。那光景美得簡直可以說太過分了。還來不及想她是

誰、在做什麼，糸吉便已因那令人想剪下的光景看得呆住了。

接著他突然覺得難為情。如此目不轉睛地盯著看，萬一姑娘突然回頭會覺得很尷尬。糸吉急忙離開油菜花田，拐彎時又回頭看了一眼，她仍像剛剛那樣站在原地。糸吉的心怦怦地跳。

糸吉在回程時加快腳步回到了油菜花田，但姑娘已不見蹤影。他非常失望。直到這個時候，他才開始思索那姑娘到底是誰。之前，他從未在相生町這附近看過她。那麼美的姑娘，年輕的糸吉只要見過一次肯定會記住。

那晚，糸吉總覺得難以入睡，一閉上雙眼，便隱約看到油菜花田那姑娘白皙的側臉。

翌日，不需要到門窗舖的日子，糸吉卻仍前往相生町。他算准了昨天的那個時刻才出門，卻沒看到姑娘，他再度感到失望。糸吉在油菜花田逛了逛，磨蹭了一陣子才回極樂澡堂。

第三天，糸吉精神抖擻地前往相生町。他覺得姑娘可能會在那片油菜花田，儘管沒有什麼根據，卻如此認為。光是這麼想就令糸吉興奮不已，他邊走邊笑。

可是姑娘不在那裡。糸吉突然不想去門窗舖，但今天是領回木片的日子，不去不行。糸吉假裝在觀賞油菜花，等了一會，姑娘仍然沒有出現，他只得前往門窗舖。

糸吉與門窗舖的師傅天南地北地閒聊。那是因為他不想這麼快回去，經過沒有姑娘的油菜花田，他覺得只要打發一些時間，那位姑娘有可能會出現。可是，在閒聊時，糸吉卻突然想到，或許那個姑娘正前往油菜花田，在他不在時來到油菜花田。一想到此，糸吉連忙起身離開。

姑娘出現了。

今天她站在路邊，臉朝著油菜花田，依舊是微微低著頭。她今天的穿著與上回糸吉遇見時一樣，簡直就是油菜花的化身。話又說回來，她的膚色怎麼這麼白？糸吉不禁感到臉頰發燙。

因爲姑娘就站在路邊，糸吉可以比上回更靠近地凝視她。她的髮髻有點鬆散，鬢角的地方垂著攏不上的短髮。糸吉暗吃一驚。

做過各種工作，現在幫茂七做事的糸吉，儘管年輕卻也見識過各種不同風情的女人，當然也遇過非常漂亮的女人。不過，能令糸吉如此動心的這倒是第一次，尤其是對女人這垂落的髮絲。儘管俗話說，無論多老的女人，只要是濕濡、攏不上的垂落髮絲都很撩人，但糸吉對此卻不怎麼喜歡。他總覺得那樣很邋遢，即使撩人，也覺得那是要吸引男人的目光才故意那樣做。

可是，這油菜花姑娘的垂落髮絲不同，有股令人想幫她悄悄攏上的衝動。

不知姑娘是不是沒有發現糸吉，她一直站在那裡凝望油菜花田，絲毫沒有要回頭的樣子。糸吉也一直站在離她六尺之遙的地方，不僅無法開口搭話，也無法探看她的臉，他就像個木頭人似地站在那裡。

這時，姑娘的身子突然動了一下，她往前跨出一步，看似想走進油菜花田。

「喂，妳！」

右邊傳來這樣的聲音。於是姑娘朝那邊望去，糸吉也跟著轉過頭。在油菜花田一旁的住屋門口，有個用束帶綁住袖子的女人，探出上半身怒瞪著姑娘。

「妳不能走進油菜花田啦！上次也進去了，是吧？我們好不容易才照顧得這麼漂亮，妳不能就這樣把花踩死呀。」

姑娘明顯地驚慌了起來。她往後退，差點撞上糸吉，糸吉趕緊退了一步。姑娘轉動腳跟，以驚人的速度朝大川跑去。糸吉沒有任何反應，只是眨巴著眼睛目送她離去。

「喂！你也不能踩進油菜花田！」

這個婦女也對糸吉大吼。糸吉直到姑娘那小小的背影消失不見了，才回頭看這個婦女。

「大嬸，妳認識那姑娘嗎？」

「不認識！」

女人粗壯的雙手叉著腰，咬牙切齒地說完後，砰一聲關上門。那門被壓得傾斜，這住屋面向油菜花田的板牆，全是形狀不一的木板釘成的。看樣子是火災之後，以現成的木板整修的。

糸吉回頭望著姑娘跑走的方向，姑娘早已消失無蹤。

那晚，糸吉在茂七家吃晚飯時，試探地提起相生町油菜花田的話題。他認爲或許頭子知道關於那個那姑娘的事。

可是，茂七似乎毫不知情，只有頭子娘愉快地說，今年的油菜花大概又開得很漂亮，改天去看看好了。

「你今天好像沒什麼精神？」茂七看著糸吉吃飯的模樣，如此問道：「你不是最喜歡吃烤土魠魚嗎？」

「是，很好吃。」

「你的樣子看起來不像很好吃。糸吉竟然不再添飯，明天搞不好會下冰雹。」

糸吉吃飯時就一直縮著脖子。他覺得胸口好像堵住了，他今晚確實是食不知味。

第二天和第三天，糸吉都前往油菜花田。但這兩天都沒遇見那姑娘。忙碌的糸吉，也不可能一整天都守著油菜花田，只得頻頻地往返極樂澡堂。明明吃飯時比任何時候都快樂的糸吉，竟逐日感到食不知味。

然而，糸吉第三天又去時，不知是不是到附近的稻荷神社參拜見效了，他發現姑娘就站在油菜花田裡。她今天穿著深藍底的黃色花紋衣服，這身衣服與她那白皙的臉龐十分相稱，而且益發像油菜花的化身了。

糸吉由於太高興了，不顧一切快步挨近姑娘。姑娘察覺了，暗吃一驚地抬起頭來，與糸吉四目交接。

姑娘在哭泣。那雙漂亮的鳳眼，簌簌地落淚。

「喔，對不起……」糸吉驚訝得就這麼脫口而出了。

姑娘向糸吉很快地打了個躬，便轉身跑開。糸吉呆立原地目送她離去。可是，當姑娘拐進相生町街角消失蹤影時，糸吉突然想起來似地拔腿追趕。正好在街角瞥見姑娘放慢腳步，用手背擦拭臉頰，然後又加快腳步跑走。

糸吉小心翼翼不讓姑娘察覺，尾隨在後。姑娘朝大川走了一會，再往南走，過了一目橋。她沿著御船藏旁的水路有氣無力地往前走，來到新大橋橋畔時，穿過人潮之後左轉。糸吉躲在來來往往的人潮裡，一直跟在姑娘後面。

這一帶是深川元町。新大橋往東的街道旁，小飯館或小梳妝舖林立。姑娘走進其中一家掛著

「葵屋」招牌的蕎麥麵舖。

格子紙門旁的格子窗櫺縫隙飄出蕎麥麵香。要是平常的話，那味道肯定會教人感到肚子餓，但糸吉聞著那味道，竟只是不知所措地呆立原地而已。這時湊巧有個看似商人的男人開門出來，糸吉叫住了他。

「對不起，請問一下，剛剛有個年輕姑娘進入這蕎麥麵舖……」

「啊，你是說阿時吧。」

「阿時姑娘？是這舖子的女兒嗎？」

「是啊。大家都是因爲她慕名而來的。」男人說完，將牙籤斜咬在嘴邊，皺起眉頭說：「這一年來，聽說身體不好，整個人看起來完全沒有精神。有陣子，又聽說不知到哪裡養病，一直沒看到人。」

糸吉向男人致謝，男人離開後，他又想了一會。他原本打算進蕎麥麵舖，最後因爲猶豫不決放棄了。現在闖進去大概也只會嚇到她而已，耐心等的話，她一定還會去油菜花田。

事實上，果然如此。第二天，糸吉在與前一天同樣的時刻前往油菜花田，剛好看到那姑娘正從街上走來。糸吉露出微笑，以免姑娘看到他時拔腿就跑。

她低著頭，始終看著地面走著，因此沒有馬上察覺到糸吉。幾乎就在同時，她一看到糸吉便呆立原地，糸吉則是出聲和她打招呼。

「姑娘，不，妳不要走。」糸吉盡可能溫柔地說：「我不是壞人，妳不用怕。我在這裡看過妳幾次，妳看起來好像有什麼煩惱，所以想和妳談一談。」

由於太緊張，糸吉說得結結巴巴的。他打算遇見姑娘時要說的那些話，半句也說不出來。

「這個，阿時姑娘，妳是阿時姑娘吧？是深川元町蕎麥麵舖葵屋的女兒吧？我叫糸吉，在北森下町一家叫極樂澡堂做事……」

姑娘縮著脖子，一副打算趁糸吉不備時逃開的樣子，糸吉見狀更感焦急。

「不過，除了澡堂，其實我也幫回向院頭子做事，是幫幕府抓罪犯的工作。所以不是什麼壞人，妳明白了嗎？」

姑娘稍稍鬆開眉頭。她那白皙的臉龐，第一次開口說話。

「幕府的……」她如此喃喃自語。

「是的，是的。」糸吉猛點頭，「所以啊，也許我多管閒事，但看到阿時姑娘好像很煩惱的樣子，我心想，不知道能不能幫妳忙。」

姑娘歪著頭端詳糸吉，接著聲音顫抖地說：「是的，我是葵屋的女兒阿時。你怎麼會知道？」

糸吉單手在鼻前作揖，盡快地道歉，「真的很對不起，上回我跟蹤了妳。請原諒。」

糸吉打了個躬，然後抬起頭來，只見阿時緩緩地眨著眼睛。她已經沒有像剛才那樣一副隨時要逃開的樣子，糸吉鬆了一口氣。

「阿時姑娘……我就叫妳阿時姑娘喔……妳是不是有什麼傷心的事？告訴我妳的名字的那個葵屋客人也很擔心妳，他說妳的身體不好。再說，妳上次到油菜花田來時，哭了吧？」

阿時頓時垂下雙肩看著糸吉。她一副欲言又止的樣子，然後回頭望著油菜花田，又回過頭來看著糸吉。

「你會相信我說的話嗎？」

「嗯，我相信。」

「我討厭輕言許諾的人。」

「不是的。我是……我只是很擔心妳。」糸吉不知如何是好，直冒冷汗，「我每次在這裡看到妳，總是很擔心。」

阿時低著頭。糸吉以為她不信任他了，感到很失望。但是，過了一會，阿時抬起頭，以雖小卻比至此都還要清晰的聲音說：「既然這樣，我就告訴你。請你幫我的忙。」

糸吉帶她到附近的一家糯米糰舖，兩人坐在角落的凳子上，阿時小聲地吐露心事。之後，糸吉驚訝得差點從凳子上摔下來。

阿時說：

「那片油菜花田下，埋了一個被父母殺死的可憐小嬰兒。我雖然知道這件事，但知道是一回事，不管我怎麼說，都沒有人肯相信我，所以我才覺得很傷心。」

3

「那是胡說，是編造出來的。」

回向院茂七篤定地說道。

聽完阿時的話，糸吉趕忙跑回茂七家。茂七剛從外面回來，正在清洗沾滿春天塵土的腳，他邊換衣服邊聽糸吉迫不及待地說著，好不容易在長火盆前面坐下，點上菸管時，他竟對挨著火盆探出身子的糸吉一本正經地說：

「你實在很魯莽。哪有像你這樣隨隨便便相信又跑來通報的笨蛋？」

茂七表情十分嚴肅。這位頭子的頑固程度是出了名的，大家甚至說他的頭比城牆還硬，但不像一般常見的老頑固那麼急躁，他很少不容分說就對糸吉和權三痛斥一番。但是現在他竟然對糸吉做出這種罕見的事來。

糸吉先是火冒三丈，接著又是驚訝不已，就糸吉來說，這也是罕見的事。因爲頭子一反常態，手下也就一反常態。

「怎麼可以這樣說？」

「怎麼說都一樣。」

「可是，我平常不就是在做這種事嗎？不管聽到什麼消息都來通報頭子，就是我的工作。頭子不是也稱讚我是耳尖的糸吉嗎？」

「你說得沒錯。但只有這一次和平常的糸吉不一樣。」

「哪裡不一樣？」

「平常的你，會說你聽到什麼什麼消息，頭子您覺得怎樣？可是，這回不是，你一開始就說，不好了、不好了，那裡埋了個嬰兒……這樣，根本不是什麼耳尖，只是個阿呆。輕易相信別人說的話，沒法當捕吏。」

這下連糸吉也說不出話來。可是，他那奔馳的心卻停不下來。

「那個叫阿時的姑娘，對殺嬰這件事，知道得很詳細。總之，我不認爲那是編造出來的，所以我才相信。」

根據阿時的說法，被殺死的嬰兒，是發生火災之前住在今元後巷大雜院一對叫竹藏和阿信夫婦的孩子。這孩子生下後不到半個月，母親阿信便親手掐死嬰兒，埋在自家的地板下。當時那對夫妻的家，正好位在油菜花田中央，因此阿時說，只要挖開那地方，肯定會有小小的骨骸。

糸吉並非只聽到這裡就立即相信。他問阿時，爲什麼與今元大雜院毫無關聯的深川元町蕎麥麵舖的女兒會如此清楚這件事。

阿時回答：「阿信住在今元大雜院時，在葵屋當女侍，我和她很熟。竹藏先生本來是個焊工，卻因胸部染病，有陣子沒法工作，只靠阿信一人賺錢過活。」

這時阿信竟然懷孕了。阿信一直做到快臨盆的時候，生下的嬰兒體弱多病，無法喝奶，身體日漸消瘦，並且整天哭個不停。

「沒生孩子前，他們的生活本來就很拮据，最後實在是沒辦法了，他們說反正這孩子大概也養不大，趁還沒取名字之前偷偷殺死，然後告訴大雜院鄰居，自己沒法養，送給熟人當養子。」

阿時又說，這一連串的事是在葵屋聽到的。

「今元大雜院燒毀了之後，住在那裡的居民不得不搬家，阿信到家裡哭著和我阿爸、阿母坦白這件事，正好被我聽到。阿信他們打算到行德投靠竹藏先生的親戚，生活暫時沒問題，但是他們很惦記那個嬰兒。」

阿時的父母聽完之後，安慰阿信，過去的事就忘了吧，這也是沒辦法的事，嬰兒肯定不會怨自己的父母，並約好了絕不會說出去，阿信才離去。

「可是這樣嬰兒不是太可憐了？」阿時噙著淚說道：「應該把遺骸挖出來，好好祭拜。殺死嬰兒的阿信應該接受刑罰。怎麼可以因爲窮養不起就殺死嬰兒呢？太過分了。這可不是能夠坐視不管的事呀！」

阿時說得頭頭是道。糸吉聽完之後，送阿時回去時順便進去葵屋，他假裝是客人點了一碗清湯蕎麥麵，然後趁機問話，他說很久以前這裡不是有個女侍嗎？結果確定了今元大雜院叫阿信的女人的確在葵屋做過事，之後他才跑到茂七家。

「不是胡說，也不是編造。那姑娘說的是實話，頭子。」

糸吉心想，頭子是因爲沒看到阿時那一副心碎，好似從傷口流出鮮血的悲傷哭泣的模樣，才會說阿時編造假話……

「頭子，您和阿時姑娘見個面吧，當面聽她說，您就會知道了。」

茂七依舊皺著眉頭，在火盆邊敲打菸管，「我不見她。」

「頭子……」

「糸吉，這事到此爲止。也不准你繼續管這件事。」

糸吉發出連自己也嚇一跳的吼聲，「不要！」

茂七頭子瞪大眼睛，「什麼？」

「我說不要就不要。沒想到頭子竟然這麼沒良心，我看錯人了！」

糸吉起身衝出榻榻米房。頭子娘大概在紙門後都聽到了，糸吉身後傳來頭子娘拚命呼喊的聲音，但他完全不理會，衝出門去。

糸吉回到極樂澡堂，由於氣憤未消，他用力地刷洗洗澡場和木桶，之後才漸漸平靜下來，這才開始覺得恐怖；糸吉握著稻草刷子的手在顫抖。

（惹頭子生氣了……）

糸吉從未想過要離開茂七。他每次跟著頭子做事都感到很開心滿足，而且頭子娘是個好人，在頭子身邊一直過著愉快的日子。再說，離開茂七，等於是違背養父的遺言。

（可是……）

又不能不管阿時。何況，不是已經對她許諾了嗎？是自己說要相信她、要幫她忙的。不能不守約。

「這事我一定會想辦法。阿時姑娘，妳放心在家養病吧。妳不是身體不好嗎？不能每天到油菜花田吹冷風。要是有什麼消息，我一定會通知妳。懂嗎？」

糸吉說完，阿時噙著淚點了好幾次頭。阿時已經相信我了，我不能背叛她。我是個男人。

（男人嗎……）

糸吉突然想到自己算是獨立自主的男人嗎？到目前為止，自己總是待在頭子身邊，只要按照頭子的吩咐做事就可以了。這樣稱得上是獨立自主的男人嗎？

糸吉突然感到不安。小時候，每當有人因同情而對著孤兒的糸吉說，你一定很寂寞吧，糸吉總是自豪地說，我根本不怕一個人。他眞的是這樣。可是，那會不會只是錯覺？其實，至今他從未眞正單獨一個人，最初是有養父在身邊，養父過世之後則是頭子。

如今，可就是眞正單獨一個人了。

（不過，阿時她……阿時她……）

不是有阿時嗎？一想到她，糸吉的胸口便小鹿亂撞。可是，阿時心裡到底怎麼看糸吉則完全不知。至少，糸吉在這件事上如果無法達到阿時的期待，一切就免談了。

糸吉蹲在洗澡場，一副走投無路的樣子。刷子滴落的水滴濡濕了他的小腿和腳。

「喂，糸先生。」背後傳來喊叫聲。回頭一看，原來是權三站在後面。

這個曾經是掌櫃的糸吉的伙伴，即使現在已經是捕吏的手下，他也總是像個舖子掌櫃那般打扮得整整齊齊的，與終年將衣服下襬塞在腰際、赤著腳東奔西跑的糸吉迥然不同。權三微微提起條紋衣服的下襬，隻手拿著脫下的一雙布襪，笑瞇瞇地俯看著糸吉。

「聽說你挨頭子罵了。」權三輕柔地說道。

「不是挨罵。」糸吉嘟著嘴，「是我和頭子斷絕關係。」

「眞有勇氣。」

權三在糸吉身邊蹲下，糸吉背對著他說：「我和權三先生也到此爲止。多謝你的照顧。」

「唉，別說得這麼無情。」權三絲毫沒有生氣的樣子，「你和頭子吵架，也沒必要和我斷絕關係。那件事我聽頭子娘說了。」

「你覺得呢？」糸吉不禁望著權三。

權三看到糸吉露出沒把握的神情，並沒有嘲笑他，反倒收起笑容，一本正經地縮回下巴。

「糸先生，我啊，阿時那姑娘說的是眞是假，我沒法判斷。也許是糸先生這邊對，也許是頭子說得對。可是，最重要的不在於是眞是假，應該是糸先生到底想怎樣吧？」

「我想怎樣？」

「嗯。那件事要是眞的，糸先生，難道你想大老遠跑到行德，把殺死嬰兒的阿信抓起來嗎？聽說阿時姑娘認爲阿信應該接受刑罰。」

糸吉沉默下來。其實他並沒有考慮這一點。至今糸吉在工作上並不需要考慮什麼，那是頭子的事。

「怎樣呢？」權三探看糸吉的臉，糸吉搖著頭。

「不知道。沒考慮這一點。」

權三噗哧笑了出來，「你眞老實。這正是糸先生的優點。」

「可是我……我……」糸吉望著權三，「如果那油菜花田眞的埋著嬰兒，我想設法做點什麼事。那樣也可以安慰阿時姑娘……如果，如果阿時姑娘說謊，那就表示沒有嬰兒的骨骸……不知道有沒有什麼方法可以確認？」

「糸先生眞體貼。」權三說完，衣服發出咻一聲地站起來。

「不能去挖吧？」

「不行啊！會引起騷動。」

權三緩緩地點頭。

「有方法。」

「眞的?」糸吉也咻一聲地站了起來，「什麼方法?」

「用這種方法大概會挨頭子罵，不過，反正糸先生已經和頭子斷絕關係了，應該就可以吧。」

權三笑道：「讓日道去靈視。」

通靈小鬼日道是御船藏後面一家五穀批發商三好屋的長男，本名長助，今年十一歲。換句話說，他不是和尚也不是僧侶，而是個孩子。這孩子的感應力強得可以看到別人看不到的東西，還能預測未來，幫人驅邪，聲名遠傳到大川對面。

但是這日道，前些日子因靈視引發糾紛而身受重傷。聽說這幾天好不容易才能起床，卻因此事被茂七狠狠教訓一頓，所以最近已經不再收費幫人靈視了。

日道受傷之前，茂七很討厭三好屋夫婦和日道這一家人，但是他最近對日道，也就是長助，似乎反倒心生同情。茂七也曾對著糸吉發牢騷，說日道那父母不對。

「我不認爲三好屋那對夫妻只挨我一頓罵，就會乖乖讓日道大人就此收手。那孩子也眞可憐。」

糸吉對日道不熟，但聽過一些風聲。因此那時他也問茂七，日道眞的具有靈力嗎?結果茂七罕見地含糊其詞回答：

「他本人說眞的可以看到別人看不到的東西。」

權三說的正是請這個日道到油菜花田靈視。

「我幫你去拜託看看。說是回向院茂七的手下，三好屋當然不會讓我見他，我假裝是舖子掌櫃混進去看看。那孩子好像喜歡我們頭子，只要能見到他本人，其他事都好安排。」

權三果然如他所說的辦到了。三天後的下午，日道特地來到相生町的油菜花田。

「你可以一個人隨便外出？」

日道身上依舊到處纏著白布，並且散發藥膏味，他隻手拄著拐杖。那是一根多瘤結實的拐杖，與小孩子的手極不相稱。日道今天不是穿平常跳神的白色服裝，而是與街上孩子一樣穿著直筒袖服。他沒帶任何人，只和權三一起信步走來。

「又沒人監視我。」日道露齒而笑。權三的那張圓臉也跟著笑。

「事情都說清楚了？」糸吉問權三，權三點頭，日道也「嗯」地回了一聲。

「報酬呢……」

「那個，不用了。反正回向院頭子帶了很多東西來探病。」日道微微歪著小小的頭說道：「可是糸吉先生，聽說你爲了這事和頭子吵架了。」

糸吉當下很不高興。權三連這種事也說了？

「嗯。」

「我不說多管閒事的話，不過你還是與頭子和好吧，而且權三叔叔也很擔心。」

權三吃吃地笑。糸吉心想，這小鬼眞囉唆。

「先別管這個，你快去看吧。」

日道一步一步拄著拐杖走近油菜花田。

「好漂亮。」他發出孩子的歡呼聲，「回家後跟家人說說看，在院子裡也種些油菜花。」

「你還是快點……」

「知道了。」

日道瞇著眼睛凝視油菜花田。湊巧今天風大，即使拄著拐杖，日道那小小的身子，也隨著沙沙搖擺的油菜花一起搖晃。糸吉暗暗地替日道捏把冷汗。

日道拄著拐杖開始走動。他從油菜花田一端到另一端，反覆來回地走。他這時走起路來似乎還是很痛，偶爾會皺起眉頭。

他突然停住腳步，轉身面向油菜花田，接著走進一片黃色花海。已經長高了的油菜花與日道的腋下等高。

「踩死了會被挨罵。」糸吉這麼告訴日道，但日道仍歪歪斜斜地往前走，然後在中央的地方停下來。糸吉想起第一次看到阿時，她就是站在那裡。

過了一會，傳來日道那比平常更平板的聲音。

「啊，所以是油菜花。」

「怎麼回事？」糸吉回頭問權三，後者靜靜搖頭。

「眞是太可憐了。」日道說道：「是這樣嗎？」

「那小鬼到底知道了什麼？」

糸吉如此問道，權三只是靜靜看著日道。

不知是不是總算好了，日道又走到路邊，用另一隻手觸摸那些花。

「眞漂亮。」日道仰望著權三，「可是我討厭吃涼拌油菜。」

「很好吃的。」權三回答。

「所有涼拌菜我都討厭。」

「我說啊，你……」糸吉不耐煩地說：「重要的事到底怎麼了？到底是看到了還是沒看到？」

「看到了。」日道回答得很乾脆。

「嬰兒骨骸？」

日道凝視著搖曳的油菜花田，表情顯得非常悲哀。

「糸吉先生，你還是聽頭子的話比較好。」

「啊？什麼意思？」

「這個查了也沒用。」

「沒有嬰兒的骨骸嗎？」

「不清楚……雖然好像有人認爲有。」

「不清楚？你不就是來看這個的嗎？」

「嗯，看了。」日道輕輕嘆了一口氣，「我看到殺死嬰兒的人。」

糸吉聽得一頭霧水，不禁看著權三。可是權三卻蹲下來與日道的眼睛齊高，他說：

「累了吧？」

「有一點。」

「那叔叔背你回去。」權三轉過身，背朝著日道，日道高興地趴了上去。

「我們走了，糸先生。」

「我們走了？」

「事情不是清楚了嗎？沒有骨骸，至少對我們來說是沒有。」

權三很快地邁出步伐。日道——不，被人這麼背在背上，看上去只是普通孩子的長助，回頭向糸吉揮手。

「下次見，糸吉先生。你要和頭子和好啊，一定喔。」

糸吉一臉不快。

4

糸吉花了幾天調查今元大雜院附近。這可不是輕鬆的工作。

以前的居民早已分散各處，光是打聽他們現在的住處就很費工夫。儘管很幸運地能與他們見面問了話，但是他們不是說與竹藏沒來往，就是說那嬰兒送人了，結果什麼也沒查到。

「誰說嬰兒死了？我不相信。」甚至有人如此一笑置之，接著用懷疑的眼神看著糸吉，「你查這個做什麼？」

而且，由於糸吉每天在油菜花田走動，所以經常挨附近那個可怕女人的怒罵。這戶在油菜花田旁的人家似乎是做糊油紙傘的工作，一靠近便可以聞到漿糊的味道，在這種俗稱油菜花的梅雨季，女人總是顯得十分忙碌；聽說她叫阿幸。

糸吉很想向這個自認爲是油菜花田看守人的阿幸打聽消息。畢竟是鄰家，她或許會知道大雜院的事。可是，阿幸非常冷漠，簡直無法靠近。

糸吉也動了些腦筋。阿幸家現在的模樣，看來是火災後臨時修補的。於是糸吉決定試著告訴她，要幫她解決那些長短不一的難看板牆。

「阿幸大嬸，老實說，我在澡堂工作，必須到處收集燃料。說是燃料，其中也有些乾淨的木材。所以呢，你們家那面牆，我每次路過時總是很在意，實在太難看了。我可以幫妳找些合適的木材，但是妳能不能把那些修補的木板當燃料賣我？」

果然不出所料，阿幸對這事很感興趣，態度突然變得和善，請糸吉進泥地，並端出已經沒有味道的茶。

糸吉盡量討好她，與她閒聊一番。糸吉用「那火災實在很慘」的話套她，阿幸也很起勁地說了許多有關火災的事。她獨自撫養四個孩子，平時似乎沒有什麼聊天的對象。

「話又說回來，阿幸大嬸，當時妳和今元大雜院的人有來往嗎？」

「啊，有啊。因爲管理人是同一個，不過現在換人了。」

「今元那地主好像也很拮据，大概一時也沒辦法蓋新大雜院吧。」

「現在這樣比較好，光線很好。」阿幸指著鋪滿狹窄榻榻米房的正在曝曬的油紙傘，「對我可是幫了大忙。」

「應該吧。可是，妳不覺得寂寞嗎？大雜院的人都走光了。」

「有一點。」

「我經常路過這裡，以前在這裡也遇過熟人，彼此會打招呼，就是那個焊工竹藏先生，妳記得他嗎？他去過我們的澡堂。」

「那應該是在他得肺病之前吧。」

「對、對，實在太可憐了，害他們不得不把孩子送人。」

「嗯……」阿幸雖然點著頭，卻又一副猶豫的樣子，「的確。」

「妳知道他們把孩子送去哪裡嗎？」

「不知道。」

「是管理人幫他們找的嗎？」

阿幸狠狠地瞪著糸吉。

「你問這個做什麼？」

「做什麼？沒做什麼啊。」

「是嗎？總覺得你很可疑。」

糸吉緊張起來。沒想到這女人如此敏感。

「你提到竹藏先生家的嬰兒，是不是有什麼企圖？」

「沒那回事啊！」

糸吉那老老實實的慌張模樣，令阿幸益發起疑。她態度大變，準備將糸吉趕出泥地。

「我眞糊塗，差點上了你的當。你以後不要在我家附近閒晃。」

「別這麼說嘛。我到底做了什麼？」

「眼神很可疑。」

「爲什麼？妳爲什麼突然變成這樣？竹藏先生家的嬰兒，難道連提都不能提嗎？」

糸吉又說錯話了。阿幸怒不可遏。

「你給我出去！」

糸吉認爲自己探觸到了殺嬰之謎的線索。不過是幾句話，竟然就氣成這樣，只能說這裡頭一定有文章。

「阿幸大嬸，那嬰兒是不是被殺了？」

糸吉話還沒說完就被趕出門。門使勁地關上，由於用力過猛幾乎彈了回來，在那一瞬間從縫隙中所看到的阿幸氣得滿臉通紅，但卻又看似非常害怕的樣子。

那晚——糸吉不知如何是好。

以前遇到這種情況，只要跑到茂七頭子家就行了，但是現在卻不能這樣。明明已經知道自己的懷疑似乎是對的，明明已經知道可以相信阿時說的是眞的，卻沒有對象可以談。

不過，當糸吉熄了澡堂爐灶的火，發呆地對著餘溫取暖時，他突然靈機一動，不是還有一個可以談話的對象嗎！

糸吉往富岡橋橋畔走去。

粉紅色燈籠隨風搖擺。看來，今晚豆皮壽司老闆出來做生意了。糸吉高興得加快腳步。

這豆皮壽司攤老闆的身分至今不明。茂七頭子曾說，那人以前是武士，還說，可能有什麼隱情。可是，這麼可疑的人物，頭子卻經常來老闆這裡，而且也會聊起案子的事，似乎對他非常信賴。

數天之前，糸吉也和頭子來過這攤販一次。除了豆皮壽司，老闆還端出各種紅燒和烤魚料理，每道菜都好吃得沒話說。老闆雖不賣酒，但攤販一旁坐著個叫賣酒的老人豬助，賣的是以杯計價的酒，兩人配合得恰到好處。

糸吉朝橋那方邊小跑步邊想，雖是攞到半夜的攤子，但現在這個時間應該沒人了吧。因爲已經快到丑時三刻（凌晨兩點）。之前因爲糸吉一直東想西想，才會拖到這個時候，害得他一路上被每個木門番（註）問糸吉先生怎麼了？

來到可以看到攤販凳子的距離時，糸吉發現有個客人面對著豆皮壽司老闆駝著背喝酒。這名客人材身魁梧、側臉也顯得粗獷，而且身上穿的是華麗的花紋棉襖……

就在這個時候，糸吉暗吃一驚。

（哎呀，那不是梶屋勝藏嗎！）

黑江町租船旅館「梶屋」主人勝藏，是當地的角頭。根據茂七頭子的說法，無論什麼地方都有毒蟲、毒蛇那一類的人，要是不得不養一條的話，最好養也可以是良藥的蝮蛇，頭子對勝藏的評價正是這種蝮蛇。

雖然勝藏誰也不怕，奇怪的是，他似乎只在這攤販老闆的面前抬不起頭來，而且也沒有向老闆索取場地費。茂七頭子認爲，這其中或許也有隱情，這一點糸吉當然也知道。

而這兩個人竟然在一起喝酒……

看來還是回去好了，糸吉打算往回走，沒想到這時有人喊住他。

「這不是糸吉先生嗎？晚安。」

攤販老闆正望著這邊，臉上浮現親切的笑容。勝藏也跟著轉過他那顆大頭，瞪著糸吉。

「沒必要躲開吧。」勝藏聲音嘶啞地說：「我正要走，頭子。」

勝藏說完，低聲笑著。當然，他是在嘲諷糸吉。勝藏看似相當醉了。如他所說的，他搖搖擺擺地從凳子站了起來，既沒打招呼也沒付錢，就這樣信步走在夜裡。

糸吉跑向攤販，「勝藏那傢伙，不付錢就想走人。」

老闆依舊掛著親切的笑容，「沒關係，今晚是我請客。」

「老闆，你認識勝藏？」

茂七曾叮囑過，不准對那攤販老闆旁敲側擊，也不准對他東問西問的，又說，總有一天他會自己說出來。但是，現在因爲這出乎意料的演變，令糸吉忘了頭子的叮囑。

老闆仍是和藹的眼神，搖著頭笑道：

「怎麼可能。只是，梶屋先生是這一帶的角頭。偶爾請他吃吃也是沒辦法的事吧。話說回來，糸吉先生，你特地來一趟，但今天幾乎全賣光了，沒剩什麼好東西，豬助先生也回去了……這樣的話……」

老闆巧妙地岔開勝藏的話題，但這也是沒辦法的事。糸吉點頭說：

「沒關係，什麼都不用。我不是來吃東西，是想和你聊聊。」

註：原文爲木戸番，江戸的各個街町都會設置木門，入夜後關上，並由木門番看守。

老闆輕輕揚起眉毛，一副很意外的樣子。不過，那也是一瞬間而已。

「那，我給你泡杯茶吧。」

糸吉滔滔不絕地說道。關於如何在短短時間裡將事情有條不紊地說出來，糸吉在茂七底下已經受過訓練。

老闆也坐了下來，將攤子上的東西挪到一旁，雙手擱在上面，幾乎不插嘴回應，只是靜靜地聽糸吉把話說完。糸吉邊說腦子裡邊閃過這樣的想法，這老闆果然不是普通攤販。

（頭子常說，擅於聽別人說話的人，多半是傑出的人。）

糸吉說完喝著熱茶時，老闆又開始泡壺新茶，但是依然保持靜默。糸吉忍不住問道：

「老闆，你覺得呢？我的看法錯了嗎？」

殺嬰確有其事，大雜院的居民自不在話下，連附近的人也知道，例如阿幸。然而，大家都隱瞞事實，爲的是要袒護竹藏這對夫妻……

但是，沏好茶的老闆，輕輕地將茶杯擱在糸吉面前，微笑地說道：

「糸吉先生，你愛上那個阿時姑娘了吧。」

糸吉睜大雙眼，不用看也知道自己臉紅了。

「爲了自己愛上的姑娘，任何事都肯做……就男人來說，這是理所當然的。」

「並不是因爲……」

老闆輕輕一笑地說：「殺嬰的事，我沒法下判斷。」

「可是老闆，你不是經常和我們家頭子討論案情嗎？」

「沒討論過啊。我沒那種腦筋。」

「怎麼可能嘛。」

老闆有趣地望著像小孩鼓起雙頰的糸吉。不一會，他便收起笑容，低聲說道：

「我只知道，親子之間有各種問題，我頂多知道這樣而已。裡頭有各種旁人無法理解的複雜和辛酸。也許真的有父母殺死孩子或丟棄孩子的情況吧。」

糸吉忍不住說：「這我也知道。我就是被父母丟棄的孩子。」

老闆不停地眨巴著眼睛，「原來如此……」

由於糸吉低著頭，所以不知這老闆臉上有何表情，但接下來的話令糸吉大吃一驚，當他抬起頭時，只見老闆背對著糸吉。

「老實說，我正在找被我丟棄的孩子。」

糸吉驚訝得說不出話來。今晚的糸吉，已經失去了冷不防聽到這種事便能立即反應的機智。

老闆蹲在攤子後面不知在忙什麼，有一會，靜默無聲。

不久，老闆站起身，遞給糸吉一包小小的東西。

「你帶回去吧。」

「這……」

「是油菜花年糕，在米粉年糕裡點綴一些油菜花蒽。還有點甜，糸吉先生喜歡吃甜點吧？麻煩你也分給頭子家的頭子娘。」

老闆的意思是要他今晚回去吧。

「對了、對了，過幾天或許可以買到鯛魚片酸醋漬，接下來我打算用那個做圓壽司。先告訴你一聲，到時候你來嚐嚐，和頭子一起來。」

「老闆……」糸吉發出連自己都覺得窩囊的聲音，「我不知道該怎麼辦才好。接下來，我該怎麼做？」

「向頭子道歉不就好了？頭子一定會原諒你。」

「可是那個殺嬰的事我不能不管。」

老闆瘦削的肩膀微微垂了下來，接著，他緩緩地說：

「既然你不能不管，我認爲你該做的就只有一件。」

「哪一件？」

「去見阿時姑娘的父母。」

「可是，葵屋夫婦明明知道殺嬰的事，不也故意隱瞞了嗎？怎麼可能說出來。」

「有沒有隱瞞，現在還不知道。不，隱瞞的到底是不是那件事也還不知道。」老闆像在說謎語似的，「你說阿時姑娘身體不好，但是她明明是個年輕姑娘，這一點教我很介意，你也順便問問葵屋夫婦吧。另外，好好想一想日道那孩子說的話。」

老闆說完便不再理會糸吉，自顧自地準備收攤。

糸吉造訪了葵屋。

最初他是去找阿時。他進到舖子對她的父母說明來意，他們說女兒目前無法與人見面，又說，明明有病在身還在外面遊蕩，因此派人陪在她身邊，讓她躺著休息。

糸吉坦白說出自己的身分，還有些誇張地說這是公務。葵屋夫婦頓時臉色變得蒼白，請糸吉到榻榻米房，面對面坐下。糸吉向這對夫婦說明一切經過，然後問他們到底是怎麼回事？

令人驚訝的是，當糸吉提起油菜花田的事，阿時的母親馬上哭了起來，任憑丈夫怎麼勸慰，她也難忍哭泣。

接著，阿時的父親表情凝重地說：

「我女兒腦筋有點問題。」

糸吉不以爲然地說：

「我不這麼認爲。她說話的口吻、內容都非常正經。」

「表面上看來的確是這樣，但是她已經失常了。」

自從她親手殺死自己的嬰兒以來——父親小聲地補了這一句。

事情大約發生在兩年前。長得標致又性情溫和的葵屋姑娘，很多人因她慕名而來，但是這姑娘，出乎意料地有了情人。那情人正是葵屋的客人，看上去像個商人，但在熟悉世故的主人夫婦眼裡，一看就知道不能掉以輕心。可是，阿時看不到男人這個危險的部分，父母對她的勸阻，在戀愛中的人是聽不進去的。

阿時偷偷和男人幽會，之後懷孕了。男人一知道這事，很快便不見了人影。這種情節雖然常見，卻不會因為常見，悲劇就減低了。

葵屋夫婦顧忌著體面，左思右想之後，拜託葵屋菩提寺和尚照顧阿時。這寺院位於本所北邊押上村，阿時在那裡悄悄生下孩子，是個男嬰。

自從被男人拋棄，阿時便成了半個病人，生產時更是嚴重難產。阿時產後益發虛弱，躺在床上不吃半點東西，終日哭泣。最後趁寺院的人稍一分心，阿時抱著孩子投河自盡。雖然阿時在千鈞一髮之際被救了回來，孩子卻死了。小小的骨骸裝進骨灰罈，存放在那個寺院裡。

「是油菜花寺院。」阿時的母親邊哭邊說：「那寺院境內開滿了油菜花，所以村人都這樣稱呼。剛好就是去年的這個時候，阿時投河的堤防上也開滿了漂亮的油菜花。」

葵屋主人又說，今元大雜院的竹藏夫婦殺嬰也確有其事。

「一切就如阿時所說的那樣。我們和大雜院的居民都很同情竹藏夫婦，所以才隱瞞這件事。這事回向院頭子都知道。」

「頭子？」

「他不忍心抓他們，高抬貴手佯裝不知，所以他一聽就知道阿時的話是編造出來的。老實說，最近頭子也來通知我們，說阿時在外面亂說話，要我們注意一點。那時，我們也告訴頭子家裡這不為人知的事……」

不過，竹藏夫婦的嬰兒並沒有埋在地板下。

「竹藏和阿幸帶走了。那裡什麼也沒有。」

雖然阿時在鬼門關前被救了回來，但是她卻失常了。之後，她便一直處於夢幻和現實之間。阿時表面上看起來很正常，其實心裡充滿了黑暗冰冷的河水——她仍停留在嬰兒死去的那個河底。

「我們沒讓那孩子看到嬰兒的屍體和骨灰。她那樣子根本就無法讓她看。當時她瘋了似地尋找已經死去的嬰兒。她完全瘋了，最後竟然說，是不是阿爸和阿母把嬰兒殺死了，是不是殺了之後埋在哪個地方。她的身心都不見好轉，一想到她可能會這麼死去，就覺得很可憐。」

「本以爲她最近有點穩定下來……原來給你添了這麼多麻煩，眞對不起，眞的非常對不起。」

阿時無法接受發生在自己身上的不幸，也無法接受自己親手殺死嬰兒的事實。

「所以她看到相生町的油菜花田時，才會將自身的事與竹藏夫婦嬰兒的事混淆一起吧……」

糸吉想起日道的話。

（啊，所以是油菜花。）

糸吉沒見阿時便回去了。要是見了面與她說話，恐怕又會相信她說的事，糸吉很怕這一點。然而更令糸吉害怕的是，仔細看著阿時的眼眸，會發現她那瘋狂的眼神。

糸吉垂頭喪氣地走著。漫無目的地走著走著，竟來到了相生町。

茂七站在油菜花田前，刺眼般地瞇著眼睛望著一片黃色的花海。

「眞漂亮。」茂七對著糸吉說道。

糸吉突然想哭，咬著下唇強忍著。

「不過，已經長這麼高，太老了不能做涼拌。」茂七拍了一下糸吉的肩膀說：「聽說今晚是油菜花飯。走吧，回家去。」

兩人並肩同行。茂七望著前方，沉穩地說：「阿時總有一天會好轉。你盡量去安慰她、鼓勵她。」

糸吉點著頭。此時此刻，他也只能點頭而已。

祝賀之毒

1

一整個臘月之所以會忙得不可開交，明明都是爲了張羅新年，但只要來到正月初一、初二、初三，時間可就過得飛快了。

冬至過後，太陽露臉的時間應該會像榻榻米的紋路一樣，一點一點慢慢拉長，不過仍舊晝短夜長，所以才更有這樣的感受。向人拜年、到神社參拜、吃年菜、品嘗近畿一帶運來的名酒。在酣暢之間，初三已過，人們會心想，咦，已經初四啦，已經初五啦，接著明天就是七草（註）。該取下新年的裝飾了。

儘管如此，這個新年還算平靜，這對回向院的茂七來說，著實慶幸。沒有嚴重的打架鬧事，也沒人受傷，更沒出什麼大案子。拜此之賜，他一時喝多了。感覺胃袋有點沉，動不動就直打嗝。

「呃……雖然是每年的例行公事，但我就是記不住。」

頭子娘在後門與前來兜售的菜販交談。

「薺菜、繁縷、蕪菁、蘿蔔。」

頭子娘像個小姑娘似的，屈指細數。

「再來呢？啊，芹菜。還有稻槎菜。這樣對嗎？」

「頭子娘，這樣只有六種。」

「咦？還差一個是什麼？」

「是鼠麴草。您每年都會忘了它。」

「是嗎？平時不會吃鼠麴草這種東西。」

「您說得對。」菜販笑容滿面，「和往年一樣，準備五人份就行，對吧？」

「對。我們雖然是四個人，但糸吉一個人吃兩人份。」

謝謝惠顧，那我明天一早給您送來——菜販恭敬地行了一禮，就此離去。

茂七的手下糸吉和權三，除了協助捕吏茂七辦案外，都有自己的工作。糸吉在極樂澡堂工作，是備受倚重的工作能手，權三則是在自己住的大雜院裡協助房屋管理人辦事，同樣也很受器重。新年在元旦當天，他們在茂七家一起喝屠蘇酒慶祝，但之後兩人又各自忙碌去了。今天仍未看到他們兩人露臉。

「哎呀，老爺，你是怎麼了？自己坐在那裡，一副悶悶不樂的樣子。」

頭子娘見茂七手肘抵向長火盆外緣**發呆**，出言調侃。

「也沒什麼。可能是年菜吃壞了腸胃。肚子不太舒服。」

「眞是的。都這時候了，哪還會有這種事。你是酒喝多了。」

頭子娘面帶微笑，口頭上念了他幾句。

「應該是元旦那天，你到加納大人的宅邸裡敞開了喝起的頭吧。話說回來，到重要的老爺家拜年，結果和對方拚酒，喝得爛醉如泥，放眼整個江戶，有哪位捕吏像你這樣？大概也就只有你

註：農曆一月七日，人們會在這天早上吃加入七種野草或蔬菜的粥。

了。」

茂七從幾年前開始，便從八丁堀本所深川公役的同心——加納新之介手中接下捕吏證，爲官府辦差。這位加納老爺年紀尚輕，才二十五歲。之前一直指揮茂七辦差的，是一位資深同心，姓伊藤，他因病驟逝後，改由加納新之介接任。這位年輕的老爺，年紀與自己手下糸吉相差無幾，如今要在他底下辦差，起初茂七不太習慣，滿是擔心。不過從去年開始，他終於逐漸摸熟這位老爺的脾氣，而對方也漸漸懂得如何指派茂七辦事，兩人變得氣味相投。眞開心——這是他們雙方的眞心話。正因爲這樣，當茂七前往拜年時，老爺對他說，拘謹的問候就免了，快進來、快進來，你也想喝一杯對吧，我一直都很想和頭子你拚酒呢——就此演變成這種場面。

「我才沒喝得爛醉呢。喝得爛醉的人是加納老爺。」茂七板起臉加以更正。

「不，你們兩人都喝得酩酊大醉，就只是喝醉的順序顚倒而已，權三笑著這樣跟我說。」你是因爲拚酒贏了那位年紀和自己兒子相當的老爺，太過得意了。茂七又被損了一句。

「你以前新年從沒喝過這麼多酒。你也已經不年輕了，要懂得適可而止。」

茂七不屑地哼了一聲。

「不過話說回來，以前的人可眞了不起。爲了替你們這種暴飲暴食的男人著想，訂出了煮七草粥的慣習。要從今晚就開始吃粥也行哦。」

「妳不管慶祝過幾次七草，每次都會忘了**鼠麴草**，我實在不想聽妳說教。」

頭子娘回了他一句「你就是不服輸」。不管怎樣，這算是個祥和的新年。在打嗝不止的這段時間，除了打哈欠外，無事可做。

然而，就在隔天的七草當天，出事了。

正當茂七準備要去木門番逛一圈看看時，權三突然露面。權三原本是店內夥計，精通算盤，待人客氣。他身材高大，甚至因此博得「牛權三」的綽號，但不管遇上什麼急事，他也絕不會慌亂急躁。茂七發現他時，他正好就在大廳門口。

「頭子，您要出門啊？太好了，剛好趕上。」

「哦，怎麼了嗎？」

向來急性子的糸吉，總是顯得很匆忙，所以不太懂得大小事之分。權三則相反，他總是氣定神閒，但一樣不太懂得大小事之分。這是茂七的兩名手下目前唯一令他頭疼的地方。

「是這樣的，我稍微打聽了一下，得知熊井町有家名叫『堀仙』的料理店。」

本所深川以遠近馳名的「平清」爲首，另外也有幾家料理店。不過，堀仙這店名還是第一次聽聞。

「聽說是去年春天開的店，雖說是料理店，但店面很小，僅比外賣店強一些。有一對年輕夫婦和一名年輕女侍，三個人就足以撐起這整家店。」

「廚子是誰？那位店主嗎？」

「對。他叫吉太郎。今年三十。曾在外神田的『薪膳』當了十五年學徒，聽說才剛自立門戶。其實我們大雜院的管理人與薪膳的廚子素有交誼，這件事一開始也是吉太郎哭著請薪膳幫忙，他們心想，如果是深川，那應該算是茂七頭子在掌管，就這樣輾轉傳進我耳裡。」

堀仙昨天承包了一場宴席。客人有八位。吃完後，當中有數人身體不適，今天早上，其中一人還喪命。

「似乎是食物中毒，但畢竟出了人命。」

茂七眉頭緊蹙，「是在那裡舉辦怎樣的宴席？」

「海邊大工町的蠟燭店辻屋，您也知道的。聽說是設宴慶祝那裡的老太爺六十大壽。因此，出席的有辻屋老太爺本人和店主夫婦，其他五人也都是他們的親戚以及老太爺的老友，都是熟識。宴席上全是自己人。」

「都是大人嗎？」

「對。詳細的關係，除了辻屋那三人外，還有老太爺的弟弟和弟媳，在蠟燭店的同業聚會中與老太爺相交多年的一位生意伙伴和他妻子。還有一位女性親戚。」

權三和先前頭子娘對菜販做的動作一樣，一一屈指細數。

「當中死的是誰？」

「那名女性親戚——是店主彥助的堂妹，名叫阿吉。她現在是深川仲町的女用雜貨店『以呂波屋』的老闆娘，不過，她其實是彥助的前妻。現今辻屋的老闆娘是第二任妻子。」

彥助與阿吉不光是堂兄妹的關係，同時也是青梅竹馬，從小他們兩人以及周遭人都認定他們日後會結爲夫妻。不過，當阿吉嫁進門後，卻與彥助的母親，也就是婆婆，一直處不好。最後終於在五年前離異，阿吉暫時先搬回娘家，之後梅開二度，嫁入以呂波屋。彥助也娶了第二任妻子，今年已是婚後第三年。彥助與阿吉一直都沒子嗣。如今，彥助與新妻育有二子。這兩個孩子年紀尚小，所以沒參加宴席，平安躲過一劫。

「可是，一位有這麼一段淵源的女人，怎麼會請來參加六十大壽呢？」
茂七率先對這件事起疑。
「詳情還不清楚。不過，聽說與阿吉婆媳不睦的那位婆婆，去年過世了。所以才……」
權三的口吻轉為謹慎。
「應該是彥助……辻屋這邊的人，對阿吉存有一份愧疚吧。不過我也不是很清楚。」
「是此舉招來了惡果，令阿吉就此殞命嗎？」
茂七仍是嚴肅的神情。
「傳喚阿吉的丈夫了嗎？」
「是。以呂波的店主名叫勘兵衛，大概比頭子您再年長幾歲吧。他與已故前妻之間有個年長的兒子。阿吉嫁給了一個和自己年紀相差猶如父女的男人當續弦。」
宴席從昨天中午開始，一直到未時（下午兩點）的鐘聲響起才結束。因為他們是商家，一般要設酒款待慶祝，都是太陽下山後才舉行，但辻屋的老太爺腰背不好，天黑後才出門諸多不便，而且寒風刺骨，所以才會趁天還亮的時候舉辦。
「因為還在過年期間，就算大白天就喝醉，也不是什麼多丟臉的事。以呂波屋和辻屋都暫停營業一天。」
在宴席間，最早說出「我覺得不太舒服，這菜味道有點怪」的人，似乎是阿吉。但接著就像跟在她之後附和似的，老太爺的弟弟以及和他是生意伙伴的那對老夫婦，也都說他們覺得不太舒服。
「但聽說當時他們只是笑著說『這菜很美味，是妳喝多了吧，沒事的』。席間好像只有阿吉一個人在發牢騷，甚至吃到一半就不再動筷了。」

茂七嘴角垂落，不發一語。

「儘管如此，聽說這四人都還是自己走路回家。所以大家也就沒太擔心。事實上，和老太爺是生意伙伴的那對老夫妻，什麼事也沒有，一切安好。」

「你見過他們了？」

「對，因爲剛好同一條路上。阿吉喪命的事，我還沒告訴他們兩人。我順道去了一趟堀仙吩咐他們，要是昨天用剩的食材、吃剩的菜、垃圾還在的話，直接留著別動。當時碗盤已經洗乾淨了，但我還是叫他們將用過的東西區分開來。」

權三對這種事特別機靈。

「阿吉今天早上猝逝，店主勘兵衛跑到堀仙興師問罪。他說這是食物中毒。吉太郎大爲吃驚，跑到外神田去哭求，請他們幫忙，他說這種季節怎麼可能發生這種事。」

「那麼，辻屋方面呢？」

「堀仙主動前往通知。老太爺和彥助夫婦一切安好。老太爺的弟弟和弟媳家住川崎，所以當天是留在辻屋過夜，他們同樣沒事。聽說大家聽了之後都嚇得腿軟。」

事情經過已大致明白。

「那麼，勘兵衛呢？他現在回到以呂波了吧？」

「是的。我吩咐過他，在頭子前去之前先別鬧事，保持冷靜。不過話說回來，他看起來不像是不明理的男人。」

「好。」

茂七繫好短外褂的繫繩，霍然起身。

2

女用雜貨店雖然不至於像香粉胭脂店那樣滿是脂粉味，但同樣做女人的生意。這種店就該由模樣潔淨，懂得說動聽的恭維話，且長相俊俏的男人來招呼客人。若由模樣老氣，一副窮酸樣的男人來招呼客人，最是糟糕。

以呂波在這方面可就不及格了。店主勘兵衛今年五十歲，但看起來比實際年齡更老。而且整個人顯得無精打采。茂七心想，他應該是有什麼宿疾吧。

阿吉的亡骸在內宅的房間，朝北而臥，現場點著香氣高雅的線香。茂七先向死者合掌一拜。死者面如白蠟，眉頭緊鎖，就像心中滿是不悅般。但看不出痛苦的模樣。茂七悄悄檢視屍體的雙手，沒讓勘兵衛發現，看過之後，發現手指和指甲都很乾淨，不像生前有搔抓的動作。皮膚也沒瘀青或變色。

茂七這才轉身面向勘兵衛。

「聽說你有兒子，人在哪裡？」

人們常說沉默寡言的人，就像「嘴巴千金重」，而勘兵衛就像眞的因爲嘴唇太沉重而抬不起來一樣，說話速度很慢。今天早上他到堀仙去興師問罪時，也是這個樣子嗎？

「將來我想將這家店讓給他繼承，所以讓他去通町的女用雜貨店當夥計。他在藪入（註）前都不會回來。」

「阿吉女士過世的事，告訴他了嗎？」

「沒有。」勘兵衛搖頭。

「雖說是繼母，但好歹也是母親吧。」

「小犬並未把阿吉當母親看。坦白說，甚至還討厭她。」

他的口吻沒什麼特別之處，說起話來語氣平淡。而且開口說話後，就變得流暢許多。或許只是因爲平時過的不是常和人交談的生活。

「在你傷心時還來打擾，尚請見諒，希望你能依序說明一下昨天的情況。」

大廳裡和店內一樣，無比凌亂，濃濃的塵埃味。想必都沒好好清除煤灰吧。可以看見天花板的角落有個黝黑的**東西垂掛著**。勘兵衛的表情看起來彷彿也蒙上一層煤灰，難道也是因爲這個緣故嗎？

「阿吉女士昨天中午因爲辻屋舉辦祝壽酒宴，而受邀前往堀仙。這是之前就已說定的事嗎？」

「是的。在臘月前，辻屋就已派人來通知。」

聽說阿吉喜出望外。昨天穿上她最好的一件衣服，外出赴約。

「回來後，她臉色慘白。說她噁心作嘔，背後直發冷，還張口嘔吐……之後便蓋上棉被就寢。」

阿吉連晚餐也沒吃，只喝水，但還是不見好轉，於是決定請大夫來。

「哪位大夫？」

「御船藏旁，有位叫安川的年輕大夫。這位大夫的父親也是町醫，聽說辻屋的人一直都是由他診治。」

阿吉有宿疾在身，常會病痛來襲，痛苦難當。安川大夫開的藥方對這種麻煩的宿疾特別有效，所以阿吉也很仰賴他。

「你說這位大夫很年輕，今年多大歲數？醫術真的沒問題？」

不知為何，勘兵衛微微嘆了口氣。茂七全瞧在眼裡。

「他比阿吉還年輕。今年才二十九，所以……」

「這樣啊。那麼，這位大夫診斷的結果為何？」

「他針對宴席中端出的菜餚問了許多問題，接著說，這也許是食物中毒，不過看她的樣子並無大礙，好好躺著靜養就行。還給了許多藥。」

「藥還留著嗎？」

「沒有，大夫說，請馬上將我帶來的藥讓她服下，明天我會再來看她，不過，如果狀況不好，請馬上通知我，不用顧慮。」

「那不是湯藥，是藥粉，對吧？」

「對。包在紙包裡。」

註：住在商家工作的夥計和女侍，能在一月十六日及七月十六日兩天回家探親。這兩天稱之為藪入。

阿吉服完藥後，就此入睡，過了一會又想喝水。勘兵衛詢問她身體狀況。

「她臉色難看地說，雖然胸口的灼熱感已消退，但還是會頭痛、關節痛、腳麻。而且她臉色像紙一樣白。」

擔心不已的勘兵衛說，我再去請安川大夫來吧，但阿吉阻止了他。

「我跟她說，妳睡一晚就沒事了。而她也很聽話。」

勘兵衛和阿吉一直以來都是分房睡。勘兵衛就寢時，是睡隔壁房間，隔門緊閉。

「我像平常一樣入睡，半夜也沒起床。坦白說，我當時並不是那麼擔心阿吉的病情。」

勘兵衛弓著背，雙手緊抓膝頭，聲若細蚊地說道：

「自從她嫁進門，少有身體康泰的日子。她每天都抱怨身上哪裡痛，哪裡不舒服。甚至有時還病得無法下床。我一開始也煩惱，但自從開始拿宿疾的藥方後，我試著和安川大夫談這件事，結果他明白告訴我，阿吉的病是心病。」

勘兵衛說，從那之後，每當阿吉因病痛向他訴苦，他便左耳進，右耳出。

「她生病的原因無他，是對辻屋老闆彥助先生仍存有依戀。娶回阿吉的我，是個窮鬼。我兒子也一再跟我建議，最好把阿吉送回她娘家。」

茂七語氣平靜地問道：「不過，你也不想和她離婚，對吧？」

勘兵衛沉默了半晌。看在茂七眼中，與其說他是不知該怎麼回話，不如說他是羞得無地自容。

「畢竟也還是要顧及世間的體面。」

「說得也是。」

「而且不管阿吉自己再怎麼想回辻屋，終究也還是回不去了。彥助先生娶了後妻，還有可愛的孩子承歡膝下。雖然婆婆這位眼中釘已不在人世，但現在那裡已沒她的容身之處啊。」

可她就是不死心——勘兵衛第一次轉爲責備的口吻。

「我對這樣的阿吉，感到既可憐又生氣。我心想，只要再等上半年，或許她就會改變心意，只要再過半年，她可能也就不會再迷惘了。」

說起來還眞是沒出息——勘吉以拳頭朝嘴角抹了一把。

「然後呢？你今天一早起床……」

勘兵衛頷首，「我天還沒亮就醒了。人上了年紀，總是起得早。我往隔壁瞄了一眼，看阿吉還睡得很沉。」

勘兵衛想讓她再多睡一會。但天亮後，阿吉還是一點聲音也沒有。勘兵衛前來看她，發現她躺的姿勢和一開始完全沒變。

「我開始感到不安，出聲叫她，但她沒回應。於是我伸手碰她。」

已成了一具冰冷的屍體。

茂七等了一會，才向頹然垂首的勘兵衛問道：「當時阿吉是什麼模樣？棉被或睡衣可有凌亂的跡象？」

勘兵衛抬起臉，視線投向已化爲遺骸的阿吉所在的房間。

「模樣，是吧……就像這樣，臉朝右邊躺著。」

「頭枕在枕頭上嗎？」

「對。好端端地枕著。」
「手腳呢？是伸長還是縮著？」
勘兵衛抬手抵向額頭，「這我不太記得……」
這應該表示阿吉沒有明顯痛苦或掙扎。茂七暗中記下此事。
「是你讓阿吉像現在這樣仰躺的嗎？」
「啥？啊，對。應該說，我爲了看清楚她的臉，才搬動她。」
「你自己一個人可以輕鬆搬動她，是吧。」
「是的。」
既是如此，阿吉並非剛入夜就喪命。可能是黎明才斷氣。因爲她身體尚未僵硬。
「可有從鼻子或嘴巴噴出或是嘔出東西？」
「應該是沒有。不……好像有一些口水。對了，當時我幫她擦乾淨了。」
勘兵衛突然縮起身子。
「頭子您那位叫權三的手下曾向我訓斥，說這種時候，不管再怎麼難過，都不能擅自碰死者。」
「話是這樣沒錯，不過，這也是沒辦法的事。畢竟人之常情嘛。」
可能是這句話帶來了慰藉，勘兵衛就這樣縮著身子接著往下說道：「我看她睡衣都溼了，所以幫她換了一件，之後才前往堀仙。」
「換下來的睡衣在哪裡？」

「在裡面。泡在木盆裡……」

這樣的話，現在看也無濟於事了。

「你上門興師問罪，堀仙應該嚇壞了吧。」

勘兵衛瞪大眼睛，「我並不是要上門興師問罪。我只是覺得，得趕緊通知他們才行。因爲那可是食物中毒啊。昨天那場宴席，並非只有阿吉一個人覺得身體不適。這是我事後聽說的。因爲阿吉嘟著嘴說，宴席的料理差勁透了，辻屋眞讓人掃興。」

也就是說，勘兵衛是基於好心，才趕往堀仙去提醒。

「回來的路上，我去了安川大夫那裡一趟，當時大夫正好要出外看診，於是我告訴他阿吉的死訊。大夫聽了之後面如白蠟，叫我要通知番屋（註）一聲。還說他看完診後會過來一趟。」

「他還沒來嗎？」

「是的。我回家後，整個人洩了氣，一直這樣傻坐著。當然了，我也知道安川大夫吩咐的事得趕緊去做才行，但我就是腦袋一片空白。就在這時，權三先生來了。」

勘兵衛此刻看起來一樣神情落寞，不知所從。

「不過，你難道不生氣嗎？阿吉會怎麼想，現在已無從得知，但你自己又是怎麼看阿吉呢？她竟然是以這樣的方式撒手人寰。」

「這……但她畢竟是食物中毒。這也不是什麼多稀罕的事。的確，料理店做出的菜餚竟然吃了

註：江户時代，由町人自己組成類似義消、義警的組織，他們值勤的地方稱作番屋。

會中毒，這確實駭人聽聞。」

「辻屋邀請人參加這樣的宴席，你不覺得他們有錯嗎？」

勘兵衛露出一臉爲難的表情，頻頻擦拭額頭。

「我受辻屋不少關照。尤其對老太爺，坦白說，我欠他太多恩情了。」

茂七心想，可能是向老太爺借了不少錢吧。商人之間，這是很常有的事。

「而且昨天那場宴席，並不是辻屋自己想邀請阿吉。雖然對外說是邀請沒錯，但我猜大概是阿吉自己去求來的。」

「爲什麼？」

勘兵衛翻掌朝上，從房間一路比向店面。

「我們的生意就這麼點規模，只能勉強糊口。根本沒能力到料理店享受佳餚。想必是阿吉聽聞有這個機會，便馬上跑去向辻屋的老太爺央求。說她也很想在正統的料理店品嘗廚子精心烹煮的料理。」

若照之前聽聞的阿吉爲人，確實有可能說出這樣的話來。

「是因爲辻屋對阿吉有一分虧欠嗎？」

勘兵衛板著臉孔，微微頷首，「老太爺總是多方顧及阿吉。」

「因爲五年前將阿吉掃地出門，拆散他們夫妻，對吧。」

「對。其實阿吉會成爲我的繼室，也是老太爺促成的。」

原來如此——茂七頷首。勘兵衛是個老實人。既然會促成這樁婚事，可見他與辻屋的老太爺有很深厚的情誼，而在這份情誼下，勘兵衛不論是物質方面還是精神方面，想必獲得的比付出的還多。

「阿吉要是開口央求，老太爺應該很難拒絕吧。」

對話就此中斷。剛好門外傳來權三的聲音。他說驗屍的官差很快就會趕到。勘兵衛一聽，一雙細眼爲之圓睜。

「就算是食物中毒，終究也是死於非命。還是要請官府調查。放心，不用擔心。你就像剛才那樣，對方問什麼，你老實回答就行了。」

「啊，是……」

從今天早上到現在的這短短時間裡，勘兵衛似乎又老了十歲。茂七輕拍他瘦弱的肩膀。

3

善於安排的權三，已從堀仙那裡問出昨天的菜單。

「那裡有糸吉在。堀仙暫時無法開店。您也知道糸吉的個性，他很同情店主夫婦，對他們百般安慰。」

他向來思慮欠周。

料理店都是接受客人訂位後，出借舉辦宴席的場所，決定適合這場宴席的菜單，然後採買食材，烹煮後上菜。而一些名店都會有幾道店裡的招牌菜，客人往往也都是爲此慕名而來，但堀仙還是一家剛成立不久的新店，所以菜單會一一跟辻屋討論後才決定。

「以這次的情況來說，客人都是上了年紀的人。聽說堀仙的吉太郎也考量到這場宴席不能有太多不好消化的菜餚，但辻屋在點菜時卻一點都不堅持，直說來賓個個都牙口好，腸胃健壯，所以菜色愈豪華愈好。」

茂七仔細閱讀權三所寫的細字。

「我看看，你上面寫到，前菜是『不一樣的年菜』。是炒小魚乾或栗金糖嗎？」

「沒錯。不過，聽說做得相當講究。還用扇形的漆器端上桌。」

「接下來這個『菊葉改鋪』是什麼？哦，原來是水煮蛋啊。」

「聽說是鋪上菊葉，然後將水煮蛋切片，像菊花一樣，漂亮的擺在上面。」

接下來是醋味噌拈鯛。先將鯛魚生魚片用鹽醃過，再拈出形狀，沾醋味噌來吃。

「接下來的碗物也是鯛魚湯，把鯛魚丸加上顏色，作成松竹梅的形狀，讓它浮在湯上。有柚子和樹芽的香味。好像很可口。」

對茂七來說，將鯛魚做成丸子實在太糟蹋了。

「烤物是……鴨子，是吧。」

「聽說鴨子是辻屋的老太爺提出的要求。這是他愛吃的食材。」

他好像特別喜歡油膩的菜色。

「接下來這道是什麼？『二度烤』？」

權三解釋，說這是豆腐料理。

「先以醬油把烤豆腐紅燒提味後，瀝掉水分，再放入熱油炸。然後刺成一串，抹上鹹味噌，烤到微帶焦色。簡單來說，就是田樂。」

茂七試著在腦中想像，「感覺好像是很重口味的一道菜呢。」

「是啊。」權三一臉認眞地回答，「這也是辻屋的老太爺愛吃，堅持必點的一道菜，不過，聽說吉太郎一開始建議他們最好能將二度烤換掉。鴨肉現在正好當令，不過因爲肉質肥美，吃起來勢必比較油膩。後面接著吃炸物，而且又是這麼重口味的菜，接連著吃不太合適。吉太郎還建議，如果堅持要二度烤的話，最好將鴨料理換掉，改成比較清爽的烤物。」

這話合情合理。

「但那終究是老太爺的六十大壽。辻屋方面也很堅持，他們說，老太爺鴨肉和二度烤都想吃，所以照做就行了。」

「辻屋那邊是誰出面和吉太郎討論菜單的？」

「是彥助。他事先從老太爺那裡問出他想吃的料理，然後與吉太郎討論後決定。」

茂七發出一聲沉吟。是他兒子直接決定的是吧……

「再來是八頭（註）和生麩的燉煮，然後是醋物。醋物只有京菜、蘿蔔、鴨兒芹，完全沒放獸肉或魚肉。吉太郎應該是對前面那兩道重口味的菜色組合很不滿意吧。米飯端出的是什錦飯，以切細的松茸、煎蛋、炸麩當配料。淋上昆布湯，味道清淡。這一道也好吃。」

註：一種芋頭的品種。

「現在還在過年期間，沒建議以麻糬當其中一道菜嗎？」

「辻屋方面說，麻糬早吃膩了。」

茂七再次細看這份菜單後，望向權三。

「說到有可能造成食物中毒的菜餚，應該就屬鯛魚和鴨肉了。我不覺得京菜、松菜、生麩會造成食物中毒。」

「生吃的只有鯛魚這道菜。」

「其他都用火烹調過，是吧……」

茂七正摩娑著下巴時，驗屍的官差終於趕到。茂七急忙對權三吩咐道：

「將昨天出席宴席的人全部找來辻屋。不過，阿吉已經死了，看來就只剩那對曾是辻屋生意伙伴的老夫妻了。」

「是的。我這就去辦。」

「還有，御船藏旁有位叫安川的町醫，你也去拜會一下。」

茂七大致對安川大夫的事做了一番說明。

「聽說勘兵衛向他告知阿吉的死訊時，他臉色發白，到現在還不見他露面。也許他診斷是食物中毒後，一直放著病人沒管，對此感到內疚，一時心生膽怯。」

我明白了——權三應了一聲後，便悄然離去。

在本所深川擔任驗屍役的官差有兩位，此次前來的是一位資深的同心，名叫成毛良衛。他與茂七年紀相近，但頭子娘總是開玩笑說他「看起來比神明還老」。一頭漂亮的白髮，搭配那氣質出眾

的容貌，看他的神韻，感覺不該只是當個町內的官差。連濃密的眉毛也都是雪白。

此人總能清楚透澈地看出屍體的祕密。茂七百分之百相信成毛老爺的驗屍，所以一看到他，原本緊繃的雙頰便緩了下來。

「辛苦你了，茂七。」

「哪裡，成毛大人專程走這一趟，辛苦您了。」

成毛叫擔任助手的侍從幫忙，馬上便開始檢視阿吉的屍體，同時問了幾個問題。茂七一面安撫站在一旁全身緊繃、臉色慘白的勘兵衛，一面回答問題。

「你說她睡覺盜汗，是吧。」

就算成毛問話，勘兵衛也沒回答，就只是臉色變得更加慘白。茂七代為回答。

「聽說睡衣都溼了。」

「還有，昨晚你們最後一次談話時，死者說雙腳發麻，對吧。」

「是。」

驗屍結束，洗好手後，成毛老爺悄悄招手要茂七過來。

「可有菜單？」

「有，在這裡。」

成毛老爺看完一遍後，雪白的眉毛微微挑動。

「茂七，這不是食物中毒。」

嗯——茂七頷首。

「你也發現了，對吧？」

「是的，因爲是這樣的情況，所以我覺得有這個可能。不過老爺，出席宴席的那八人當中，除了阿吉外，還有三人在吃了料理之後，也覺得身體不適。」

「不過今天一早就都不藥而癒了吧？」

「對。知道阿吉的死訊後，他們似乎相當吃驚。」

成毛老爺若有所思地點著頭。

「照這樣來看，或許料理也有處理不當之處。不過，至少可以確定的是，這名女子的死因並非食物中毒。而是有人下毒。」

茂七心中一寒。

「會是怎樣的毒呢？」

「因爲既沒留下嘔吐物，身上穿的衣服也已清洗，所以只能大致**猜測**。照這個死狀來看，死者服下的想必不是會痛苦得極力掙扎的劇毒，而是會悄悄讓人停止心跳的這一類毒藥。」

「有這種毒藥嗎？」

「因爲正値過年期間……」成毛老爺低語道：「如果是就近便能取得，那應該是福壽草。」

此草名別元日草。是初春綻放，象徵吉利的一種花。茂七不禁手摀著嘴。

「我家也擺在壁龕當裝飾呢。」

「因爲它象徵吉利。不過，那是很厲害的毒草。懂得用法的人一旦取得，取人性命絕不失手，堪稱是殺人草。」

「它有味道嗎？」

「有一種特殊的苦味。不過，照這菜單來看，每道都是重口味的菜餚。如果加進菜餚中，想必也吃不出來。」

茂七告知堀仙昨晚的剩菜已經扣押，成毛老爺馬上站起身，說要前往查看。

「那些昨天覺得身體不適的人，我也想向他們問話。」

「在下這就安排。」

茂七吩咐勘兵衛，已經可以找町內的官差商量，開始安排阿吉的喪禮了，就此離開以呂波屋。

4

堀仙是家規模不大的小店，在初春熱鬧的市街中，只有他們這家店大門緊閉，看來，這次的事態似乎令他們對世人充滿畏懼。

身爲主廚，同時也是店主的吉太郎，形容憔悴。儘管如此，茂七看他眼中仍帶有一股不服輸的倔強，反倒鬆了口氣。店面雖小，但他好歹撐起這一家料理店，足見他是手藝獨到的廚子，怎樣也不肯承認自己做出的菜餚會引發食物中毒，也是理所當然。如果連這樣的氣概都沒有，那才教人頭疼。

雖說有昨晚宴席的剩菜，但實際檢查後，分量極少，根本不値一看。只有些許飯粒、鴨皮、煎蛋殘屑、京菜渣。成毛老爺也說，這樣根本什麼也看不出來，很快便宣告放棄。

「這麼做，幕府或許會覺得殘忍，但這畢竟也是我的職責所在。去抓一隻野貓來，關進籠子裡，別讓牠逃走，然後餵牠吃這些剩飯。觀察牠的狀況。」

這項殘酷的工作，落在糸吉頭上。咦，我不要啊——糸吉痛苦地雙手抱頭，但還是出外找野貓去了。

向吉太郎夫婦以及端盤子的女侍訊問後，他們說，在今天早上之前，他們都不知道阿吉等人曾在昨天的宴席中抱怨過「這菜味道有點怪，我覺得不舒服」。宴席中都沒人抱怨。

「如您所見，客人都吃得很乾淨，所以我沒想到會發生這種事。出完菜，我前去跟賓客問候時，大家也都很開心，還直誇好吃呢。」

不過，他們看起來似乎酒喝太多了——吉太郎難以啓齒地補上這麼一句。客人那邊也說，之所以會覺得身體不適，應該是酒喝多的緣故吧。

「阿吉也沒跟你說些什麼嗎？」

她並未出言訓斥——吉太郎語氣堅決地回答道。阿吉坐在廂房內的末座，而且穿著華麗，所以他記得很清楚，阿吉和其他客人不一樣，雖然沒出言誇獎，但也沒抱怨。

「我盡可能抓來了一隻長相不討喜，感覺個性彆扭的野貓。」糸吉揪著一隻野貓的後頸跑回來時，茂七已跟著成毛老爺前往辻屋。

權三已將一切安排妥當，所以除了阿吉和彥助夫婦外，其他五人全都聚在老太爺的大廳裡。辻屋的老太爺雖然鬚髻稀疏，眉毛也幾乎都已脫落，但身材豐潤，氣色紅潤，齒牙俱在。也許比成毛老爺還要年輕。事實上，老太爺小他五歲的弟弟，看起來都比他哥哥顯老。繼承本家，經商成功的哥哥，與分得家產，生活無虞，但沒有人生目標的弟弟，兩者之間的差異，到了這個年紀完全顯現無遺。

老太爺家的大廳壁龕裡，也和茂七家一樣，擺出福壽草當裝飾。插出漂亮的花藝。每到這個時節，不論是薄祚寒門還是大戶人家，只要家中有壁龕，江戶內家家戶戶都會擺出這個裝飾。但成毛老爺一見福壽草，他單邊鼻孔便爲之抽動。

老太爺伏身拜倒，幾乎整個人都要貼向地面了，無比恭敬。成毛老爺的口頭禪是「不論是害怕官差者，還是鄙視官差者，死後全都是一個樣」，他神情瀟脫，對老太爺的致歉左耳進右耳出，只說了一句「昨天宴席上發生的事，詳細說來聽吧」，便展開問話。

「我完全不覺得菜色有任何異狀。」老太爺說。因爲全是他愛吃的菜色，所以可能眞是如此。

「我當時說自己覺得不舒服，其實是誇張了點，不過就只是酒喝多了，覺得有點頭暈罷了。」

「說來慚愧，因爲是第一次在料理店接受款待，所以那天我從早上就什麼也沒吃，一直餓著肚子。可能是這樣造成了反效果吧……」

老太爺的弟弟和弟媳相繼說道，而那對生意伙伴的老夫妻也在一旁附和。當然了，他們似乎全都在打量老太爺的臉色。

「你們說身體不舒服，是怎樣個不舒服法？」成毛老爺問，「說得仔細一點，是怎樣的情況？」

「是……有點胃下垂。」

「頭昏沉沉的。」

「肚子陣陣**刺痛**，有點難受。說這話有點太奢侈了。」

「難受，是吧。是否出了汗？」

「有，我猜是喝酒的關係。」

「有沒有手腳發麻？」

「有一點……」

「是發麻嗎？」

「對，坐久了腳麻。」

這是不同的意思。

「今天早上狀況怎樣？真的什麼事都沒有嗎？」茂七問。眾人面面相覷後，皆露出羞慚的表情。

「頭很痛。」

「頭子，那是宿醉啦。」

「這表示夫人也都喝了不少嘍？」

「因爲是祝賀嘛。」

成毛老爺朝裝飾在壁龕的福壽草瞄了一眼後問道：「還記得是從宴席的什麼時候開始覺得不舒服嗎？」

「什麼時候開始……」

「我要問的，是從出哪一道菜之後覺得不舒服。」

四人嘰嘰喳喳討論起來，這個也不對，那個也不對，之後是由老太爺回答。

「我想，應該是鴨肉料理送上桌之後吧。至少可以確定，阿吉是在吃鴨肉料理時說她覺得不舒服。」

當令的肥美鴨肉。

「之後送上桌的田樂……」老太爺的弟媳開口道：「刺成一串，每個人各兩串。但阿吉夫人好像不喜歡那道菜，只吃了一半。」

然而，剩菜當中並沒有這道豆腐的二度烤。

「對。這道菜沒剩下。應該是給別人吃了吧？」

「我記得好像是彥助先生吃了。」那位昔日生意伙伴的老先生說道：「彥助先生說，這是老太爺的最愛，一開始還勸老太爺多吃點。可是……」

當事人接話道：「我說『老年人吃兩串就夠了』，彥助回了一句『那就我來吧』，直接拿去吃了。他還說這田樂的味道和一般的田樂不一樣，特別好吃，且味道濃郁。」

彥助並未感到身體不適。

「對了，阿吉當時指著豆腐的二度烤，說它味道有點怪。」老太爺低語道。

「是她吃的那一串嗎？」

「是。這確實是一道重口味的料理，所以我跟她說，如果吃不慣，就別吃吧。」

「對了，接著阿久夫人她……」弟媳小聲說道。不過她臉上掛著笑意。

「阿久是彥助的妻子吧？」

「對，是小老闆娘。」

阿久言不由衷地說——阿吉夫人吃慣了美食，比較挑嘴，這種料理看不上眼，沒能邀請您到更豪華的料理店用餐，是我們招待不周。

這當然是在挖苦。

「阿吉夫人聽了之後回她一句，才沒這回事呢。吃了一串那個叫二度烤的田樂。」

大致問完一遍後，成毛老爺緩緩頷首。茂七對老太爺的弟弟和弟媳等四人說，不好意思，可以請你們暫時離開一下，請彥助夫婦來一趟嗎？

現場只剩他們和老太爺三人時，茂七移膝向前。

「老太爺，問你個奇怪的問題，你或許聽了會不高興，但我也是爲幕府當差，請多海涵。決定讓阿吉當以呂波屋老闆繼室的人，是你，對吧？勘兵衛是這麼說的。」

老太爺雙肩陡然垂落，「是，沒錯。我是爲阿吉好，才替她安排這樁婚事，但她似乎不這麼認爲。」

既然他都這麼說了，那這件事就好談了。

「阿吉與勘兵衛似乎感情不太融洽。這你知道吧？」

「知道，因爲阿吉也多次來找我，說她想離開以呂波屋。」

成毛老爺不發一語。但雙目炯炯，未有任何鬆懈。

「阿吉當人繼室一事，是內人還在世時決定的。她說，如果放著阿吉單身一人，會阻礙彥助的再婚。內人和阿吉向來形同水火。她說，阿吉嫁入以呂波屋後，家中討了阿久這個好媳婦，盼到了孫子，一些操煩的事都有了著落，這下子我心中已經沒遺憾了。之後她果眞不到三個月就與世長辭。」

「阿吉到底是哪一點讓已故的夫人對她這麼不滿？」

老太爺一臉痛苦地側著頭，「我不清楚。因爲那是娘兒間的事。」

「不過，她和現在的媳婦阿久夫人不就處得很好嗎？」

「阿久爲人樸實又勤奮。這點和已故的內人很像。相較之下，阿吉動不動就愛向人撒嬌，只想著要輕鬆過日子。不過這也是她可愛之處。」

同樣是女人，就是看不慣這樣的女人——老太爺悄聲補上這麼一句。

「以呂波屋的勘兵衛年紀比阿吉大上許多，但我認爲對阿吉來說，有個年紀跟自己父親相仿，而且有度量的男人可以讓她任性撒嬌，應該也不錯。所以我原本還很期待她這次能得到幸福，但看來是我想得太天眞了。」

門外傳來一聲「抱歉打擾」，彥助和阿久走了進來。夫婦兩人都展現十足的商人風範，禮貌周到的問安，態度恭謹。

彥助並無令人眼睛爲之一亮的俊俏外貌。不過看得出爲人勤奮，眼神和嘴形透著一份溫柔，像個值得信賴的人。阿久皮膚白皙，一雙機靈的眼睛，讓人聯想到動作靈敏的小鳥。是一對很登對的夫妻。

成毛老爺趨身向前，問了和剛才一樣的問題。也針對阿吉與阿久之間對二度烤豆腐展開的那場對話進行確認。阿久的表情略顯尷尬。

「因爲她自己堅持要來，又對料理出言挑剔，所以我有點光火。」她坦然地回答。

「自己堅持要來……阿吉嗎？」

「是的。」

「阿吉是我叫她來的。」老太爺說。

「爹，你這樣讓我和阿久臉上掛不住啊。」彥助委婉地插話道：「原本阿吉已經是和我們家沒瓜葛的女人，沒道理邀請她參加。可是她知道只要向爹央求一下，你就會答應她任性的要求。所以她才去拜託你，然後厚著臉皮硬是跑來參加那場宴席。這點實在教人惱火。」

對自己的下堂妻，而且是才剛離奇死亡的阿吉，他這語氣著實冷漠無情。茂七大感吃驚。不過，就在他還沒能來得及接話時，成毛老爺就像猛然把某個東西扔地上似的，道出驚人之語。

「阿吉不是食物中毒，是被人下毒害死的。」

在場三人頓時張大嘴巴，久久無法合上。不，那是看在茂七眼中的畫面，如果是成毛老爺來看，連同茂七在內，應該是有四張無法合上的嘴。

「下、下、下毒？」

「到底是怎樣的毒？是加進菜餚裡嗎？是我們也吃下肚的菜餚嗎？」

嚇——阿久暗自驚呼一聲，伸手摀嘴。彥助也大驚失色，眼神游移。

「嗯……」

老太爺沉吟一聲，接著仰身倒下。

5

「肯定是當中有人對阿吉下毒。」

在堀仙的後門，成毛老爺手插懷裡，望著那隻在籠子裡叫個不停的野貓。

「再來就交給茂七去辦。只要巧妙地將對方逼入絕境，不久就會自己招認一切。」

幸好辻屋的老太爺只是一時血氣上衝而昏厥，很快便又清醒。但成毛老爺也太胡來了，茂七嚇出一身冷汗。

「會對別人下毒的人，絕對不是多勇敢的人。膽子向來很小。因為無法面對面責罵對方，所以不滿和畏懼不斷在心裡悶燒，最後逼得自己非殺了對方不可。只要將這點牢記在心，要不了多久，兇手便會自亂方寸。」

不過，這隻貓好像死不了呢——成毛老爺悠哉地說道：

「就算是朝菜餚裡下毒，但因為巧妙地只鎖定阿吉一人，所以剩飯裡才沒有毒物殘留吧。」

老爺這麼說，聽起來好像是很簡單的一回事，但茂七卻為此傷透腦筋。

等到當天夕陽西下時，權三終於帶著安川大夫回到茂七家。安川大夫雖然年輕，卻是盛名遠播的名醫，就算是付不起醫藥費的病人，他也都會主動幫忙看診，所以生意興隆。

「因為新年剛過，人們飲食過量，急病患者特別多。一直忙到這時候才抽得開身。眞的很抱歉。」

聽說他順道去了勘兵衛家一趟，向阿吉的遺骸合掌致意。權三對這位年輕大夫也相當客氣。安川大夫個頭不高。詢問他年紀後，得知他今年三十二歲，這才知道勘兵衛把他想得太年輕了。長得與彥助有幾分相似——不，五官一點都不像。就只是那沉著、親切的氣質，有共通之處。町醫當中很多人會像僧侶一樣剃髮，但安川大夫蓄著長髮，頭髮濃密烏黑。

從他口中問出的內容，與勘兵衛說的相差無幾。也沒什麼額外補充。大概就只提到在他看診時，阿吉一度嘔吐，不過當時她可能是胃裡已經清空，就只是嘔水，而且頻頻喊冷，說她口渴。

「或許您已從勘兵衛先生那裡聽說，阿吉夫人有腹痛的宿疾，她很怕痛。腹痛是很難受的毛病，所以我也都盡可能想助她擺脫病痛。」

對方是大夫，所以茂七坦白告訴他，阿吉似乎不是食物中毒，而是遭人下毒。這位年輕大夫聞言，就像變把戲似的，血色瞬間從眉宇間退去。

「這也太……駭人聽聞了。」

「據驗屍的官差說，那不是會令人痛苦掙扎的劇毒，而是會讓身體麻痺，無法動彈，接著便停止心跳的毒物。關於這種毒，大夫可有什麼線索？」

「這個嘛……」

「官差說，這個時節有可能是福壽草。我原本甚至不知道，這麼吉利的花草竟然會是毒草。」

「說它是毒草，這樣福壽草也太可憐了。只要懂得如何使用，同樣能引出它的藥效。」

「咦，它治什麼病有效？」

「對腎有療效。具有讓身體排毒的功用。治療心臟的疾病，也會將它列入處方中。它能抑制嚴重心悸。」

這位年輕大夫的眉宇間仍是一片蒼白。

「藥和毒其實互爲表裡。」

「原來如此，我會牢記此事。」

茂七如此說道，表情陡然緩和許多。

「對了，大夫您在御船藏一帶風評絕佳，對窮苦人來說，您就像菩薩一樣，大家都很感激您。但很抱歉，我對您了解不多。您是什麼時候到深川來的？」

安川大夫似乎鬆了口氣。

「我在這裡開業還不到一年。之前是在牛込。」

「牛込是吧，離這裡很遠呢。那一帶的舊衣商人想必都受大夫您不少關照吧。爲什麼會遷來此地呢？」

「因爲一場大火，屋子付諸一炬。」大夫說到這裡，音量變小許多，「位於牛込的房子，是家父的住家，我原本也在那裡開業，但後來房子被燒得精光。家父也在那場大火中喪命。」

他神情哀戚地補充道：

「我同時也失去了內人和幼子。當時是深夜，但火災發生時，只有我外出替一名染上急病的孩童看診，這才撿回一命。」

「眞教人同情。」

離開滿是悲傷回憶的土地，來到過去毫無淵源的深川，想必是想從頭來過。

「抱歉，詢問您悲傷的過往。這也是我的職責之一，望您多多包涵。」

安川大夫抬手制止茂七。

「無妨。倒是頭子，您懷疑是辻屋的某人所爲，是嗎？」

「這該怎麼說呢。」茂七說得事不關己似一般地雙臂盤胸，「阿吉對辻屋來說，似乎是個麻煩人物。彥助與阿久會被懷疑，也是沒辦法的事。不過，勘兵衛也不是完全沒有嫌疑。他對這位任性又無情的妻子也早已厭倦，但礙於體面，偏偏又沒辦法休了她。乾脆一不做，二不休……會有這樣的想法，也不無可能。」

安川大夫雖是一位常接觸生死的醫生，但似乎有點太過單純，竟就此打起了哆嗦。

「……眞可怕。」

「就是說啊。」茂七頷首，「不過，現在還不確定是不是在宴席料理中下毒。因爲吃了剩菜的野貓還是一樣活蹦亂跳。」

茂七大致聊到在堀仙抓到的那隻野貓。

「那隻貓要是有狀況，就能縮小鎖定的範圍。也能查出毒物是什麼來路。」

「不過，也有可能是食物中毒吧？或許是食材出了問題。我並不是對驗屍的官差說的話有異議，不過因爲我是醫生，所以我很清楚，不具備藥材知識的外行人，想要毒殺別人並不是件簡單的事。就算是福壽草，也不能直接使用。要先將葉子或新芽摘下晾乾，然後磨成粉。」

相較之下，食物中毒更有可能，因爲冬天比較容易疏忽，所以反而可怕——大夫很投入地說道：

「而且食物中毒的症狀輕重因人而異。阿吉夫人並非身體強健之人。她的心病若再繼續下去，身子只會日漸虛弱。也許發生在其他人身上，只會有些小狀況，但發生在阿吉夫人身上，卻就此要了她的命。」

「大夫您說的狀況，看來也得納入考量才行。實在不宜太早下定論。」茂七望著這位年輕大夫的眼睛，點了點頭。

「如果最後證實是食物中毒，堀仙可能就非得結束營業了。」

「這是重罪嗎？」

「這難說。希望判個逐出江戶就能了事。」

「眞是那樣就好了。等風波過了，或許會有哪個店家肯僱用他吧。如果他眞有廚藝的話。」

大夫一副衷心期盼的口吻。茂七也深有所感地回了一句「就是說啊」。

6

茂七思索了數日之久。這段時間，他採取了幾項行動。

他派權三跑一趟牛込，查證安川大夫那番話的眞僞。大夫的不幸遭遇，確實如他本人所言。

他另外派糸吉去調查，看阿吉最近是否到各家舊衣店買衣服，或是買髮梳、香粉。糸吉花了一天的時間查探，返回後雙目圓睜，以難以置信的神情說道：

「頭子，您到底在想什麼？」

「猜中了嗎？」

「完全猜中了。阿吉最近頻頻採買。她怎麼突然愛美起來啊？」

茂七再度拜訪彥助和阿久夫婦，趁老太爺不在時，對他們說，想談些深入的話題。

「阿吉一直想和你**破鏡重圓**，對吧？」

經茂七這樣詢問，彥助朝妻子瞄了一眼。

「有一段時間確實一再向我央求。」

「頭子，她還逼著要趕我走呢。」阿久說。

阿久一時間露出口中的白牙，活像夜叉。

「尤其是我婆婆過世後，表現得更是露骨。」

「可是妳婆婆已經過世快兩年了。最近如何？阿吉的態度有沒有哪裡不一樣？」

這對夫妻互望了一眼。相互打探對方是否曾在自己不知情的情況下與阿吉談話。

「那麼，宴席那天呢？她有沒有當著阿久夫人的面，緊黏著彥助先生呢？」

「這怎麼可能，畢竟是在家父面前，不會那麼做的。」彥助急忙回答，「而且我也受夠阿吉的態度了，所以都沒給她好臉色看。當初剛離異時……對她還有幾分歉疚，但那已經是過去的事了。要是我繼續用那種心態對她，她就不可能死心。所以我都極力冷淡以對，而且對我來說，這已不是什麼難事。」

彥助擺出很厭倦的表情。

阿久直言不諱，「在那個場合中，感覺她就像是要和我較勁似的，眞討厭。」

「和妳較勁？」

「對。她穿著自己最好的衣服前來赴宴。那模樣就像在昭告眾人，你們看，我阿吉是個比阿久更棒的女人。」

這點與茂七的想法不謀而合。

「有件事，我想問問你們的看法。」

聽茂七這麼說，夫婦倆馬上端正坐好。

「我覺得，阿吉這個女人似乎很不服輸。」

「對、對，一點都沒錯。」

「若真是這樣，她明白自己與彥助先生復合無望，在感情上輸給了阿久夫人，應該不會自己主動央求出席宴席，想和你們一起同桌吃飯才對。因爲她一定很不甘心。」

阿久冷言道：「她圖的不就是吃一頓上等料理嗎？」

彥助獨自沉思，「的確……或許眞如頭子所說。她可能另有目的。」

「阿吉神情開朗嗎？」

「什麼？」

「在宴席中，她看起來快樂嗎？」

夫婦倆異口同聲嘀咕道：「她當時有說有笑，看起來是挺快樂的。」

「謝謝。」茂七說。

「對了，頭子，聽說你們在堀仙餵野貓吃剩菜。那隻貓後來怎樣？」

茂七粲然一笑，「那可是笑話一樁啊。讓牠給溜了。」

隔天，堀仙前來通知，說那隻貓跑出籠子外，消失無蹤了。

「因爲是隻骯髒的野貓，所以他們不想放進屋內，就這樣連同籠子一起擱置在後院。結果讓牠給逃了。」

很不可思議吧——茂七笑著道。

阿吉死後的第四天深夜，茂七走出家門溜達。他前往富岡橋橋畔的小攤子。

寫著豆皮壽司的紅燈籠搖曳。擺在攤子外的長椅上空無一人。

「喲，新年剛過，你這麼早就開店，不過，今天好像生意清閒啊。」

攤子後面冒著騰騰蒸氣。老闆掀開鍋蓋，想查看鍋裡的湯煮得如何。

「原來是頭子啊。」

兩人客氣地相互恭賀新年。

這攤子的老闆來歷不明。似乎原本是武士。與威儀十足的當地角頭梶屋勝藏似乎有血緣關係。攤子的招牌寫的是豆皮壽司，但他販售的品項不光如此，老闆會以當令食材做出美味佳餚。

「有好一陣子沒見了，看您氣色不錯呢。」老闆以低沉有力的聲音說道，端著一杯熱茶送至茂七面前。想必是要他先用熱茶潤潤口，漱去塵埃。

「像我，新年只覺得自己老了一歲，平添了許多白髮。」

「不過，你應該還不會腰疼吧。不像我，歲末大掃除後，腰疼了好幾天，當眞要命。」

老闆笑了，「您要點什麼？我今天有好吃的蒸蕪菁哦。」

茂七趨身向前，「其實我今晚前來，是有事要和你商量。」

明天可以請你去一趟熊井町的一家叫堀仙的料理店嗎？和一位叫吉太郎的廚子見面——

「嚇，頭子，你眞的要請客？」

糸吉睜大眼睛。

「而且今晚還包場呢。」權三環視四周。

「因爲今晚這裡上的菜，都是我特別點的。不過，就得請其他客人迴避才行了。」

頭子娘也很清楚這個攤子老闆的手藝。喜孜孜地面向桌台，眼中閃耀著光輝問道：

「老伴，你要招待我吃什麼呢？」

現在已是隔天晚上。攤子老闆完全照茂七的期待張羅。

「食材全都準備妥當。上菜順序也完全比照初六那天堀仙的上菜方式。」

老闆繫著一件雪白的圍裙，似乎也相當開心。

「我也好久沒接連做這麼多道料理了。」

「幹勁全來了，對吧？」

「沒錯。不過，吉太郎先生的調味方式與我相比，似乎整體都口味偏重。」

「這正是重點。不好意思，今晚就請你當自己是吉太郎，用他的方式去做。」

「明白了。」

茂七說要請吃飯，頭子娘和手下皆露出半信半疑的神情。

「頭子應該是在打什麼主意吧。」

老闆端酒上桌。酒的商標也和堀仙一樣。

「我們四個人要喝完八個人的分量，太過勉強。不過，目標就是喝到隔天宿醉爲止。」

「爲什麼非得喝成這樣不可？」

「先喝就對了，之後再跟你說。」

對於在澡堂工作的糸吉來說，找尋燒鍋爐的木柴也是很重要的工作。就這點來說，初七這天，會有許多人們不要的門松，正是他忙碌的時候。而今年因爲那場食物中毒的風波，害他那天全泡湯了，他爲此情緒低落。於是今晚茂七頻頻向他勸酒，要他靠吃喝把先前的虧損補回來。

以作工講究的年菜當前菜，開始上菜，接著是在菊葉上綻放的水煮蛋之花、醋味噌鯛魚、鯛魚丸做成的松竹梅。三人一邊讚嘆歡呼，一邊用餐，茂七笑容滿面的看著他們享用。自己也喝了不少酒。

「接著是鴨肉。」

「哇，你們看，眞肥美啊。」

糸吉敞開肚皮吃。頭子娘和權三則是細細品味。

接著二度烤端上桌時，頭子娘嘆了口氣。

「哎呀，是炸豆腐，對吧。」

「不愧是頭子娘。一眼就看出這不是普通的田樂。」

「這想必很費工吧。可是老伴……」她轉頭望向茂七，「我已經有點撐了。剛才的鴨肉很油膩。要是太貪吃，恐怕會胸口灼熱。」

「是嗎？不過，好歹也吃一口吧。」

他們不像辻屋是有錢人，絕不糟蹋食物是奉行不二的原則。但頭子娘最後還是大喊吃不消，二度烤只吃了一半，醋物勉強吃了幾口，但十錦飯可就實在吃不下了。

權三也直喊撐得難受，「糸吉，眞有你的。果然年輕就是不一樣。」

「因爲很好吃啊。不吃太可惜了。」

「啊～我不行了。」頭子娘如此呻吟道，打了個飽嗝，「我投降。眞是不好意思。我都頭昏眼花了。」

攤子老闆似乎一點都不介意。他還出言安慰「沒關係的，頭子娘」，接著轉頭望向茂七，微微頷首。

「最後果然是這種情況。」

「果然就是這種情況。」茂七也說。

「什麼情況？」權三喝得微醺，一雙紅眼眨個不停。

「根本沒下毒。也沒食物中毒。料理本身沒有問題。」

「是菜單不好。」老闆補上一句。

「油膩的鴨肉烤物，再搭上重口味的炸物二度烤。就算不是這樣，大家在過年期間也都是大吃大喝。你們想想。阿吉死的那天可是七草啊。這天大家不是會爲了讓過年期間吃大魚大肉而疲憊的腸胃休息，而改吃粥嗎？」

「這麼說來，在宴席中之所以會覺得身體不適……」

「只是因爲菜色口味太重，感到胸口灼熱。這時又喝了酒，加速醉意，感到身體不適。」

「阿吉也是嗎？」

「嗯，沒錯。」

「可是辻屋的老太爺和小老闆夫婦，卻一點事也沒有。」

「權三先生，這種事會因人而異哦。」攤子老闆說：

「辻屋的老太爺雖已是花甲之年，但齒牙俱在，想必原本就很能吃，身體硬朗。而且那全是他愛吃的菜。所以他吃了沒事。彥助先生也是。阿久夫人大概是沒喝酒吧。因爲她還有個還沒斷奶的孩子。」

原來是這麼回事——權三雙手一拍。

「那這是怎麼回事？阿吉夫人是因爲大吃大喝而死的嗎？」

糸吉臉上沾著什錦飯飯粒，如此問道。

「不，不是這樣。阿吉確實是遭人下毒，才會送命。」

問題在於她是什麼時候被下毒。

一見茂七前來拜訪，安川大夫不顯一絲畏怯慌亂，反而流露出放下肩上重擔的神情。

「可以等我將這裡候診的患者都先看完嗎？」

茂七回了一句「可以」，朝擁擠狹小的候診室角落坐下。看得出患者都很倚賴安川大夫。這眞教人爲難。

好不容易等到只剩他們兩人，茂七這才詢問。

「放走野貓的人，是大夫你吧？」

安川大夫雙手置於膝上，點頭應了聲「是」。

隔了一會，茂七接著問：「阿吉是從什麼時候開始向你示好呢？」

半年前吧——大夫說：

「在某個機會下，我說到家人亡故的事，她聽了之後大感同情。一開始她還說『大夫和我都是孤獨之人，我會好好珍惜您的』。」

當然了，這不過只是阿吉的一廂情願。是單相思。阿吉就只是夢想著能從以呂波屋那多所不滿的生活中解脫。她滿心以爲，自己要是能和安川大夫結爲連理，就能對捨棄她的彥助以及那可恨的阿久還以顏色。心花怒放地沉醉於戀情中。之所以那麼積極地厚著臉皮出席辻屋的祝壽宴席，想必也是因爲心花怒放的緣故。你們看著好了。你們大家到時候一定會大吃一驚的。因爲我會掌握幸福給你們看。

安川大夫不懂得如何化解阿吉的追求攻勢。想必他也是第一次遇見像阿吉這麼主動的女人。

「勘兵衛先生似乎已看出阿吉對你有意。」

勘兵衛與茂七談話時的嘆息，可能就暗藏這樣的含意。

「這點我也察覺了。這更令我汗顏，不知如何是好。」

他至今對妻子仍未忘情，從沒想過要和人成家。苦思之後，也曾清楚向阿吉表明自己的心意。但她完全置若罔聞。

「她似乎就是這樣的女人。滿腦子只想到自己。」茂七語帶安慰地說道：「畢竟她也沒惡意，所以才難應付。」

我無意殺她——安川大夫說：

「驗屍的官差診斷無誤。我用的確實是福壽草。不過，我跟頭子您說的，並非全是謊言。它確實也有藥效。所以我手上也有這項藥材。不過，只要用量稍有差池，就會危及性命……」

只要以福壽草作藥，讓阿吉服下，使她病況更加惡化，或許就會引來她的不悅。而就此懷疑安川大夫的醫術，對他失去好感。

「我想的全是這件事。就這樣鬼迷心竅，鑄下大錯。」

許多殺人案都是這樣發生。

「原本還很希望像您這樣的町醫，能在我們深川長住呢。」

茂七由衷感到遺憾。

茂七他們接連幾天都深受胃下垂所苦。頭子娘對他叨念道：

「就算是為了任務，但那個攤子的老闆應該是不會做出這種吃了會害人胸口灼熱的菜餚才對。你竟然強迫對方連調味方式都改變做法……這可是關係著廚子的尊嚴啊。」

我已經鄭重向他道過歉了——茂七也覺得欠對方一個人情。

但這時糸吉到來。

「頭子，這是豆皮壽司攤的老闆給你的帳單。他說那頓料理的費用如下。」

茂七打開帳單。突然感到血氣從全身抽離。這金額也太嚇人了吧。

「老伴，你怎麼了？」

頭子娘急忙趕來，茂七就這樣在她面前直挺挺地倒下。

惹不起。那位老闆當真惹不起。

鬼出去

1

外頭傳來賣柊枝的叫賣聲。

「豆萁、柊枝、醃沙丁魚。」

今天是節分（舊曆的立春，今年在過年前便已立春）。大掃除也已結束，離除夕也剩沒幾天，感覺周遭的氛圍日漸忙碌起來。小販的叫賣聲大多都很悠哉，這位賣柊枝的小販，應該也是同樣的叫賣聲才對，但因爲聽者自己靜不下心，所以聽在耳裡，便覺得這叫賣聲略顯急促。

今年茂七家中沒有同生肖的年男（註）。不過，糸吉說今年要由他來撒豆，似乎一早就顯得幹勁十足。而且八丁堀負責審判的與力尾崎大人，家中繼承其職位的長男今年二十四歲，剛好是年男，將會盛大的舉辦撒豆儀式，茂七在天黑前要前去捧個人場。自然就無暇顧及自己家中了。

撒豆是天黑後才開始舉行，不過冬天晝短夜長，而且年關將近，許多事都得趕在白天先處理完畢才行。時間當眞寶貴。不過，此時茂七家中有客人，而且還帶來了一件有點錯綜複雜的案件，所以打從剛才起，他便坐在長烤火盆前，緊繃著一張臉。這個案件透著詭異，所以茂七頗感興趣，但身爲捕吏的茂七是否能處理這個案件，他一時之間無法判斷。

隔著長烤火盆與茂七迎面而坐的，是本所綠町的女用雜貨店松井屋老闆的女兒阿金，以及她的夫婿德次郎。不過，說話的人都只有阿金，她丈夫就只在一旁點頭附和。可能是覺得這樣太無趣，他不時會夾雜一句「對，就像小姐說的一樣」。模樣看起來像極了在脖子的地方插上竹籤，讓頭部可以左搖右晃的紙糊玩具。

說到這位老闆的女兒阿金，也已年過三十，年紀不小了，育有二子。而丈夫之所以到現在還尊稱她「小姐」，這也全是松井屋的店內規矩使然。

松井屋掛的是女用雜貨店的招牌，但他們也賣蠟燭，不論批發還是零售的生意，都經營得有聲有色。在阿金她父親那一代，這兩項生意都是店主一個人忙，但自從五年前父親過世後，換下一代接手時，店內生意就分成兩邊，蠟燭店的生意交由阿金負責，女用雜貨店的生意則由阿金的兄長喜八郎負責。此事並未引發紛爭，因為兩家各自都生意興隆，家業漸盛，而且光靠店主一人，不可能每樣生意都面面俱到。

因此，家中雖然已有喜八郎這位繼承人，但阿金還是招了德次郎這位贅婿，不過，喜八郎與阿金這對兄妹原本就感情融洽，而且喜八郎娶的妻子阿律，與阿金同年，兩人相知相惜，就像親姊妹一樣親近。而德次郎則是上一代店主，也就是阿金的父親一手提拔調教的夥計，所以被招為贅婿後，仍舊很敬重阿金，對喜八郎也是忠心耿耿，無可挑剔。看他對阿金說的話頻頻點頭附和的模樣，聽他用「小姐」這樣的稱呼，確實會讓人覺得「這也難怪」。

之前松井屋都採這樣的方式，經營得一帆風順。但今年夏天發生了一起令人意想不到的事。喜八郎突然病倒，臥床十天左右，竟就此**撒手人寰**，享年三十七。那是難纏的熱病，聽說臨終前受盡痛苦折磨。雖然大哥的遭遇令人同情，但大家還是都惶恐不已，深怕熱病會傳染給眾人。阿金眼眶

註：與該年同生肖的男子。負責進行撒豆的儀式。

泛淚，娓娓道出此事。

這是個令人同情的故事，不過，如果註定陽壽如此，也只能雙手合十，就此看開了。然而，遭受猝逝的意外打擊，就此失去心愛丈夫的阿律，由於過度沮喪和絕望，雖然沒染上熱病，卻得了某種心病。不是終日恍惚，就是一直沒完沒了地談著往事、哭泣、昏昏沉沉地入睡──總之，女主人該肩負的工作，她完全都不能做。此外，她與喜八郎育有一位名叫阿吉的女兒，今年過年就十二歲了，連這孩子她也無法好好照顧。

「我們原本也想盡可能照顧好大嫂，一起爲這個家努力，直到爲阿吉招贅的那天到來。但大嫂一味思念我大哥，緬懷過去，看不出半點想重振精神的徵兆。最後不得已，在上個月月初，將她送回了娘家。」

說到這裡，阿金略顯怒容地又補上一句。

「雖然這會在世上傳出難聽的傳聞，不過頭子，我向天發誓，絕不是我們將大嫂趕出家門，是大嫂自己想回娘家。她娘家那邊也說，她一個未亡人，帶著一個女兒，留在夫家吃閒飯，就像捨不得松井屋的財產似的，這事傳出去不好聽，不過我們可是一點都沒這麼想。因爲我眞的是把大嫂當自己的親姊姊看待。喜八郎哥哥和大嫂之前一直是伉儷情深，所以我大哥應該也很希望我們能幫助大嫂，和她們一起努力。要是讓大嫂返回娘家，我會覺得自己背叛了大哥，所以一再向大嫂懇求，請她重新考慮。」

茂七仔細聆聽。如果她所言不假，這句話確實語重心長。

但最後阿律還是帶著阿吉離開。沒了店主和女主人的女用雜貨店，暫時改由阿金夫婦來掌管。

喜八郎和阿金的母親仍在世，但她身子孱弱，而且遭受白髮人送黑髮人的殘酷打擊，自入夏後便一直臥病不起。眼下也只能靠阿金夫婦極力苦撐了。

「不過，這項生意的規模實在太大了。光憑我們兩人，不管再怎麼賣力，都還是無法勝任。生意興隆固然心存感謝，但我們忙到連闔眼的時間也沒有，再這樣下去，會換我們倒下。」

於是——阿金緊咬嘴唇，低下頭。

「我們苦惱良久，最後只好把壽八郎哥哥叫回來。」

這件事就是從這裡開始變得愈來愈詭異。

松井屋原本有兩個兒子。阿金的哥哥喜八郎和壽八郎是一對雙胞胎。喜八郎是哥哥，壽八郎是弟弟。阿金說，雖是雙胞胎，但兩人並沒有長得多像，不，長得不像也是當然的。

之所以這麼說，也是因為壽八郎七歲時便被送出松井屋，由花川戶一家船宿收養。比哥哥小三歲的阿金，對他沒有詳細的記憶。

武家和商家向來都很忌諱雙胞胎。理由很多，不過，以松井屋的情況來說，是基於「要是一開始就有兩個繼承人，會分割財產」這個原因。

茂七微微挑眉。如果隨便使用這個理由，那麼，明明有喜八郎在，卻還替妹妹阿金招贅，讓他們另立門戶做蠟燭店的生意，這樣不也等同是「分割財產」嗎？

阿金是個聰明的女人，似乎馬上便看出茂七心中的疑問。或者是她在前來找茂七前，也曾找過其他人商量此事，他們當時也問過同樣的問題。

「我和我相公的情況不同，不算是分割財產。始終都只算是將一項生意擴充成兩項生意。以生意來說，女用雜貨店的規模遠爲大得多。不過，如果是要讓喜八郎哥哥和壽八郎哥哥兩人能公平地繼承店面，可就不是叫其中一人繼承女用雜貨店，另一人繼承蠟燭店，這麼簡單就能分個清楚。這樣就成了所謂的『分割財產』了。」

這理由教人聽得似懂非懂。不過，從喜八郎、壽八郎、阿金這幾個名字的取法看得出來，松井屋的人們想必很重視吉利。也許就是這樣，才會如此著重細微的差異。

經這麼一想，就明白讓壽八郎一直在家中待到七歲的用意了。孩子常會早夭。在孩子長到七歲之前，都還算是神之子，不能算是世間之人，重視繼承人的武家和商家有這種想法並不罕見。

可一旦實際執行，那是多殘酷的對待啊。壽八郎七歲的年紀一到，家人突然對他說「你已經不能繼續待在這個家了，快離開這裡」，將他趕出家門。對之前一直很愛慕父母的幼子而言，再也沒有比這更不合理的事了。應該會在他心中留下撕心裂肺的痛苦回憶，就算想忘也忘不了。

所以茂七忍不住向阿金問道：

「妳說叫回來，也不知道壽八郎先生是否會馬上答應，難道妳不擔心嗎？畢竟他都離開松井屋三十年了。」

阿金聞言後，臉上的神情就像在說，你會有這種想法才奇怪呢，她若無其事地坦言道：

「哎呀，他當然願意回來啊。因爲那可是繼承松井屋的家業呢。這種人生比一輩子只是當花川戶的船宿店主要強得多啊。」

茂七覺得，阿金這名字的含意，在這方面表露無遺。松井屋的人們如果個個都像這樣看待事物，他們的「圓融和睦」恐怕也不太能指望。簡單來說，彼此的緣分應該就只是靠金錢、龐大資產來維繫。

「而且壽八郎哥也真的回來了。總之，我告訴他家中的情況，請他回來，他就回來了。」

這不見得就表示他同意擔任松井屋的店主，不過茂七決定現在先不要戳破這點。因爲這故事之後怎麼發展，目前還看不出頭緒。

「頭子，」阿金的一雙小手擺向長烤火盆的邊緣，陡然趨身向前。她個頭嬌小，一張小臉以鼻子爲中心，五官全皺在一起，就連嘴巴也**高高地**噘起，讓人聯想起茶巾絞（註）。而此刻她那對小眼散發出凶悍的炯炯目光，又令她的女人味減損了幾分。

「回到我們家中的壽八郎哥，並不是眞正的壽八郎哥。是另外一個人。不，我看得出來。那不是我哥。是一個毫無關係的外人，乘虛而入，爲了侵占松井屋的財產，而假扮成壽八郎哥，來到我們家中！」

因此，阿金希望茂七能和那位「假冒的壽八郎」見面，探出他心裡打什麼主意，揭發他的眞面目，而且爲了不讓他成爲松井屋日後的生意阻礙，要加以懲戒，另外也希望一併問出眞正的壽八郎現在人在哪裡，如果已經死了，是什麼時候死的。

「頭子，您打算怎麼做？要和那位壽八郎見面嗎？」

權三走在茂七身後，如此詢問。黃昏後，寒風增強，茂七都圍上了圍巾，還是冷得縮著脖子，但權三卻一點都不顯冷。他抱著塗紅漆的酒桶，快步走著。

權三目前是茂七的手下，是個長期住在大雜院裡的男子。他爲人謙恭有禮，說話舉止也相當老練。所以像今晚這種要到八丁堀的公宅幫忙的情況，權三遠比冒冒失失的糸吉要可靠得多。

「感覺也只能和他見面才行了。我也想聽聽看壽八郎怎麼說。」

「眞是個令人同情的男人啊。」

權三微微蹙眉說道。

「我也這麼想。在還很黏母親的年紀，被人像趕小狗似地趕出家門。等到家中出狀況了，才又叫他回來。就像在對他說，我不管你這三十年來有過怎樣的人生，接下來你要到我們這邊工作，財產由你繼承，這樣你總沒什麼好抱怨的吧。」

說著說著，漸感怒火中燒。

「頭子，你很生氣，對吧。」權三那厚實的雙頰轉爲柔和，面露微笑，「不過，這就是商家的想法。一切都是以守護財產爲主軸在運作。」

「這也太**迷信**了吧。」

「當生意日漸興隆，變得家大業大時，有些商人反而會變得很在意這種事。松井屋這是傳到第幾代了？」

「我記得阿金他們好像是第五代。」

「哦，像他們這種最迷信了。」

註：茶巾是茶道中用來擦拭茶碗的麻布。茶巾絞則是一種和菓子，製作時是以布包住和菓子的材料，上頭擰緊加以塑形，模樣像小籠包。

權三沒說原因，但他一副深有所感的口吻。

尾崎大人家的撒豆儀式順利結束後，茂七他們打包了一些宴席的菜尾，踏上歸途，此時夜色已深。兩人喝下肚的酒，恐怕和他們帶去祝賀的酒一樣多。

「尾崎大人嗓子眞好。」

權三的誇讚確實沒錯，尾崎大人在高喊「鬼出去，福進來」時，那嗓音帶有雄壯之氣，響亮地傳遍四方。有這等氣勢，一般的鬼怪聽了，應該會嚇得屁滾尿流吧。

「尾崎家代代如此。可能是血脈的傳承吧。負責審判的官爺，有一副好嗓子也算是優點之一。要是聲音沙啞，小小聲說話，可就起不了威嚇作用了。」

在山風凍人的吹拂下，走過永代橋，傳來報時的敲鐘聲。強風吹散了浮雲，滿天星斗露臉。茂七大感暢快，但仰望閃爍的星光時，想起阿金的炯炯目光，頓時清醒了過來。

兩人各自帶著一盒宴席的菜尾。說是菜尾，但其實是一開始就特別準備好的菜餚。尾崎家可不光只有好嗓子，行事向來也很周到。

「如何，權三。要不要順道去一下那家豆皮壽司攤啊？」

他想在明天一早起床前，都不要再想起阿金的**炯炯雙眼**。看來需要再多喝點酒。而且他想讓那位老闆看看這盒料理。

好主意——權三也欣然答應。

一位來路不明的老闆，做出令人食指大動的小吃，充滿謎團的這個豆皮壽司攤，就在深川富岡橋擺攤。雖只是個**小攤**，但生意興隆的程度可不輸松井屋。今晚同樣長椅上坐滿了客人。大家想必都帶來了節分的歡樂氣氛。

如果是平時，茂七他們都是更晚才來光顧，所以很少和其他客人同坐，比較有放鬆的感覺。但今晚就算擠著同坐，也是沒法子的事。

不過，老闆一見茂七和權三，便很客氣地請同坐的客人坐緊一點，讓出位子來。當中有幾人似乎認出他是回向院的頭子，紛紛向他問安。

「哎呀，在這種地方跟我鞠躬問候，就太掃興了。大家放輕鬆就好，放輕鬆就好。」

被溫暖的熱氣和引人垂涎的香氣包圍的攤子，宛如在冬夜的大海中綻放光輝的小燈塔。聚集在這裡的客人們，都是只有一位船長的小船。船頭靠在一起，暫時躲避世間的大浪，相互取暖。

老闆對尾崎家的料理盒很感興趣。他年紀與茂七相仿，頭髮花白，下巴清瘦，但結實的肩膀，與不論何時都挺直的腰板，散發一股不凡的骨氣。茂七知道這位老闆似乎原本是位武士，因為有不能隨便向人透露的緣由，而捨棄俸祿，成為現在的身分。這位燈塔守衛，同樣也是在世間的大海漂泊，最後流浪到此地的眾人之一。

「這個季節竟然有青豆……還有這尾鰆魚。真不知是從哪裡取得。哎呀，這調味……負責外燴的應該是山田屋或遠海屋吧。」

他一邊喃喃自語，一邊思索。眼神無比認真，但也看得出他樂在其中。

這段時間，茂七和權三享用了濃味噌田樂，配上辛口溫酒。老闆不賣酒，但挑酒叫賣的豬助老先生就跟在一旁做生意。他把酒靠向烤火盆溫熱，當客人沒點酒時，他就在一旁打盹。

「頭子、權三先生，你們吃過年歲豆了嗎？如果還沒的話，請用。」

老闆遞出一盒節分豆子，茂七他們搶著伸手拿。在節分這天，吃下和自己年紀一樣數量的豆子，就能長命百歲。權三拿了兩次，便湊足了和自己年紀同樣數量的豆子，但茂七卻遲遲湊不齊。

「那是因爲頭子的年紀比較大。」

「我和你只差十歲。」

「不，整整差了一輪呢。」

正當歡樂嬉鬧時，茂七發現一件怪事。現場明明坐得很擁擠，但攤子後方的暗處卻擺了一張沒人坐的椅子。

那張椅子上還鋪了紅色毛毯，上頭放了一只裡頭斟滿酒的白色大酒杯。

「老闆。」

茂七豎起手指，指向那張椅子，「那是什麼術法嗎？還是說，接下來有誰要來，先幫他留好位子？」

這時，一名與茂七一同坐在長椅邊，一身工匠打扮的男子，紅通通的臉蛋咧嘴笑道：「那是老闆爲鬼怪留的位子。是給鬼怪坐的。對吧，老闆。」

茂七爲之瞠目，轉頭望向老闆。只見老闆靦腆的一笑。剛才那名男子接著道：「今晚不管去哪裡，鬼怪都會如坐針氈。大家都喊著『鬼出去、鬼出去』，鬼怪遭人們撒豆子，落荒而逃。老闆說，這樣實在太可憐了，所以特別請祂們喝酒。」

也沒什麼啦，只是開個玩笑——老闆說，手底下冒出白花花的熱氣。他掀起鍋蓋，似乎正在攪動蘿蔔湯。傳來紅味噌的撲鼻香氣。

經這麼一說才發現，這個攤子看不到節分固定會擺放的驅魔裝飾——豆萁、柊枝、醃沙丁魚。被驅趕的鬼怪也需要有個去處。確實很像這位老闆會有的貼心。

「如果全江戶的鬼怪都聚集在這裡，光那把長椅恐怕不夠坐，不過，祂們好歹是鬼神。應該能使出神通力，想辦法坐好坐滿。」

你們說對吧，鬼怪先生——那名工匠模樣的男子舉起酒杯，朝空無一人的椅子致敬，接著一臉享受地乾了那杯酒。坐他隔壁的年輕男子可能是他的伙伴，對他出言告戒，要他少喝一點。兩人同樣都穿著前襟印有屋號的短外衣。

「你們是不是也剛去某位客戶家幫忙撒豆啊？」

「對啊。那可真是一場豪邁的撒豆儀式呢。不過我們還是比較喜歡這位老闆煮的酒菜。和鬼怪共飲也不賴。」

「嗯，此話有理。」

茂七愈聽愈開心，決定請同坐的客人喝酒。原本已熟睡得弓起身子的豬助，聽到醉客的歡呼聲，嚇得跳了起來。

茂七也滿上全新的溫酒，朝空無一人的長椅舉起酒杯。

（扮演鬼怪的角色也是件苦差事。就請你好好幹吧。）

接著眾人大吃大喝，不想輸給鬼怪，就此過了一夜。

2

因爲這個緣故，待一夜過去，茂七嚴重宿醉。

「怎麼連權三也一起，你們到底是幹什麼去了。」

被頭子娘狠狠訓了一頓後，頭更痛了。他只好蒙上棉被，貫徹一個忍字。而另一方面，權三則是勉強一早起床。他的本業是協助大雜院的管理人辦事，頗受倚重。而且在此歲末時節，茂七常出入的八丁堀公宅，都得有人去幫忙搗麻糬才行。糸吉也一樣，一邊有澡堂「極樂湯」的臘月工作要忙，一邊又得四處奔波。兩人每次只要聚在一起分配工作，就會你一言我一語地爭論起來，但最後還是會把衣服下襬紮進腰帶裡，乖乖出門幹活。

茂七老是躺著，活像個無所事事的閒人，一直睡到近午時分，有客人來訪，他這才起床。頭子娘尖銳的聲音，在他那仍因殘酒而沒完全清醒的腦中響起。

「老伴，你不是和松井屋的阿金夫人說好了嗎？壽八郎先生來找你嘍。」

壓根兒忘了這件事。是昨天那件詭異的事後續。茂七急忙更衣，請頭子娘給他一杯熱濃茶，但頭子娘卻只是冷冷回他一句「我有事得出門一趟，已經燒好開水了，你自己泡茶吧」。

「壽八郎先生是位正經人。剛才收了他送的今井屋羊羹。雖然是客人帶來的伴手禮，但我已端出去招待他了。不管你再怎麼愛吃甜食，也不能把客人晾在一旁，像個孩子似的，只顧自己吃喔。」

現在茂七就連看到羊羹都覺得反胃。

好不容易換好衣服，來到長烤火盆前，只見壽八郎恭敬地坐在昨天阿金坐的位置上。粗條紋的衣服因上過漿而硬挺，衣襟一帶泛著亮光。男人穿粗條紋的服裝，往往會讓人覺得太過華麗，因而顯得粗俗，但壽八郎穿起來卻很好看。雖然沒看他站起身，無法說得太篤定，不過，想必相當高大。而且他雙肩寬闊，儀表不凡。

茂七與他簡短問候幾句後，決定先抽口菸。沒想到這菸一抽，頓時天旋地轉起來。壽八郎擔心地望著他。

「頭子……您是感染風寒了嗎？」

是嚴重宿醉——茂七笑著說道，向他道歉。接著談到昨天鬼怪坐的長椅，以此掩飾自己的難爲情。壽八郎聽得專注，接著嘆了口氣。

「說得眞好。」

壽八郎深有所感。你用不著這麼捧場——茂七本想回這麼一句，開個玩笑，但他發現壽八郎眼眶微帶淚光，便就此收口。

「原來世上也有這麼溫柔的人啊。我也眞是的，忍不住用自己的遭遇去看事情。我昨晚在許多地方都聽到『鬼出去』的叫喊聲，每聽一次，就感到全身緊縮，內心痛如刀割。」

聽到他如此沉痛的口吻，茂七也隨之酒醒。重新細看壽八郎後，發現他雖然看起來比三十七歲的實際年齡還顯老，但眼神清澈，有張率直的臉龐。

茂七不知道松井屋已故的喜八郎長什麼樣子。阿金說，他們兩人雖是雙胞胎，但長得不太像，不過，這位壽八郎就算直接坐上松井屋當家的位置，看來也不成問題。

「我從阿金夫人那裡聽說了。」茂七開門見山地說道：「也對。你的遭遇確實和節分的鬼怪有幾分相似。七歲就被趕出家門，想必吃了不少苦吧。」

但壽八郎卻露出平靜的微笑，「在前往花川戶的養父母家之前，我一直都覺得自己很可憐。但去了之後發現，養父母都很慈祥，把我當親生兒子一樣疼愛。當然，他們可能覺得我是個可憐的孩子，才特別憐憫我。」

花川戶的養父母家，與松井屋非親非故，就只是喜八郎與壽八郎的父親透過管道找尋想收養子的人家，便談妥了此事。

「我養父母當初收養我時，都已年過四十，很渴望有孩子繼承衣缽。雖只是一家小船宿，卻是夫妻倆辛苦一手建立的店家，如果只在他們這一代就被迫歇業，實在很可惜。我養父母鶼鰈情深，但就像世人說的，愈是這樣的夫妻，愈不會有孩子承歡膝下，說來實在諷刺。」

這對養父母見證了壽八郎滿二十歲，娶媳婦，可能是就此感到安心吧，接著便相繼辭世。壽八郎繼承船宿，認真工作，以此為養父母祈冥福。

花川戶是連接川越一帶與江戶市的水路要地。如果認真做生意，要持續經營船宿並不會多辛苦。壽八郎語氣平淡地說，他有三個孩子，雖然日子過得儉樸，但很幸福。

昨天阿金一頭熱地說著松井屋的內情，對壽八郎的事卻隻字未提。茂七問：「你以前從沒回過松井屋，對吧？這次是第一次回去嗎？」

「是的。因為我當初就已決定要和他們斷絕關係。應該說，我甚至沒想起過松井屋。對我來說，已故的養父母才是我的爹娘，我沒其他爹娘。」

從他規矩的談吐中，微微可以看出他的倔強。不過這也難怪。

「意思是你作夢也沒想到，喜八郎竟然會亡故，然後還叫你回來。」

「是啊……」壽八郎如此應道，微微偏著頭，「不過，從我懂事的時候起，養父母曾經跟我說過，你是松井屋託我們照顧的孩子，日後他們要是出了什麼狀況，我們非得把你送還不可。記得當時我又哭又氣地對他們說『別再說這種無情的話』。我是眞的抱持那樣的想法，所以如實說出心中的感受。從那之後，我父母便沒再提過那件事。」

壽八郎對茂七說——不過，在我不知道的時候，說不定他們私下與松井屋的人有過什麼約定。

「我想，透過我當時對養父母說的那番話，那項約定就這樣不算數了。因爲我養父母執起我的手，向我保證道『你是我們的孩子』。而且他們過世時也對我說，接下來一切就拜託你了。」

茂七故意刁難道：「這麼說來，就算放棄松井屋的財產，你也不在乎嗎？」

如此語帶挖苦的詢問，壽八郎處之泰然，「沒錯，我不在乎。」

接著他突然重新坐正，正視茂七的眼睛，接著說：「我對女用雜貨店的生意一無所悉，所以我這把年紀突然重返松井屋，完全派不上用場。就只會礙事。而且我就算有再多錢，也不能拋下妻兒，離開那個家。」

茂七大驚，「那麼，這件事是怎麼回事？難道你回松井屋一事，眞的就只有你一個人回去？不能帶妻兒一起回去嗎？」

「是的。阿金沒跟您說嗎？這是她開出的條件。而且我要和阿律夫人再婚，將喜八郎的女兒阿吉養育成人。」

這種口吻根本完全無視對方心頭的感受。這不是叫壽八郎回來，根本就只是將喜八郎與壽八郎的腦袋互換而已。

「阿金夫人什麼也沒跟我說。不，應該是傳出去不好聽，所以不能說吧。」

壽八郎神情落寞地淺淺一笑，「不，應該不是怕傳出去不好聽。阿金她……不，現在我們已算是外人，所以得稱呼她阿金夫人才行。她認爲這樣行得通。擔心這麼做會不會太無情的想法，想必完全沒在她腦中浮現過吧。」

我妹妹她也變了——壽八郎說：

「我離家時，她才四歲，所以說她變了，或許有點怪。不過，當我被送出松井屋時，她還哭著在後面追著跑。說什麼因爲會分割財產，所以雙胞胎很不吉利，不能兩個孩子都留在家中，這實在不是小孩子能明白的道理。」

「說得也是。」

「不過，三十年漫長的歲月過去。阿金夫人是松井屋的人，已經和我是兩個不同世界的人。」

茂七略帶挖苦地說出憋了許久的話來，「松井屋的財產就有這麼大的影響力，是吧？」

壽八郎搖了搖頭，「這我也不清楚。不過，阿金夫人也有令人同情的地方。」

松井屋有許多親戚，但也正因爲如此，要是讓他們當中的某人繼承喜八郎的家業，肯定會引發軒然大波。

「我也只是聽阿金夫人提過，沒加以確認。不過，當她對我說『我誰都信不過，只能仰賴自己的親哥哥』時，眼中帶有一種求助之色。她似乎很天眞地認爲，我們是親兄妹，所以我拋下一切回到松井屋是理所當然，沒什麼好覺得奇怪的。阿金夫人一直都待在松井屋裡，沒在世間歷練過，所以才不懂所謂的人心……要是再加上三十年的歲月累積，可不是那麼輕易就能改變的。」

茂七低聲沉吟，輕搓下巴，「因爲她的丈夫德次郎是店內的夥計出身。想必也不能從他老家那邊找人過來。」

壽八郎頷首，「仔細想想，阿金其實也挺可憐的。」

他又從「阿金夫人」改回「阿金」了。茂七也能體察他的心境。

「不過，阿金現在卻說你不是眞正的壽八郎呢，這到底是怎麼回事？」

壽八郎雙手置於膝上，頹然垂首，「對此，我也無話可說。」

壽八郎最早接獲告知，要他回松井屋，是八個月前的事。當時他還不知道喜八郎的死訊，大吃一驚，前來松井屋。接著阿金緊抓著他不放，央求他直接留在松井屋。

「當時我回了她一句『這怎麼行』，暫時先返回花川戶。不過，雖然不能答應阿金的請求，但我還是很擔心，所以就常兩地跑。」

每次來松井屋，阿金就要他回來。壽八郎很懇切地告訴她，自己不能這麼做，並持續和阿金討論，看要不要找人商量，看有無其他好辦法。

「但就在四、五天前。當我前往松井屋，問她最近情況怎樣時，阿金露出前所未有的凶悍表情，緊盯著我的臉。接著突然對我說，我覺得你不是壽八郎哥哥，你是別人，對吧。」

接著阿金開始搬出「我看你是想侵占松井屋的財產吧」這類的話來。

壽八郎確實顯得一臉疲態。仔細看，他雙眼都浮現黑眼圈了。

「事情變得這麼複雜，這下子我也不能就此扔著不管，自己回花川戶的老家去。因爲我要是回家去，就成了心思被她說中，夾著尾巴逃走，不知道會引發多大的風波。從那之後，我一直都在松井屋的客房起居，而阿金則是每天一再找來不同的親戚和舊識，對我說，如果你是壽八郎哥哥，應該會有小時候的回憶，那件事你記得嗎，這件事你記得嗎，一再責問我。我被人這樣懷疑，實在很沒面子，而且坦白說，我也受不了這種氣，所以只要是想得起來的，我都會回答。不過，那終究已是三十年前的過往啊，頭子。有些事確實記不得了。結果阿金就像立了大功似的，以尖銳的聲音大喊『看吧，你這個假貨，你根本就是另一個人。你把眞正的壽八郎哥哥藏哪裡去了』。」

眞受不了……壽八郎聲若細蚊地低語道：

「說要請地方上的捕吏頭子來說個明白，其實也是我的提議。因爲阿金的說法實在太胡來了，現在的松井屋包括德次郎在內，根本沒人規勸阿金，再這樣下去，肯定沒完沒了。」

眞是對不起——壽八郎深深一鞠躬。茂七揮了揮手，制止了他。

「別別別。你沒必要向我道歉。因爲你是如假包換的壽八郎，對吧？」

壽八郎以不堪其擾的表情點了點頭，「對，我正是壽八郎。」

阿金也說過，喜八郎和壽八郎原本就長得不像。這點親戚也都認同。

「聽說在我七歲時，大家也說，有時就連一般兄弟也比我們兩個長得像。再加上三十年的生活差異，長相和舉止也都會改變啊，頭子。」

「說得也是。」

此時，一些還記得壽八郎七歲時模樣的人，也說很難從他小時候的樣子想像出他現在三十七歲的模樣，這使得情況變得更加複雜。

親戚和熟識當中，有人在壽八郎接受提問，聽他說出以前的回憶後，便說阿金夫人搞錯了，這個人確實是壽八郎先生。但偏偏又舉不出明確的證據。這只是倚賴往事，以模糊的「感覺」當依據。要是又被阿金呲牙裂嘴地回頂一句「那些以前的往事，只要事先從眞正的壽八郎哥那裡打聽出來，再加以潤飾一下，講得煞有其事，就能瞞天過海，根本一點都不可靠」，眾人就更沒把握了。

不過，搬出這些往事，以此向壽八郎責問「你記得嗎？知道這件事嗎？如果是眞正的壽八郎，應該會記得才對」，這一切的始作俑者正是阿金，所以這根本是一場荒唐的鬧劇。

然而，對當事人來說，可一點都笑不出來。

「阿金最怪的地方，就在於不管我再怎麼費盡唇舌說我不回松井屋，也不想要松井屋的財產，她就是置若罔聞，只是一味聲稱我是貪圖松井屋的財產，假冒成壽八郎的冒牌貨。」

說得一點都沒錯。茂七漸感喉嚨乾渴，一把握住擺在烤火盆上的鐵壺握把，想要沏茶。但因爲太燙，忍不住大叫一聲。這時壽八郎馬上伸手過來說道「讓我來吧」，開始俐落地沏茶。

那是無比熟練的動作。看得出是一位習慣款待客人的船宿老闆。茂七細細品嘗他沏的番茶。好喝。

「阿金應該是因爲你不肯答應，爲此生氣吧。」

如果是自己的親哥哥，怎麼可能不接受我的請託——這固執的念頭，與她不講道理的壞毛病很契合。

「我也這麼認爲。」

聽茂七這樣說，壽八郎蓋上鐵壺的壺蓋，合上眼睛，微微頷首。他並非在生氣，不過他的雙眼蒙上一層暗影。

「頭子，我提出這樣的要求確實很任性，不過，既然今天與頭子您見面，並大致說明了情況，我已不想再回松井屋了，打算返回花川戶。要是我繼續留在阿金身邊，想必只會讓事情鬧得更僵。雖然很擔心松井屋的未來，不過德次郎先生不愛玩樂，似乎爲人認眞勤奮，而且店內夥計也都調教得當，想必松井屋不會有什麼大問題。」

嗯……茂七也點了點頭。似乎也沒別的辦法了。

「阿金那邊，我會再好好開導她。」

「有勞您了。」

壽八郎再次端正坐好，額頭貼地行了一禮。茂七盤起雙臂，望著他的後腦勺。

這時，壽八郎維持拜倒的姿勢，低聲說道：「不過……」

聲音很細微，幾乎快被開水沸騰的聲音蓋過。不過茂七耳力好。

「不過什麼？」

壽八郎大爲慌亂。他抬起臉，兩頰緊繃，血氣從臉上消失。

「你怎麼了？」

茂七上身前傾。壽八郎動作僵硬，緊盯著地上的榻榻米接縫處。

「有句話我不知道該不該說。」

「像這種猶豫不決的時候，當然還是說出來比較好。」

壽八郎激動地眨了眨眼，望向茂七，「我也很生氣。」

「嗯，這也難怪。」

「阿金以及和她同一鼻孔出氣的人——他們當中也有這樣的人——不光把我當冒牌貨看待，甚至還說我如此大費周章密謀侵占松井屋的財產，想必不光我的妻兒，就連我已故的養父母也參與。我受侮辱不打緊，但竟然連我的妻兒……不，最不能原諒的，是連我那慈祥的養父母，他們竟然也想抹黑。這點我實在無法饒恕。」

一度從臉上消失的血氣，隨著憤怒一同盈滿雙頰。

「所以我也要盡己所能來證明我的身分。好讓阿金明白，我確實是壽八郎。」

「你有這樣的想法合情合理。那麼，你可有什麼方法？」

如果沒有的話，他想必不會開這個口。茂七定睛望著壽八郎。但他卻面有難色地低頭望著地面。

「其實，如果我是眞正的壽八郎，就會知道一件只有壽八郎才曉得的事，而世上只有一個人能爲此作證。」

她是上一代店主的么妹，也就是壽八郎和阿金的姑姑，名叫阿末。

「松井屋的上一代店主，家中兄弟姊妹眾多，老大與老么的年齡差距幾乎如同親子一般，所以這位姑姑可說是上一代店主兄代父職將她養育長大。因此，以前我還在松井屋時，她也同樣住在松井屋，我們的關係就像姊弟。」

所以壽八郎都不是叫她「姑姑」，而是叫「阿末姊姊」。

「她大我八歲，所以發生那件事情時，我六歲，阿末姊十四歲。」

那件事是這樣的——

「回想起來，當時剛好就是這個時節，正巧是節分當天。賣柊枝的小販在那一帶走動。至今我仍清楚記得他們的叫賣聲。」

松井屋附近發生火災。所幸當時吹的是逆風，所以火勢沒延燒到松井屋，但聽說附近有好幾戶商家和大雜院都被燒個精光。

「被燒毀的屋舍當中，有一家蠶絲店和我們是熟識。那家店叫有馬屋，有位小姐和阿末姊同年。記得她的名字叫阿累。」

阿累和阿末感情好，學才藝也都一起，兩家人往來頻繁。壽八郎也記得自己曾經拿過阿累給的點心，看她表演才藝。

「她是一位可愛的小姐。阿末姊個性強悍，我也常挨她打，所以我們雖同住一個屋簷下，但有時還是不敢跟她撒嬌。因此，相較之下，我更喜歡阿累姊姊。」

正因爲這樣，阿累家燒毀時，壽八郎很是擔心。

「幸好那是傍晚時分發生的火災，火舌一竄出，大家就都逃出屋外，沒人傷亡。儘管如此，阿累姊一家人失去了家當，後來不知道搬哪裡去了，再也沒有她的消息。」

起火點是阿累家，這或許也是他們無法再繼續待下去的原因——壽八郎說：

「因爲那是一場詭異的火災。」

明亮的冬陽映照在紙門上。壽八郎心不在焉地望著紙門，接著往下說：

「他們開的是蠶絲店，所以應該會對火燭特別提防才對。而且起火點是一棟獨立倉庫，雖有人員進出，但完全不會用到火燭，所以……」

雖然不想打斷他的話，但茂七看壽八郎那難以啓齒的口吻，已猜出他的心思，在一旁插話道：

「或許是有人縱火，對吧。」

果然，壽八郎點頭，「事後有人說，在火舌竄出前，曾看到倉庫門微開，裡頭深處亮著燈光，像是蠟燭的燭火。這個消息在左鄰右舍間傳得沸沸揚揚，連像我這樣的孩童也有耳聞。那是一場可疑的火災，所以像頭子您這樣的人物可能也調查過那起案子。不過，最後一直沒查明結果，就此成了懸案。」

「如果是三十年前，可能是我們頭子辦的案。」茂七笑道：「不是我在幫他說話，要分辨是否爲縱火案並不容易。就算知道是縱火案，但要查出是誰縱火，更是難上加難。」

壽八郎突然全身一僵。雙手緊握膝蓋，指骨顯得格外分明。

「剛才我也說過，當時我才六歲，是尚未懂事的年紀。不過那天，就在我聽到有人開始叫嚷『失火了』之前……」

壽八郎在家中後院獨自削著用來當陀螺軸心的木棒時，看到有人打開木門跑回家。他朝對方望去，發現是阿末。

「只見她臉色慘白，全身發抖，雖然當時我只是個孩子，但連我看了也大吃一驚。她衣袖裡藏著某個東西，緊緊抱在胸前。而當她發現我在場，臉色變得更白，逃也似地跑進家中。」

當時就只是這樣，雖然古怪，倒也沒發生什麼事。不過，之後問題就來了。

「那是傍晚那場火災風波告一段落後，我一身疲憊，準備上床就寢時發生的事。我走出房外，去了一趟廁所，突然在走廊上被拉住衣袖。仔細一看，原來是阿末姊。」

阿末的神情像鬼怪一樣可怕，她緊緊勒住壽八郎的手臂，對他說道：

「今天你在後院看到我的事，絕不能跟任何人說。你要是說出去，我就拔了你的舌頭。知道了嗎？絕對不能說哦。我們約定好了。」

壽八郎明明才剛上完廁所，但看到她那可怕的樣貌，嚇得差點滲尿，他連忙點頭答應。阿末這才鬆開他的手，但在壽八郎走進自己房間前，阿末一直都站在原地瞪視他。

「那模樣簡直就像鬼怪一樣。」

壽八郎如此低語，就像多年前的歲月重返般，頻頻眨眼，接著改為望向茂七。

「當時我感到害怕。不過當日後傳出那場火災可能是有人縱火的傳聞時，我雖然只是個孩童，也忍不住在心裡想，那該不會是阿末姊放的火吧。」

如果換作是茂七，應該也會這麼想。孩童也有他們的智慧，而且對人們表情的變化，甚至比大人還要敏感。

「想到這點，就更加覺得可怕，甚至不敢看阿末姊，一直都躲著她。雖然阿末姊的神情一樣沒什麼改變……那是節分時發生的事，過年後我就七歲，很快離開了松井屋。因此從那之後與阿末姊之間便沒再有任何往來。甚至一直都沒再見面。」

不過，當初的約定，是阿末與壽八郎兩人之間的祕密。阿末當時說的話，就只有壽八郎一個人記得。

「這次你來到松井屋，可曾見到阿末夫人？」

「沒有。」壽八郎搖頭。

「聽說阿末姊在我離開松井屋後約莫半年，染上了天花。雖然撿回了一命，但很不幸的，臉上留下痲子，一直待在松井屋裡，深居不出；但過沒多久，有姻緣上門，之後她一直都和丈夫住在向島的郊外。鮮少外出。」

「這表示她現在還健在嘍？」

「對，應該是。」

「松井屋的人也都沒和她見面嗎？」

「聽說很久沒見面了。她本人很在意臉上的痲子，總是避著不和人見面。就連上一代店主和喜八郎先生過世時，前來出席喪禮的，也只有她丈夫一人，所以她似乎是過著避世隱居的生活。」

壽八郎難過地皺起眉頭。

「我記得她有張漂亮的臉蛋，簡直就像活人偶一樣，所以臉上留下痲子一事，或許更令人覺得惋惜，不忍卒睹。」

聽說在生活方面，都是松井屋在關照。身邊也沒有丫鬟，都是她丈夫在照顧她的起居，也沒孩子承歡膝下。

「對了，她丈夫名叫久一，其實我對他也有點印象。同樣是因爲那場火災而屋子被燒毀的鄰人之子，他和阿末姊、阿累姊感情很好，常到松井屋來玩。」

記得家中好像是經營飯館，不過火災後，是否還繼續營業，壽八郎就不清楚了。

「久一先生最後果然是和阿末姊成婚了，當初聽聞此事，心中備感懷念。因爲連當時還是孩童的我也看得出來，他們感情和睦。不過，就算我說出這些往事，阿金也不相信。」

事實上，蠶絲店的那場火災，在他與阿金他們的共同回憶（倒不如說是訊問）中，也一再出現。它就是這麼令人印象深刻的一件事。所以壽八郎也很努力回想，回答他們的提問。

阿金爲了確認壽八郎的「眞實身分」，而找來許多親戚和熟識時，也曾找過阿末。因爲小時候一起住過，所以這也是理所當然的事。但阿末沒來。聽派去找她的夥計說，阿末現在身體欠安，臥病在床，久一也一直陪在病榻旁，所以無法離開向島的住家。

壽八郎就像在徵詢意見般，悄悄抬頭仰望茂七問道：

「頭子，縱火是必須接受嚴懲的重罪，對吧？」

茂七從鼻孔呼出重息，「沒錯。不過，那已是三十年前的事了。而且也沒確切的證據。就算眞是阿末縱火，也不可能現在將她扭送大牢。」

壽八郎似乎大大鬆了口氣。力量從緊繃的肩膀洩去。

「這樣的話，就算向她確認事情的眞相，也不會有多大的影響吧。」

要是和阿末見面，提起那件可怕的往事，阿末一定會明白他就是壽八郎沒錯。以壽八郎的立場來說，他一點都沒有要揭發阿末昔日惡行的意思。不過，要是阿末能替他向阿金他們說句公道話，證明他是如假包換的壽八郎，那他也就能一吐胸中的怨氣——壽八郎說。

茂七喝了一口壽八郎替他倒的熱茶，低聲沉吟。

「該怎麼說呢。我覺得這不是個好主意。至少可以確定，你去見阿末夫人絕非上策。對方應該也不願見你吧。阿金他們也許已跟她說了些什麼，而要是以前還有過這麼一段祕密，那就更不可能見你了。」

「困難重重，是吧。」

「嗯。」

這時，茂七用力往膝蓋一拍，「就送佛送上天吧。這件事交給我來辦。由我去見阿末夫人吧。就算不能馬上見到她，但只要耐著性子好好安排，或許會有辦法的。」

壽八郎悄聲應了一句「嗯」，雙手合十朝茂七致意。

「這麼說來，你要就此返回花川戶了。日後還是別和松井屋有瓜葛比較好。你已拿定主意，不會後悔吧？」

「是的。」壽八郎頷首。

要是有什麼消息，我會向你通報一聲，你就放心過新年吧。茂七向他如此叮囑道。壽八郎一再向他鞠躬致謝，他站起身一看，果然身材高大，他再度深深鞠躬行禮，這才靜靜離去。

他離開後，茂七發現昨晚放在大門旁的醃沙丁魚，乾癟的魚頭有一半掉落地上。想必是野貓啃食的殘骸吧。茂七本想將它踢向一旁，但突然一股悲意湧上心頭，就此作罷。他撿起魚頭，放進廚房的垃圾桶丟棄。

可能也是宿醉的緣故吧，壽八郎離去後隔了許久，茂七這才想起某件事。不過，現在才做已經有點遲了。他忍不住往自己額頭一拍，很不甘心。

壽八郎在的時候，要是能找阿花來，畫下他的人像畫就好了。這麼一來，日後在拜訪阿末時，就能拿給她看，並對她說「壽八郎先生已經是獨當一面的大人了，現在長這個樣子」。

阿花是茂七最近收養的一名孤兒。約莫十二歲左右，實際年齡不明。因為連阿花也不知道自己幾歲。

那已是一個月前的事了，當時在東兩國的射箭場有一場風波，茂七前往處理。就在那時遇見阿花。她在那處射箭場工作。

射箭場這地方並非只是一處提供短弓讓客人射靶玩樂的場所，是兼賣春色的風月場所。不能把女孩子留在這種地方，所以茂七處理好案件，順便將阿花帶回，請一位房屋管理人收留。起初他本想自己養育，而且頭子娘也意願頗高，但阿花說「我才不吃捕快家的飯呢」，潑了他一桶冷水，他才死了這條心。

雖然個子小，但根本活脫脫一個**小浪蕩女**——正當茂七拿她沒轍時，那位收留阿花的管理人倒是說了一件有意思的事。他說阿花很擅長畫人像畫。

「她在那處射箭場不時會畫一些官差、富商、當紅演員的人像畫，貼在箭靶上供客人射箭，以此惡作劇。成了射箭場裡的紅人。」

茂七請她當場畫來瞧瞧，果真有一套。她準確地掌握人們的五官特徵，畫得唯妙唯肖。儘管個性好強，像野狗般潑辣，但終究是個孩子。誇了她幾句，阿花便得意起來，就此接連作畫。當時她也畫了茂七的人像畫，頭子娘看了非常中意，就此擺在大廳當裝飾（不過，看到畫的人都很開心地大笑說「像，眞像」，所以茂七覺得不是滋味，趁歲末大掃除時處理掉了）。

這是與生俱來的技藝，實屬難得。茂七心想，這總有一天能派上用場，到時候也會對阿花自己有所助益，所以心裡惦記著這件事。而此時這正是作爲開頭的絕佳機會，卻沒能好好把握。當時眞應該請壽八郎多留一會的。

晚餐時，他很惋惜的向頭子娘提及此事，娘子娘詫異地開口道：

「老伴，你也眞是的，你難道不知道嗎？阿花就算沒看過本人的長相，也能畫出人像畫呢。之前她也都是這麼做的。只要你說出壽八郎這個人的長相特徵就行。」

於是隔天一早，茂七叫糸吉將阿花請來。這個小放蕩女睜著她那雙看起來又硬又圓的黑眼珠，聽茂七道出始末，接著冷笑幾聲，不慌不忙地取出她帶來的筆筒。

「這小事一樁。我們這就開始吧。再不快點，大叔你恐怕都快忘了那個叫壽八郎的長怎樣了吧？」

糸吉在一旁笑了出來，茂七瞪了他一眼，「叫什麼大叔，要叫頭子。」

「叫什麼都行。請給我張紙。看是要廢紙，還是紙的背面都行。」

先從壽八郎的臉龐輪廓開始，阿花詢問鬍鬚的形狀、耳朵的大小，茂七一一回答，順利地畫出一張人像畫。動作之俐落，宛如在看一場魔術表演。

「對對對，就是這個長相。」

看到成品後，茂七大爲感佩，但阿花對這種程度的稱讚可能是早已習以爲常，一樣就只是面露狂傲的淺笑。

「對了，妳身上這件衣服挺不錯的。是管理人替妳買的嗎？」

阿花就像接到對方拋來的球，馬上又投回來一般，回嘴道：「**大叔**，這是頭子娘給的舊衣修改而成。你連自己妻子穿的衣服花色也看不出來嗎？」

這次換頭子娘忍俊不禁了。糸吉在一旁笑到捧腹，茂七則是感到不悅。

「不是說了嗎，別叫大叔。」

「那就叫你頭子吧，你好歹要記住頭子娘的衣服花色吧。要是再這麼粗心大意，恐怕會丟了官府的差事喔。你要振作一點。」

當初剛從射箭場帶回阿花時，她還是個坐沒坐相，用手抓飯吃的野孩子。現在姑且已懂得雙膝併攏坐好。想必是收留她的管理人管教得宜。不過她口無遮攔的毛病，似乎還是改不過來。

阿花的舌頭就像繡花針似的，句句帶刺，茂七被她說得難以招架，一旁的糸吉也沒要出手相助的意思，就只是在看熱鬧。茂七向他下令：

「你待會兒跑一趟向島，找出那個叫阿末的女人住哪裡。詳細的住址我不知道，不過，向那一帶寺院的木門番一一打聽，應該能查出個結果。」

「咦，待會兒就去嗎？」糸吉指著自己的鼻頭，「可是頭子，我還有燒鍋爐的工作要顧……」

「去就對了！對方是本所綠町松井屋的親戚，一個名叫阿末的女人。她不是什麼貧苦人家，所以應該很快就能查出。絕不能去跟松井屋打聽此事。要暗中進行。」

糸吉發出「嚇」的一聲驚呼，站起身，阿花在一旁格格嬌笑。

「一路順風啊，歪扭豌豆小哥。」

「歪扭豌豆？什麼啊。」

「你的臉和長在陰涼處，模樣歪歪扭扭的豌豆一模一樣。沒人這樣說過嗎？在你回來之前，我幫你畫張像吧。」

看來沒人說得過阿花。

3

糸吉找尋阿末的住處，比想像中更費工夫，整整花了兩天的時間。反過來說，這表示阿末夫婦的生活就是這般低調。

「雖是租屋，卻是一棟四周有木板牆圍繞的氣派宅院。我去的時候，正好園藝師傅來替他們立門松。木板圍牆也剛清洗過，亮麗如新。庭院種有枝葉繁茂的松樹和梅樹，後院是一片竹林。」

向島算是偏北的一處外郊，四周全是水田。

「我算運氣好，要是沒有那位園藝師傅在的話，我根本無從打聽。他們沒有一家固定往來的米販、酒販、魚販。家中似乎連個女侍也沒有，好像是由他們夫妻倆打理家中的一切。」

他們夫妻倆無法勝任的工作，想必就只有園藝的維護吧。

園藝師傅說，他們夫妻倆都已四十過半，性情文雅恬靜。丈夫的名字好像叫久一。因爲常聽那位妻子這樣叫喚丈夫，所以不會有錯。那位妻子鮮少外出，也不會和工匠打照面，所以不清楚。

「她就這麼在意臉上的麻子嗎？」

茂七如此低語，糸吉悄聲對他說道：

「不過頭子，我雖然個性粗枝大葉，但您也知道的，該堅持的時候，我可是比誰都來得堅持哦。」

「這話什麼意思？」

「我心想，就算只是看一眼也好，我很想一窺阿末夫人的廬山眞面目，因此躲在竹林裡耐心等待。就是這樣才花了這麼多時間。」

糸吉就像在吊人胃口般，刻意停頓片刻。茂七心頭一陣騷動。

「然後呢，看到阿末的臉了嗎？」

「看到了。」糸吉說。

「不過頭子，那是位很漂亮的夫人啊。她確實臉色蒼白，身材清瘦，給人體弱多病的感覺，但看不出有什麼麻子啊。」

又有什麼事啊——阿花被叫來時，板著一張臉。不過當茂七告訴她「有重要的事要找妳辦，而且只有妳能勝任」時，她難掩眼中的光彩。在這方面她倒是出奇率眞。

「妳接下來照歪扭豌豆的描述，畫下某個女人的長相。知道嗎？」

「頭子，別叫我歪扭豌豆啦。」

「少囉嗦。辦得到嗎，阿花？」

「你當我是什麼人啊，大叔。」

阿花再度展現俐落的手藝，畫出人像畫。糸吉大爲佩服。

「沒錯，就是這張臉。畫得栩栩如生，彷彿隨時會開口說話似的。」

茂七將畫好的人像畫夾在腋下，再次定睛凝望阿花。

「阿花，我再請妳辦件事。妳可以根據這個女人的人像畫，大致畫出她年輕三十歲的模樣嗎？」

「要變年輕嗎？」

「對。我希望妳畫出她還是個十四、五歲少女時的模樣。以妳的本領想必沒問題。如何？」

阿花沒半點猶豫。她那十足孩童樣的光滑臉頰，以及粗大的濃眉，都擠出苦思般的嚴肅線條，一點都不像個孩童。思索片刻後，她馬上開始動筆。茂七心想，之前她在射箭場工作時，客人會指定她畫出當箭靶射的人物，當要畫的對象複雜難畫時，她肯定也是露出這等表情。

大約花了半個時辰（一小時）之久。

「畫好了。」阿花就此擱筆。

「這樣可以嗎，頭子？」

茂七拿起那張少女的人畫像。

「現在還不知道行不行。因爲要鑑定的人不是我。不過，最後**猜得對不對**，等知道結果，我會馬上通知妳。」

接著茂七派權三去松井屋，以客氣的口吻請阿金來一趟。阿金滿心以爲是爲了壽八郎的事，馬上飛奔而來。這次同樣帶著德次郎同行。這位從夥計升格的丈夫，似乎不管「小姐」妻子去哪裡，

都會像狗一樣緊緊跟隨。

茂七也沒事先說明，直接就讓阿金看糸吉在阿末家看到的那名婦人的人像畫。

「認識這個女人嗎？」

阿金朝人像畫端詳良久，搖了搖頭，改拿給德次郎看。

「好像在哪裡看過這個人。」他如此咕噥道。

讓他們看第二張人像畫前，茂七先問道：

「對了，你們有位姑姑叫阿末，對吧？」

他說這是從壽八郎那裡聽來的，阿金一聽，馬上露出頑固的神色。

「確實有，不過，阿末姑姑對這次的事一無所知。」她就像要趕走惱人蒼蠅般，很不客氣地說道。

「嗯，那就好。那位阿末夫人的丈夫久一先生，是阿末夫人的青梅竹馬嗎？」

你到底想問出什麼？阿金露出查探的眼神，而一旁的德次郎則是點了點頭，「對，沒錯。」

「你認識久一先生嗎？」

「從以前就認識。因爲以前阿末夫人還住松井屋時，我就已經在店裡當童工了。」

德次郎過年後就四十二歲了，所以他比喜八郎和壽八郎兩兄弟都還要年長。火災發生時，他已十歲。

一道希望之光射進茂七心中。

「這麼說來，你或許認得。」

茂七取出阿花畫的另一張畫，那是年輕三十歲的少女人像畫。

德次郎拿起那幅畫。阿金也探頭窺望，蹙起了眉頭。

「你看這是誰呢？」

但德次郎表情轉爲柔和，顯得無比懷念，抬眼應道：

「這位是……阿末小姐以前的好朋友，蠶絲店的阿累小姐。」

身分對調的人不是壽八郎，而是阿末。假冒者不是壽八郎，阿末其實是**阿累**，她才是假冒者。

茂七苦思良久。他大可親自去向島，不過，要是一下子把人逼急了，久一做出什麼傻事，那可就傷腦筋了。

最後他決定請久一來一趟。要是這樣讓他給跑了，那可就是茂七處置失當了，不過，料想久一應該不會拋下有病在身的阿累，自己一個人逃命才對。久一似乎是個老實人，感覺他與阿累眞的是兩情相悅，所以他應該會認命，主動前來赴約。

而最重要的是，阿金和壽八郎相繼來訪，把悲傷的氣息帶進這個家，茂七想一掃這股悶氣。他覺得能做到這點的，似乎就只有久一了。

茂七的猜測沒錯。久一果然前來赴約。他個頭不高，踩著不穩的步伐走來，很擔心他會被這天強勁的北風給吹跑，但當他在大廳與茂七迎面而坐時，他臉上呈現出坦然的表情，似乎已有所覺悟。

「我也不認爲這場鬧劇可以一直演下去。」

阿累感染了點風寒，今天一樣臥病在床。久一很擔心地說，她吃得很少，這樣子下去不行。

「我離開時，什麼也沒跟她說。這一切都是我一手策劃，阿累完全不知情。」

望您能對阿累網開一面──久一雙手撐向地面，如此懇求道。

事態並不如茂七想得那麼糟。至少不是最糟的情況。

阿末在五年前過世。

「她半夜喊『胸口好難受』，我扶她坐起身，輕撫她的背，她說這樣舒服多了，接著就這麼睡著，所以我也陪同躺在一旁，不知不覺就這樣睡著了。」

等到天亮一看，阿末已全身冰冷。

「當時我要是能馬上通報松井屋就好了。那才是正當的做法。但我一時鬼迷心竅。」

當時久一在兩年前，因一個偶然的機緣與阿累重逢。當初她家的蠶絲店失火，付諸一炬，全家**因此**一貧如洗，而這時候的阿累已無人可依靠。

「她在居酒屋工作，似乎在那裡賣春。當然了，家裡變成那副慘狀，自然沒有好姻緣上門，她一直是孤零零一人。我光是猜想她之前過的是怎樣的人生，就對阿累無比同情……」

久一決定偷偷包養她，照顧她的生計。

「阿末死的時候，我腦中第一個想到的念頭，就是松井屋今後不會再每個月送生活費來了，我將會流落街頭，也再也不能照顧阿累了。想的全是這些事。」

久一老家開的飯館，在那場火災中燒毀後，最後終究沒能重新開張，他也淪落為大雜院的住戶，過著賺一天吃一天的日子。

「因此，與阿末成婚一事，可說是救我脫離困境。阿末很在意臉上的痲子，因而離群索居，不讓任何人靠近她。但她卻說，如果對象是我，她願意與我結為連理。而松井屋的人也說，如果我願意接納阿末，他們會照顧我們的生活。」

就這樣，一過就是二十個年頭，久一已不再是個能自力謀生的男人。

「如今深深覺得自己真是思慮淺薄，怎麼會想出那樣的主意，真是羞愧難當。不過當時我覺得這是個好點子。」

阿末離群索居。就連在向島，左鄰右舍也沒人知道她的長相。既然這樣，只要在沒人知道的情況下將阿末的遺骸下葬，然後暗中以阿累取代她，不向松井屋通報，這樣他們不就會繼續送生活費來嗎──

「都這把年紀了，還要在您面前說這件事，實在很難為情，不過，我其實從小就很喜歡阿累。一直希望日後有天能娶她為妻，而阿累也是同樣的心思。不過，年輕時這個願望便破滅了……」

因為一場意想不到的火災帶來的劫難。

「我當時忍不住心想，曾經一度放棄的夢想有可能實現，這是最後的機會。」

真的很抱歉──面對低著頭淡淡道出一切的久一，茂一暗自思索。

當年在節分的黃昏時分，阿末為什麼要對自己的好朋友阿累家縱火呢？

他心想，是因為嫉妒。從小青梅竹馬的三人之間，肯定已暗生情愫。久一喜歡阿累，阿累也心儀久一。

這令阿末無法忍受。

每次一有不順心的事，就會噘著嘴抱怨，講一大堆歪理，堅持己見，茂七腦中浮現阿金這樣的臉龐。阿末應該也和她一樣吧。

而另一方面，松井屋重視店家的生意，卻完全不懂人心，有他們一流的解決事情的辦法。的確，如果是松井屋的人們，只要阿末這個麻煩人物不在了，就算是對多年來一直負責照顧阿末的久一，他們也會毫不留情地斷絕往來。他們想必不會認爲這是爲了自己方便，才讓久一吃白食，並奪走久一開創自己人生的機會，而且會就此與他切割，將身無分文的他掃地出門，完全不當一回事。

鬼出去。

三十年前，壽八郎就是這樣被逐出家門。五年前，阿末過世時，久一曉悟這次「鬼出去」輪到他了，他將會被逐出家門。所以才想出那個計謀。

茂七深深嘆了一口氣。

不過，被逐出老家的壽八郎，最後在養父母家找到自己的容身之所。就像那位豆皮壽司攤的老闆擺出的長椅般，這遼闊的世界，肯爲被人驅逐的鬼怪留一個休憩之所的人，倒也不是全然沒有。久一和阿累彼此都是被驅逐的人，堪稱同病相憐，因而倚靠彼此，打造出一個容身之所。雖然做法不夠光明正大，但這是唯一方法。

而另一方面，茂七心想，阿末的情況又是怎樣呢？她朝憎恨的情敵家縱火，滿腦子想著「鬼出去」，固然最後成功驅逐了對方，卻沒想到自己染上天花，接著換自己成了遭驅逐的對象。不，明明沒人驅逐她，但她的自卑喚來了遭人驅逐的錯覺。

阿末眞是因爲在意臉上的麻子，才離群索居嗎？其實眞正喊著「鬼出去」，嚴厲地驅逐阿末的眞正原因，是她自己所犯的罪過吧。

茂七抬起臉，望向沮喪的久一。

「我會陪你一起去松井屋。你就毫不保留地說出一切吧。我會盡可能幫你說情，你放心吧。」

久一手摀著臉。從指縫間落下一滴淚來。

茂七說道：「不過，等明天再去吧。今晚我想帶你去個地方。」

是一處可以享受美食的攤子。你去見見那位老闆吧。

「這是……爲什麼呢？」

見久一流露不安的眼神，茂七莞爾一笑。

「也沒什麼多深奧的原因。就只是因爲那裡有張給鬼怪坐的長椅。我想去喝一杯，然後會告訴你那件事的緣由。」

給各位讀者的話

宮部美幸

承蒙各位喜歡拙作，非常謝謝。

今年六月底，NHK總合電視台「週五時代劇」，將上演以本書《最初物語》的偵探角色捕吏「回向院茂七」爲主角的連續劇。以原作來說，除了本書，也將自茂七頭子處女作的《本所深川不可思議草紙》，以及《幻色江戶曆》中挑選故事，預計以一集完結的形式，總共播映十集。對於自己的作品能影像化一事，每次都是令人欣喜雀躍的經驗，尤其這回是我向來憧憬的「週五時代劇」，更感高興，眞的很期待上演。

不知是不是作者這種過於興奮的樣子，觸動了PHP研究所出版社的編輯，他們建議——配合電視劇出版一本《最初物語》珍藏版。一度以單行本上市的書，如今又要出珍藏版的這種奢侈經驗，我是第一次體驗。但此書也以文庫本的形式上市了，所以我有點猶豫，不過這種事可遇不可求，所以我決定樂意接受。

因此本書的內容，除了單行本未收錄的增補短篇〈糸吉的戀情〉，其餘都和以前出版的《最初物語》一樣。請各位讀者注意一下，以免買了書之後發現，「咦？不是一樣嗎？」

最初的單行本，請木田安彥先生畫了出色的封面及插畫。而這珍藏版，則拜託藤田新策先生畫了新封面。我的所有時代小說文庫版封面都請藤田先生負責，其實我暗自期待能有這種效果——每本書，只要看到封面，便有這樣的反應：「啊，這是藤田先生的時代畫」、「那也表示這是宮部的時代小說」。此外，這本珍藏版，也訂正了若干料理用詞。

若能讓讀者邊享受電視劇中茂七頭子的活躍，邊欣賞兩本書的不同風貌，對作者來說，再沒有比這個更幸福的了。又，我衷心期望，因電視劇而首次翻閱此書的各位讀者，能喜歡茂七頭子以及他所愛的深川各町。

二〇〇一年五月吉日

「完整版」後記

謝謝各位閱讀拙作。

本書是以ＰＨＰ文藝文庫版的《最初物語》另外加上兩篇構成的「完整版」。承蒙三本謙次先生繪製插圖，換新樣貌眞令人開心。

這套捕物帳系列，一直沒公開豆皮壽司攤老闆的眞實身分，就因作者的個人因素而停止連載，不過，今後我打算與其他系列合併，讓許多人物熱鬧地互動來往，慢慢擴展故事。

二〇一三年七月吉日　　宮部美幸

解說——陳栢青

如果十月永不結束

（本文涉及謎底，請先行閱讀正文）

「眾神，都到出雲國去了。」這是宮部美幸《幻色江戶曆》中著名短篇〈神無月〉的最後一句話。神不在了，都去出雲國了，而罪犯於夜色掩護中就要犯下罪行，捕快在乍放的月光下正要踏出破案的臨門一腳。神一樣的小說有神一樣的收尾：小說要結束了，但有什麼就要發生。

神無月是農曆十月。這樣說起來，這是宮部美幸時代小說中永遠的時態。如果十月永不結束，宮部美幸筆下的江戶歷遍四季流轉，但實質上總是處於「神無月」的狀態：至高權力呈現暫時的眞空狀態，小說中的神——無論是天理、統治階級、或者是法律的仲裁之劍——離開他們該在的位置，秩序被破壞了，一片混沌中，處在底層的人類必須用他們自己的方式協調處理一切。那就是宮部美幸時代小說中捕吏的誕生。

寫於上世紀九〇年代的《最初物語》已經能很成熟體現這個系統運作的「最初」：神離開了，也許根本沒有來過，茂七作爲公權力授命下最小的單位，「捕吏也不是什麼堂皇光明的工作」，卻面對那些連神明恐怕都都難以判斷仲裁的難題。在宮部美幸塑造下，法治讓位給人情，茂七捉大放小，睜一眼閉一眼，時不時搓圓仔，有時讓惡人自有惡人治，有時敲一筆巧轉騰挪令壞人做善事。《最初物語》不是漢摩拉比法典，以眼還眼，以肉償肉，他以人的尺度，讓死板的規範熱漲冷縮，務令罪與罰截長補短，《最初物語》是眞眞正正「人之初」，不是「公理和善良都回來了」，而是神去了，但人來了。而讓人活起來，時代也跟著活了。

故事的最初：故事的誕生。

我們都聽說過，小說家傳奇的最初：少女宮部美幸在法律事務所擔任速紀員。宮部美幸這段傳奇人生片段（速記員成爲小說家）其實是解讀《最初物語》一個很好的借喻。他讓我們知道，他在成爲好的說故事人之前，首先是好的聆聽者。

這樣說來，所有的推理，都可以簡化成一個問答，從一個問號開始：「他爲什麼死了」、「密室爲何成立」、「誰殺了他」，偵探做出推理提供一個句號爲一切畫上終點。

而這個問答的成立在於，有問問題的人，也有回答的人。也就是必須經過拋與接的過程。

宮部美幸在《最初物語》創造一具推理謎題的神體，可以憑神的，很萬用，可以套在不同的推理上。這個身體的基底在於捕快茂七，還有神祕的豆皮壽司攤。《最初物語》中每一則推理都透過以下順序得以實踐：事件發生、懸疑被提煉而出、茂七有所推論，最終在與壽司攤老闆的應對進退中得到解答，或是再次證實心中所想。老闆一方面是聆聽的角色，也是觸動或印證解謎的關鍵。他是接住一切的人。

說故事的人，必然是善聆聽的人。聆聽的技術是什麼呢？他同時包括適時的提問和回話好讓話題繼續。以及關鍵時刻巧妙導出答案。《最初物語》是小說家的最初，但幾乎也讓我們看見最終，宮部美幸在新世紀第一個十年推出《三島屋奇異百物語》，之後續作一本接一本，一發不可收拾，說怪談的技術原來在於聽怪談，三島屋黑白之間裡端坐的聽故事者身影可以在眞夜中的豆皮壽司攤看見最初的雛形。

而我想強調一點是，單純只有問與答，能夠構成推理，卻還無法成爲一則好聽的故事。《最初物語》裡頭有一個乍看是神與人的競爭。小說家安排了「日道」這個角色，這孩子好像神，有靈視——神之眼——「幾乎」可以看到一切。當然，茂七認爲那是由日道擔任過捕快手下的爸爸在背後提供線索。

「頭子，你討厭日道這種人吧。」茂七的手下這樣問他。他的回答則是：「總覺得看不順眼。」

但茂七對神的態度究竟是什麼呢？小說這樣寫：「對商家發生小火災小竊案，茂七總是儘量不追毛求疵地追究，儘管茂七根本不相信那種事，但有時也會告訴對方，可能是什麼附身，爲了去除那種東西，最好多積陰德，規規矩矩做生意，對底下人厚道一點」。

你瞧，茂七其實比日道更早出道，他也是某方面的「日道」，不如說，他是實用主義者，他知道，人世是不能沒有神鬼的，必須要有「邪氣」，有一個可以解釋的藉口，反而容易導正「不規矩做生意」、「對底下人不厚道」的商家。眞正活在神無月的人們反而必須相信此刻是「神有月」，存在神明比訴諸道德或法律更能快速規範人，周星馳電影《鹿鼎記》中陳近南看的多清楚，他也是某個方面的茂七了，他這樣對韋小寶說：「所以『反清復明』只不過是個口號，跟『阿彌陀佛』其實是一樣的。」

日道的出現，卻讓茂七的借道成了終點，本來只是用作藉口，是薛丁格的神——神明在可有可無之間——如今卻讓日道演成鐵打的現實。更可氣的，日道以此賺錢。

但《最初物語》並不是想告訴讀者有沒有神。相反的，他說的是，就算有神又怎樣？

茂七原話是這樣說的，他大聲斥責跳神的日道：「不知人心的小鬼，怎麼可能知道有什麼邪氣？」

茂七並沒有說出世界上有沒有神。相反地，他在意的是，沒有辦法知道人心的人，怎麼能察覺事件端倪？

若我們細看《最初物語》中茂七和日道每次交手，不同的案件，日道都給出相同的答案。像是那則流行台灣的謎因：「關於戀愛的問題，我一律回答：分手」，小說中關於信眾的提問——無論是〈太郎柿次郎柿〉問兄弟生死，〈凍月〉裡河內屋走失的下女下落，〈遺恨櫻〉中問情人的生死，日道的回答是一律都是「他已經死掉了。」就算是日道已經有所收斂的〈糸吉的戀情〉中，問起油菜花田中有無死嬰，他還是說了會讓人誤會的答案：「我看到殺死嬰兒的人。」

日道的話聽起來多狠。但其實，反而是所有推理中的最佳解。試想，死掉是多輕鬆的事情。如果真有神，要讓他解決一樁事件，那「死掉」不正是最快速便捷的作法嗎？只要讓一方死掉了，一切就結束了。只要案件中一方死掉了，答案就出來了。情殺仇殺財殺，答案可以簡單用生命證明。

但偏偏沒死掉。

隨著茂七深入探訪，沒死掉，推演出了意外的答案。不合理，卻合情。就算那所謂的「情」有多扭曲，但那可就是「人」的心。

《最初物語》後續添入的新篇章可謂把這方面開到最大。你瞧〈祝賀之毒〉一篇中，町醫最終承認毒殺了女人，「但只是爲了讓她不悅」，白話文意思就是，町醫原本只是想要讓死者不開心，讓死者對自己失去好感。

還有這種事？因爲不想被愛，就下重手。下太重，就成了死手？那有問題的到底是什麼？該怪人太容易死，還是那該死的愛？

「我想的全都是這件事，就這樣鬼迷心竅，鑄下大錯。」町醫這樣說道。而接著，小說家寫下一句話：

許多殺人案都是這樣發生。

那可能是茂七的內心獨白，但是否也可以解讀是作爲上帝視角的小說家在時代小說的雲端低聲喟嘆。

不相信日道的茂七也贊同「鬼迷心竅」，因爲，眞相是這樣彎彎曲曲，那是因爲人的心就是如此彎彎曲曲。我覺得那多出來的，正是「故事」的誕生。推理可以變得很簡單，有問題，有答案，甚至能只是問答。但只有那些問不出也答不完的，只有那些用神鬼來說明的，才足以體現人心的存在。那時我們需要故事，是故事乘載人複雜的心。

「人」之初：江戶人的誕生。

當我們談起《最初物語》多會寫「人」，這個「人」還有第二個引申義，那就是「江戶人」、

「江戶之子」的誕生。

小說〈太郎柿次郎柿〉中，就算是有血緣的兩兄弟，「在同一個家庭出身，但是清次郎已經完全成了江戶人……朝太郎只是個來自陌生地方的異族人」，中文有所謂「橘生淮南則為橘，生於淮北則為枳」，但小說中是什麼讓橘子到了北邊便成為枳？又是什麼讓江戶人成為江戶人？

《最初物語》裡不缺死人，卻透過死人在活人，他用一整本小說的篇幅告訴你，一種江戶人的誕生。小說是照時序流轉，吃什麼喝什麼用什麼，小吃和時令，以及食物複雜的做工（鰹魚烤飛霜。豆皮壽司和雞蛋湯好搭。），乃至人際關係細膩的進退：例如〈千兩鰹魚〉中，魚販角次郎認識茂七，但三年來從未上門兜售過，為何？小說家簡單寫了一句「並不是角次郎偷懶，而是他知道茂七和一家叫魚寅的漁舖有交情，看在對方的面子上才沒有上門。」，這類人際關係的細節就是鋩角了，社會在走人情要有，可台灣人肯定不接受這樣的商業之道——有人會僅因為對方認識另一家店，就放棄推銷嗎？——但偏偏就是這種特殊的人情構成「江戶人的體」

那其實是一種想像的共同體。《最初物語》中最大的倒轉其實是，小說家筆下「江戶人」也許不真正存在，或者，就算他存在，也已經死了。死在江戶時代結束後，但時代小說這個大系譜的創造讓「江戶人」活過來了。那是岡本綺堂的《半七捕物帳》，是野村胡堂《錢形平次捕物控》，是此前眾多優秀作家的累積，他們打造一個共通的語彙，打造了一個大寫的「人」，寫出他們獨特的脾氣，寫出他們的性情與堅持，《最初物語》參與了編寫「江戶人」基因造譜。甚至，是最鮮活的那幾個。

神之無，人之初。神無月中，人誕生了。「江戶人」誕生了。

〈銀魚的眼睛〉中，小說家寫豆皮壽司攤販老闆因爲銀魚有眼睛，吃魚時想像自己在吃活物，於是有所不忍。而茂七則聯想到案件殺人者於殺人瞬間，「是不是就和我對銀魚用黑點般的眼睛看著我時的感覺一樣。所以才能無動於衷的呑下那些食物？」，透過把生命比擬爲食物，把人命爲螻蟻，爲銀魚，使人降格爲動物，一種蔑視人性的異常殺人者便透過銀魚的眼睛誕生了。

我想問一個問題是：是江戶人近，還是異常殺人者距離我們此刻現代近？

恐怕後者離我們更近，但小說家透過銀魚的眼睛，在那一刻進入現代人也能理解的感情資料庫，提取了我們能理解的共同感受。也因此拉近我們與江戶的距離。

這是《最初物語》雋永的原因，他超越了地貌與時間，問出獨特的問題，卻提出以普世能接受的人性作爲答案。我們讀到的是眞的人，是現代人也能共感的人性，而「江戶人」則在這個眞的人身上復活了。

那時，想像的江戶朝我們逼近而來。

透過聆聽故事，讀者的我們逼近遠方的江戶。彷彿親在。

神都去出雲國了。神去了，但，我們進來了。

原來，「時代」是被創造出來的的。

最初，宮部美幸創造了他筆下的「時代」，藉由《最初物語》所展示，那也預示，之後，宮部美幸將創造他自己的時代。

本文作者簡介

陳栢青

一九八三年台中生。

台灣大學台灣文學研究所畢業。

出版有長篇小說《尖叫連線》、散文集《Mr. Adult 大人先生》。

另曾以筆名葉覆鹿出版小說《小城市》。

宮部美幸

作品集／21
Miyabe Miyuki

最初物語【完整版】

國家圖書館出版品預行編目資料

最初物語【完整版】／宮部美幸著；茂呂美耶、高詹燦譯. -- 二版.-- 臺北市：獨步文化，城邦文化事業股份有限公司出版：英屬蓋曼群島商家庭傳媒股份有限公司城邦分公司發行, 民112.06
面；　公分. --（宮部美幸作品集：21）
譯自：初ものがたり【完本】
ISBN 978-626-7226-49-0（平裝）
861.57　　112005264

KANPON HATSUMONOGATARI
by MIYABE Miyuki

Originally published in Japan by PHP Institute, Inc., Tokyo.
Chinese (in complex character only) translation rights arranged with RACCOON AGENCY INC., Japan through THE SAKAI AGENCY.

原著書名／初ものがたり【完本】・作者／宮部美幸・封面內文插畫／三木謙次・翻譯／茂呂美耶、高詹燦・責任編輯／張麗嫺・行銷業務部／徐慧芬、李在星・編輯總監／劉麗眞・總經理／陳逸瑛・榮譽社長／詹宏志・發行人／涂玉雲・出版／獨步文化 城邦文化事業股份有限公司 台北市中山區104民生東路二段141號5樓 電話／(02) 2500-7696 傳眞／(02) 2500-1966; 2500-1967・發行／英屬蓋曼群島商家庭傳媒股份有限公司城邦分公司 台北市中山區民生東路二段141號11樓・讀者服務專線／(02)2500-7718; 2500-7719・服務時間／週一至週五：09：30-12：00、13：30-17：00・24小時傳眞服務／(02)2500-1990; 2500-1991・讀者服務信箱 e-mail／service@readingclub.com.tw・劃撥帳號／19863813 書虫股份有限公司・香港發行所／城邦（香港）出版集團有限公司 香港灣仔駱克道193號東超商業中心1樓／(852) 25086231 傳眞／(852) 25789337 E-mail／hkcite@biznetvigator.com 馬新發行所／城邦（馬新）出版集團 Cite (M) Sdn. Bhd. 41, Jalan Radin Anum, Bandar Baru Sri Petaling,57000 Kuala Lumpur, Malaysia. 電話／(603) 90578822 傳眞／(603) 90576622・封面設計／蕭旭芳・排版／游淑萍・印刷／中原造像股份有限公司・2007年（民96）2月初版・2023年（民112）6月二版・定價／399元

Printed in Taiwan　ISBN 978-626-7226-49-0（平裝）978-626-7226-51-3（EPUB）

宮部みゆき